요즘 사는 맛 2

본문 인용 노래 및 도서

19쪽 권나무, 〈튀김우동〉(2016)
124쪽 댄 주래프스키 저, 김병화 역,《음식의 언어》(어크로스, 2015), 207쪽
248쪽 한국영화감독조합 지음, 주성철 엮음,《데뷔의 순간》(푸른숲, 2014), 83쪽

요즘 사는 맛 2

초판 1쇄 인쇄 2023년 3월 14일
초판 1쇄 발행 2023년 3월 22일

지은이 고수리·김민철·김신지·무과수·스탠딩 에그·이랑·이연·이유미·
　　　　임현주·정문정·정지우·정지음
펴낸이 이승현

출판1 본부장 한수미
와이즈 팀장 장보라
편집 김혜영
디자인 윤정아
일러스트 최진영

펴낸곳 ㈜위즈덤하우스　**출판등록** 2000년 5월 23일 제13-1071호
주소 서울특별시 마포구 양화로 19 합정오피스빌딩 17층
전화 02) 2179-5600　**홈페이지** www.wisdomhouse.co.kr

ⓒ우아한형제들, 2023

ISBN 979-11-6812-602-2 03810

인생의 풍미를
2% 올려주는
열두 가지 이야기

요즘 사는 맛 2

고수리

김민철

김신지

무과수

스탠딩 에그

이 랑

이 연

이유미

임현주

정문정

정지우

정지음

위즈덤하우스

한술 더 뜨며

종종 그런 날 있지 않나요? 분주히 하루를 보내느라 밥 한 끼 챙기지 못하는 날요. 이상하게 그런 날은 배도 별로 고프지 않습니다. 당장 눈앞의 일, 해결해야 할 과제에 온 정신이 팔려 있기 때문이겠죠. 겨우 일과의 문제를 해결하면, 일상의 문제가 우리 앞에 나타납니다. 배에서 나는 꼬르륵 소리와 함께 참 요란히도 모습을 드러내죠. 하루 종일 바깥에 시선을 두고 몰두했다면 이제는 나를 살펴야 하는 순간임을, 참다 못한 몸과 마음이 알려주는 듯합니다.

그제야 나를 챙겨보기로 합니다. 밥을 올리고 야채를 다듬고 육수를 우리고 달궈진 팬에 오늘의 주인공을 사뿐히 올립니다. MBTI는 J로 끝나지만 오늘만큼은 계획된 레시피가 아닌 시간의 근육으로 단련한 손끝 감각에 기대봅니다. 완성된 음식은 하나하나 그릇에 담겨 식탁 위 자기 자리를 찾아갑니다. 수저를 챙기고 곁들일 음료 한 잔과 함께 자리에 앉습니다. 테이블 위 구름처럼 피어오른 김 속에서 집 밖 냉엄함과 정반대쯤의 온도를 느낍니다. 오늘 메뉴가 냉면이나 냉채족발이 아니어서 다행입니다. 그렇게 오늘의 첫술을 뜹니다. 그러자 불현듯 익숙한 문장 하나가 떠오릅니다.

"다 먹고 살자고 하는 짓이다."

지금 와서 보니 옛 어른들의 말씀이 다 맞다고 느끼는 건, 제가 그 어른의 나이가 됐기 때문일까요? 그런 거라면 조금 슬프겠지만 사실 그리 중요하진 않습니다. 이유가 무엇이든 제가 밥 한술에서 얻는 삶의 위로는 진짜니까요. 무얼 위해 하루가 이리 고된지 나조차도 납득하지 못할 때, 저는 그 해답을 이렇게 식탁 위에서 찾기도 합니다. 별것 없는 밥상이지만 어쩌면 이것이야말로 모두가 그토록 열심히 사는 이유이자, 바라고 바라던 행복의 종착지 아닐까요.

다 먹고 살자고 하는 짓입니다. 먹기 위해 살고, 먹어서 살아갑니다. 그래서 무언가를 먹는 시간은 매일 반복되는 별거 아닌 일상이면서, 동시에 우리의 하루하루를 성실히 지탱해줍니다. 자연스레 그 시간 위에는 이야기가 쌓입니다. 힘든 일을 치르고 온 날, 마음을 기대는 메뉴 하나쯤은 누구에게나 있기 마련이죠. 어린 시절을 단번에 소환하는 추억 가득한 음식도, 한입 머금는 순간 누군가를 떠올리게 되는 가슴 먹먹한 음식도요. 그렇게 이미 우리 안에는 음식에 얽힌 다채로운 이야기, 그리고 각자의 고유한 의미가 배어 있습니다.

이는 배달의민족이 오랜 시간 음식과 사람에 주목해온 이유기도 합니다. 2020년 4월, 저희는 본격적으로 일상 속 음식 이야기를 수집하고 전하기 위해 뉴스레터 〈주간 배짱이〉를 시작했습니다. 특히 에세이 코너 '요즘 사는 맛'을 통해 다양한 작가님들의 푸드 에세이를 소개해왔습니다. 그렇게 모인 글을 엮어 작년 3월, 동명의 책을 선보이기도 했죠. 지금 여러분이 손에 쥔 책은 그 후에도 계속된 이야기를 또 한 번 모은 두 번째 '요즘 사는 맛'입니다. 저희가 매주 느낀 감동과 깨달음, 웃음과 먹먹함을 더 많은 분들과 나누기 위해서요.

이번에도 먹는 데 진심인 열두 작가님을 모셨습니다. 지금부터 그들의 가장 일상적이면서 특별한 순간에 귀 기울여보겠습니다. 한 끼에 담긴 평범하고 장엄한 이야기 속에서 여러분의 오늘 저녁이 조금은 더 특별하게 다가오길, 앞으로 마주할 식사의 순간에

즐거움만 가득하길 소소히 바라봅니다. 이러나저러나 삶은 계속
될 테고, 모든 건 먹고 살자고 하는 짓이니까요.

2023년 3월

배달의민족 배짱이팀 드림

차례

고수리 ⓘ suri.see

작가. 일곱 살 쌍둥이 형제의 엄마. 육아하고, 살림하
고, 읽고, 쓰고, 가르치는 생활을 날마다 한다. 해녀였
던 할머니가 물질하던 바다에서 나고 자랐다. 모녀 삼
대가 지어 먹던 바닷마을 음식 에세이 《엄마를 생각하
면 마음이 바다처럼 짰다》를 비롯하여, 에세이 《마음
쓰는 밤》《우리는 달빛에도 걸을 수 있다》《우리는 이
렇게 사랑하고야 만다》를 썼다. 초콜릿 까먹는 걸 좋
아하면서도 사부작 지어 먹는 집밥에 맛있다 안도하
는 할머니 입맛을 가졌다.

그리고, 나는 혼자일 땐 밥을 잘 안 먹는다. 사실은 엄
마도 남이 해준 밥이 제일 맛있다.

맛있는 걸 먹으면 떠오르는 얼굴

주먹밥 같은 사람이 되고 싶어

인생에는 별것 아닌 것 같지만 도움이 되는 음식이 있다. 뭐랄까. 결코 대단한 음식은 아닌데 이따금 생각나고 또 간단하게 만들어봄 직도 해서, 어떤 날에는 조물조물 만들어 먹어보자면 속이 편안하고 힘이 차오른다. 이상하게도 그런 음식은 배고플 때 말고 헛헛할 때 떠오르는데, 기쁨의 '맛있다!'보다는 안도의 '다행이다'가 어울리는 맛이라서 꼭꼭 씹어 먹을수록 잔잔하게 기분이 좋아진다. 그러니까 그런 게 '사는 기분' 아닐까. 우리는 희로애락 이름 붙일 만한 특정한 감정만 오르내리며 사는 건 아니니까. 뭐라 이름 붙일 순 없지만 '살아야 한다' '살고는 싶다' 정도의 평이하고 담담한 기분으로 평일을 살아간다. 알고 보면 누구 하나 사연 없는 사람 없지만 자신에게 주어진 매일매일 1인분의 삶을 산다. 그래도 사는 기분이 좀 씩씩했으면 좋겠다 싶은 날에 나는, 소매를 걷어 올리고 주먹밥을 만든다.

영화 〈카모메 식당〉. 헬싱키 길모퉁이에는 사치에가 꾸려가는 카모메 식당이 있다. 일본식 주먹밥 오니기리가 대표 메뉴지만 아무도 찾지 않는다. 그래도 꿋꿋하게 매일 주먹밥을 만드는 카모메 식당에는 언제부턴가 사연 있는 조용한 손님들이 모여든다. 왜 하필 주먹밥을 만드냐는 물음에 사치에는 얘기해준다. 일찍 엄마를 여읜 사치에에게 아빠가 1년에 두 번 주먹밥을 만들어주었다고. 운동회와 소풍 때, 엄마를 대신해 만들어준 투박하고 못생긴 주먹밥이 그렇게나 맛있었다고. "누구든 뭔가 먹어야 살 수 있는 법이니까요." 못생긴 주먹밥을 꾹꾹 뭉쳐 만들던 아빠처럼, 사치에는 사는 기분이 헛헛한 손님들에게 주먹밥을 꾹꾹 뭉쳐서 만들어준다.

우리 엄마도 투박한 주먹밥을 만들어주고는 했다. 엄마표 주먹밥이랄까. 주먹밥이라기보단 충무김밥에 가까운 모양새로 내 마음대로 '한줌밥'이라고 부르는 음식. 어려서부터 아플 때, 헛헛할 때, 심심할 때, 적적할 때, 밤이 길 때마다 엄마는 밥이랑 김만 들고 와 이부자리에 앉았다. 엄마가 맨손으로 밥 한 줌 덜어 김으로 대강 뭉쳐 싸주면, 나는 투박하고 못생긴 주먹밥 하나씩을 쏙쏙 집어 먹었다.

다 커서도 그랬다. 도시살이 하다가도 느닷없이 툭, 네 시간이나 버스를 타고서 엄마네 집에 내려갔다. 앞만 보고 바쁘게 살다 보면 반드시 멈춰 서는 순간이 온다. 나아가지도 도망가지도 못하고 주저앉고 싶을 때, 나는 되돌아갔다. 엄마는 내가 자란 고향에 여전히 살고 있었다. 그곳에는 바다가 있고, 추억이 있고, 집이 있고, 엄마가 있었다. 오래되었지만 매일 쓸고 닦고 가꾸고 매만져 온기가 배어 있는 엄마네 집에서 나는 아기처럼 웅크린 채 오래 잤다. 자고 일어나면 아침인지 저녁인지 모를 어스름한 시간. 깨우지도 않고 지켜만 보던 엄마는 밥이랑 김이랑 이부자리에 들고 와 조물조물 주먹밥을 만들어주었다. 오래 꼭꼭 씹어보자면 달큰해지는 밥과 간간하면서도 고소한 김이 버무려져 나를 도닥여주었다.

"뭐든 지나치면 체한다. 너무 애쓰지 마라. 다 먹고 살자고 사는 거니까." 엄마는 한줌밥을 꾹꾹 뭉쳐 다지며 말했다. 먹고 살자고 사는 거니까. 영 이상한 말이지만 무슨 말인가 알 것도 같아서 가만 고개를 주억거렸다. 내내 자고 먹고 바닷가 서성거리다가 다시 도시로 돌아왔다. 그러면 괜찮아졌다. 다시 살아갈 수 있었다.

사는 거 녹록지 않지만, 그래도 좀 씩씩하게 살아보고 싶다. 씩씩해지고 싶을 때마다 〈카모메 식당〉에서 꺼내 보는 장면이 있다. 저마다 사연을 간직한 사람들이 테이블에 모여 앉아 주먹밥 한 바구니를 나눠 먹는다. 그릇도 수저도 필요 없이 그저 손으로 들고서 와앙 먹을 뿐인데, 다 큰 어른들이 모여서 주먹밥 와앙 먹는 모습이 무구하게 귀엽다. 한편 가슴 어디께가 찌르르해지는 건 사는 기분이, 살아가려는 기분이 무언지 알 것도 같아서. 먹고 살려고 사는 사람들이 서로서로 도와주는 모양은 보고만 있어도 뭉클한 구석이 있다.

　"누구든 뭔가 먹어야 살 수 있는 법이니까요" 주먹밥을 뭉치는 사치에를, "너무 애쓰지 마라. 다 먹고 살자고 사는 거니까" 주먹밥을 뭉치는 엄마를 떠올린다. 별것 아닌 것 같지만 도움이 되는 주먹밥. 단순하고 단단하고 씩씩하고 못생긴 주먹밥을 꾹꾹 뭉쳐 다지며 다짐한다. 주먹밥 같은 사람이 되고 싶어.

한겨울 튀김우동에서
초여름 콩국수까지

한 사람과 열여섯 번의 계절 동안 연애했다. 함께한 시간의 더께가 계절에서 세월이 되었을 즈음, 마지막 겨울에 우리는 결혼했다. 그 겨울 우리가 가장 좋아한 데이트는 밤 산책이었다. 한겨울 밤. 외투 겹쳐 입고 목도리 둘둘 두르고 편한 운동화 고쳐 신고서, 그러나 장갑은 끼지 않고 손을 잡고 걸었다.

어느 밤에는 연남동에서 합정동까지 걸었다. 어느 밤에는 소란한 홍대 앞을 가로질러 조용한 망원동까지 걸었다. 어느 밤에는 한강변을 따라 걷다가 몇 개의 철교를 지나쳤다. 몹시 추웠지만 맞잡은 두 손만은 따뜻했던 우리의 긴 밤. 걸음 같은 풍경을 보고, 풍경 같은 노래를 듣고, 노래 같은 대화를 나누었다. 그것들은 한데 뒤섞여 오래 치댄 반죽처럼 부드럽고 말랑하게 부풀어 올랐다. 나란히 걷는 우리 사이에 따스한 입김이 피어올랐다. 그렇게 멀리까지 걸었다가 우리 집으로 돌아왔다. 함께 돌아올 집이 있다는 안도감으로 온점을 찍고 나면 어김없이 배가 고팠다. 한기와 피로를 데워

줄 음식이 필요했다. 노래를 틀고 한밤에 우동을 삶았다.

> 어두운 밤이 다 지나갈 때까지만 내 곁에 있어줘. 아니 따뜻한 봄이
> 다시 올 때까지만 내 곁에 있어줘. 마당이 있는 집을 지을 때까지만
> 내 곁에 있어줘. 아니 내가 늙어서 다 마를 때까지만 내 곁에 있어
> 줘. (…) 물이 끓는다. 튀김우동이 다 익을 때까지만 내 곁에 있어줘.
> _권나무, 〈튀김우동〉

다시, 노래 같은 대화를 나누며 마주 앉아 따뜻한 우동을 먹었
다. 우리만의 공간을 만들고 우리만의 생활을 꾸려나가며 서로가
서로의 일상이 되는 이런 담백하고 따뜻한 삶이 좋아. 튀김우동을
나눠 먹고도, 밤이 지나가고도, 계절이 지나가고도, 세월이 지나가
고도 헤어지지 않을 한 사람이 곁에 있어 나는 외롭지 않았다.

그리고 스물여덟 번의 계절이 지나갔다. 우리 집에는 네 사람이
산다. 부드러운 반죽 같던 두 사람의 밤은 툭툭 잡아 뜯어 아무렇
게 두어도 귀여운 수제비 같은 저녁이 되었다. 우리는 아이를 둘
낳았다. 아이들은 무척이나 씩씩하고 쨍쨍해서 집에는 사계절 여
름 같은 초록초록한 활기가 넘쳤다. 매일 먹을 밥을 고민하는 나
는 우동과 수제비 말고도 할 수 있는 요리가 늘어났다.

입하가 지난 어느 하루, 시장에서 얼음물에 담겨 있는 콩물을

발견했다. 1리터에 6천 원. 달큼하고 진한 고소함이 진득하게 퍼지는 상상만으로도 배가 고파졌다. 저녁엔 콩국수를 만들어 먹어야지. 차가운 콩물을 소중히 껴안고 돌아왔다. 소면을 삶아 그릇에 담고, 오이 토마토 고명 올려 콩물을 부었다. 얼음 몇 알 넣고 그 위에 깨 솔솔 뿌리자, 너무도 간단하게 콩국수가 완성되었다. 네 그릇 만들어서 가족들과 식탁에 둘러앉았다. 콩국수의 세계에는 소금파와 설탕파가 나뉘어 있다지만, 우리 집은 땅콩버터파. 콩국수와 땅콩버터가 혼합된 세계가 얼마나 아름다운지 아는 사람들은 안다. 땅콩버터 한 숟갈 넣고 소면이랑 정성껏 저었다. 잘 먹겠습니다! 올해 첫 콩국수였다.

호록호록. 다 같이 콩국수를 먹는 사이 해가 길어진 하늘은 분홍으로 저물고 있었다. 열어둔 창문으로 선선한 바람이 들어왔다. 연한 풀 냄새가 나는 것도 같았다. 산들산들 초록초록. 무언가 흔들리고 자라나는 냄새. 초여름이구나. 뽀얀 콩국물 들이켜자 배가 든든하게 불렀다. 아무 일도 일어나지 않을 것 같은 나른함. 그러나 아무 일도 일어나지 않기에 고마운 하루였다. 다 먹고 우리 산책 갈까. 오늘은 어디까지 걸어갈까. 어떤 아이스크림 사 먹을까. 다 비운 그릇들 대충 포개어 개수대에 담아두고 온 가족이 밤 산책 나설 채비를 했다. 넷이서 길게 손 맞잡고 장난치며 노래하며 걷는 초여름 밤은 즐거울 것이다.

우리는 몇 번의 계절 동안 사랑할까. 튀김우동 끓여 먹던 한겨울을 지나 콩국수 들이켜는 초여름이 되었어도, 우리에겐 여전히 긴 삶이 남아 있다. 걸음 같은 풍경을 보고, 풍경 같은 노래를 듣고, 노래 같은 대화를 나누는, 그런 평범한 날들이 이어지고 이어진다. 돌돌돌 실타래를 감아가듯 이런 느슨하고 부드러운 삶이 좋아. 콩국수를 나눠 먹고도, 저녁이 지나가고도, 계절이 지나가고도, 세월이 지나가고도 헤어지지 않을 사람들이 곁에 있다. 나는 외롭지 않다.

얼마나 맛있는지 묻는다면

1초 만에 진짜 좋아하는 사람 알아채는 방법을 알려주겠다. 방법이라기엔 너무 단순해서 머쓱하지만. 그냥 진짜 맛있는 걸 먹으면 된다. 어느 날, 어디선가, 기대 없이, 우연히 맛있는 걸 먹게 된다면 더 확실해진다. 꼬로록 허기와 함께 기다린 요리가 막 테이블에 나왔을 때, 한 숟가락 떠먹는 순간에 당신은 감탄한다.

와!

1초 만에 터져 나온 외마디 감탄사엔 우주처럼 광활하고 빛처럼 즉각적인 진심이 담겨 있다. '맛있다!' 온몸에 찌르르르 퍼지는 감각과 동시에 반짝, '같이 먹고 싶다!' 떠오르는 얼굴이 있다. 감탄사처럼 떠오른 얼굴, 그는 99.9999퍼센트의 확률로 당신이 좋아하고 보고 싶고 아끼는 사람임이 틀림없다. 맛과 사랑 앞에선 미지의 우주처럼 어지러운 마음결이라도 빛의 속도로 반짝, 진짜 마음을 알아채는 순간이 있다.

언젠가 '시메사바 보우즈시'라는 고급 요리를 먹어보았다. 초

절임한 고등어로 봉긋하게 말아 만든 초밥이었다. 고등어 초밥이라니. 우려와는 달리, 감탄사가 먼저 터져 나왔다. 와! 시메사바 보우즈시는 맛있었다. 바닷마을에서 자라 고등어라면 질리도록 먹었고 고등어를 주제로 책까지 쓴 나였지만, 태어나 이런 고등어의 맛은 처음이었다. 와! 와! 여기저기 감탄이 터져 나왔다. 요란하게 호들갑을 떨던 친구들과 좀 이상한 대화를 나누게 되었다. 이 '맛있음'을 어떻게 표현해야 정확히 맛있을까.

진짜 맛있다! 정말 맛있다! 너무 맛있다! 짱 맛있다! 초 맛있다! 뭘 붙여보아도 떨떠름했다. 부사와 접두사를 바꿔보는 정도의 표현만으론 우리가 지금 느끼는 이 대단한 맛있음이 진짜처럼 느껴지지 않았기 때문이었다.

그때 반짝, 떠오른 얼굴이 있었다. 실은 시메사바 보우즈시를 먹자마자 내내 이 얼굴을 생각하고 있었다. 평생 바닷마을에서 살았지만 이런 고등어의 맛있음을 한 번도 느껴본 적 없는 얼굴, '시메사바 보우즈시'라는 발음조차 고급스러운 요리의 존재조차 알지 못할 얼굴. "엄마랑 같이 먹고 싶다."

나도 엄마랑. 나는 할머니랑. 나는 아빠랑. 나는 애인이랑. 우리는 고개를 끄덕였다. 이제야 이 맛있음을 정확히 알 것 같아서. 좋아하는 사람들 데려와서 꼭 같이 먹어보고 싶은 맛이었다. "근데," 누군가 말했다. "울 엄마 고등어조림이 더 맛있어." 유치한데 뭉클한 목소리가 알딸딸했다. 너도 나도 세차게 고개를 끄덕였다. 맞아, 그 정도로 맛있는 사랑이었지. 먹는 얘기는 사랑 얘기로 끝이 났다.

맛있는 걸 먹으면 99.9999퍼센트의 확률로 좋아하는 사람이 생각난다. 난생처음 먹어본 근사한 요리 말고도, 사실 나는 소소하지만 귀하게 마주치는 반찬들을 집어 먹을 때 꼭 그런다. 청국장집에서 먹어본 경상도식 콩잎지, 대구탕 집에서 먹어본 오징어젓갈, 갈치조림 집에서 먹어본 다시마쌈과 멸치젓갈, 옹심이 집에서 먹어본 찰옥수수범벅 같은 반찬들. 밥상 한가운데 주요리보다도 구석자리에 작고 소중하게 담긴 반찬들을 아껴 먹으며 생각한다. 엄마랑, 남편이랑, 애기들이랑 흰밥 지어 같이 냠냠 먹고 싶다. 나는 고독한 미식가는 절대 못 될 것이다. 세상에 맛있는 걸 먹으면 행복한 동시에 재빠르게 슬퍼지니까. 노르웨이 항구에서 갓 잡아 올린 고등어로 만든 맛있는 요리를 먹는다 해도, 결국 나는 지구 반대편 삼시 세끼 같이 먹던 식구들 생각에 맘 편히 맛있지 못할 것이다. 진짜 그 사람들을 좋아하니까.

맛있는 음식일랑 모쪼록 좋아하는 사람과 같이 먹어야 진정 맛있다. 뚝딱뚝딱 소꿉놀이처럼 차려본 밥상이라도 마주 앉는다면 흐뭇하다. 아직 김이 폴폴 나는 따스한 요리 한 숟가락 떠먹는다. 당신이 나에게 얼마나 맛있는지 묻는다면, 나는 당신을 얼마나 좋

아하는지 말할 수 있을 텐데. "와! 먹어봐, 진짜 맛있어!" 날마다
먹어본 반찬이라도. 아무렴, 날마다 감탄할 수 있다.

너무 마음고생하지 말고
잘 살아라

알고 보면 한낮에도 슬픈 이별이 있고 한여름에도 추운 사람이 있다. 친한 동료 준이 그랬다. 그는 참으로 애틋했던 할머니를 떠나보내고 한동안 크게 앓았다. 계절이 지나도 사람이 여전히 슬프고 추워 보였다. 그가 밥이나 잘 챙겨 먹을까 마음 쓰여서 나는 메시지를 보냈다. '잠깐 여행 다녀올까요? 서교동으로.'

한여름처럼 더운 한낮에 서교동 뒷골목 어느 라멘 집에서 우리는 만났다. 익숙한 골목을 들어서자 낡은 차양 아래 옛날식 유리 미닫이문을 단 조그만 가게가 보였다. 외벽에는 '시오'(しお) 소금을 뜻하는 일본어가 큼지막하게 붙어 있었다. 시오라멘만 파는 라멘 집. 준과 나는 작업하다가 종종 여기서 만나 시오라멘을 먹었다. 따뜻한 라멘 한 그릇 먹고 나면 이상하게도 속이 편하고 마음이 순해졌다. 다시 평범한 날들 열심히 살아가다가 '아, 시오라멘 먹고 싶다' 문득 떠올리게 되는, 그런 다정한 라멘 집이었다.

드르륵. 미닫이문을 열었다. 가게에 들어서자 교토였다. 4인용

바 하나와 작은 테이블 두 개뿐인 비좁은 가게, 라멘 삶는 훈기와 냄새가 우리를 반겼다. 레트로한 그림이 그려진 일본어 포스터와 스티커들이 다닥다닥 붙어 있고, 크고 작은 부엉이 소품들이 테이블 가와 목조 틀마다 빼곡하게 놓여 있었다. 천장 귀퉁이에 선풍기가 탈탈탈 돌아가고 있었다. 우리까지 테이블에 앉자 가게는 만석이었다. 시오라멘 두 그릇을 시켰다. 닭을 고아 육수를 내고 소금으로 간한 시오라멘. 가늘고 부드러운 면발 담고, 두툼한 차슈와 반숙 달걀 올리고, 간간하니 맑은 육수 부어 그 위에 고슬고슬 다진 파를 뿌려 내어주는 한 그릇. 따뜻한 국물부터 한 숟가락 떠먹었다. 담백하면서도 은은한 감칠맛이 느껴졌다. 둥둥 뜬 기름이나 눅눅한 튀김 같은 건 없고, 말간 국물로 담아낸 간소한 라멘 차림이 참으로 깔끔하게 담백했다. 이다지도 정갈한 한 그릇이라니.

탈탈탈 돌아가는 선풍기 바람이 얼굴에 닿았다. 작은 테이블에 다닥 앉아서 라멘을 먹으며 대화하는 웅성거림이 기분 좋게 느껴졌다. 호로록. 시오라멘 먹으며 나는 말했다. "가끔 이 라멘 한 그릇이 생각나요. 가게 문을 열고 들어왔을 뿐인데 잠시나마 다른 곳으로 떠나온 기분이 들거든요. 가게 문을 열고 나가면 숲이 우거진 철학자의 길이 있을 것만 같고요. 라멘 먹고 산책하면 정말 좋겠죠."

호로록. 시오라멘 먹다가 준은 말했다. "장지에 할머니 모시고 돌아오던 기차에서였어요. 그간 잘 참았는데 갑자기 불쑥 눈물이 나더라고요. 헤어질 때마다 할머니는 '가마 있어 보그라' 하고선 천 원짜리 한 장이라도 손에 꼭 쥐여주셨거든요. 기차 타고 돌아오는 길에 할머니가 쥐여준 돈 만지작거리자면 부자가 된 마음이었어요. 그런데 이젠 아무것도 없는 거예요. 아무것도 없어서 텅 비어버린 마음이 슬프더라고요."

호로록. 호로록. 우리는 시오라멘을 먹었다. 사방에 조로로 놓인 부엉이들이 꼭 우리를 지켜봐주는 것 같았다. "여기 오면 부엉이가 많아서 좋아요. 일본에선 부엉이를 '후쿠로'라고 부른대요. '후쿠로'(ふくろう) 발음이 복을 뜻하는 '후쿠'(ふく)랑 비슷하대요. 그래서 고생하지 말고 잘 살라고 빌어주는 마음으로 부엉이를 선물한다고 해요. 아마 할머니도 부엉이 같은 마음으로 지켜보고 계시지 않을까요? '가마 있어 보그라. 준아, 너무 마음고생하지 말고 잘 살아라' 하고요."

"그럼요. 그럴 거예요. 가마 있어 보그라. 준아, 너무 마음고생 말고 자알 살그래이." 준의 경상도 사투리가 너무나 찰져서 웃음이 터졌다. 가마 있어 보그라. 가마 있어 보그라. 우리는 할머니의 말투를 따라 하며 여러 번 웃었다. 웃으니까 좋았다. 두 손으로 그릇을 받쳐 들고 아직 따뜻한 국물을 마셔보았다. 한 그릇의 온기로 데워지는 마음이 있다. 한 그릇의 식사로 전해지는 마음도 있다. 바깥은 여름인데 혼자 추운 사람 없이 같이 먹고 싶었다. 우리가 좋아하던 다정한 라멘 집에서 시오라멘을 먹어보고 싶었다. 속이 따뜻해졌다.

드르륵. 다시 미닫이문을 열었다. 바깥으로 나서자 여름 서교동이었다. 그러나 우리는 멀리 떠나온 여행자처럼 너그러워졌다. "잘 먹었습니다." 마주 합장하고서, "그럼 이제 철학자의 길을 걸어볼까요?" 쨍쨍한 한낮의 거리를 우리는 한소끔 나아진 마음으로 걸었다.

밥하다가 울어본 엄마라면

밥하다가 울어본 적 있다. 너무 하기 싫어서. 글 쓰다가 울어본 적도 있다. 너무 쓰고 싶어서. 실은 설거지하다가도 울어봤다. 살림 안 하고 글만 쓰고 싶어서. 댓바람부터 솔짝솔짝 잘도 우는 나는 일곱 살 쌍둥이 형제를 키우며 글 쓰는 엄마 작가다. 글 쓰다가 해 질 무렵이면 종종걸음으로 집으로 향하며 초조해한다. '오늘 저녁은 뭘 해 먹이지' 하고서.

겨우 일곱 살 살아봤대도 우리 집 아이들에겐 소울푸드가 있다. 엄마 부끄러우니까 어디 가선 말하면 안 된다 꼭꼭 당부했지만 아마도 다섯 살 때부터 넘버원 페이보릿 소울푸드였을, 라면이다. 장렬하게 워킹맘 분투기를 치르고 몸도 마음도 탈탈 털려버린 날이면 나는 특식으로 라면을 끓인다. 애들한테 "오늘 저녁은 라면이야!" 결심하듯 선포하면 예이 환호 소리가 들린다.

비장하게 앞치마를 두른다. 4구짜리 가스레인지 불을 모두 켠다. 냄비 두 개에 프라이팬과 웍까지 올려 라면을 나눠 끓인다. 하나는 우유우유치즈라면, 다른 하나는 대파대파후추라면. 우유 많이 치즈 쪼끔 넣은 라면이랑 대파 많이 후추 쪼끔 넣은 라면이라서. 물론 애들 재밌으라고 그럴싸하게 내가 지었다. 모름지기 특식 요리란 이름부터 길고 멋진 법이니까.

우유우유치즈라면. 냄비에 면을 먼저 끓인다. 꼬들하게 익었다 싶을 즈음 면발을 건져낸다. 그사이 웍에는 우유 많이 라면수프 반만 슬라이스 치즈 두 장 넣어 끓인다. 부르르 국물 끓어오를 때 면이랑 달걀 넣고 휘그덩휘그덩 저어 마저 끓이면, 속 깊은 고소한 맛이 인상적인 우유우유치즈라면 완성!

대파대파후추라면. 냄비에 면이랑 수프 넣어 끓인다. 프라이팬에 올리브유 낙낙히 둘러 냉동실에 소분해둔 대파 크게 한 줌 넣고 파기름을 낸다. 지글지글 소리가 나면 코끝 간지러울 때까지 후추를 갈아 넣는다. 그날의 스트레스 극복 희망 지수에 따라 페페론치노도 부숴 넣어 파기름을 마무리한다. 보글보글 끓는 라면에 달걀 넣고 마지막으로 파기름 빙 두르면, 속 깊은 매콤한 맛이 인상적인 대파대파후추라면 완성!

하도 많이 해봐서 여러 재료와 조리 도구들이 얽히고설키는 복잡한 과정도 숙련된 셰프처럼 동시다발적으로 척척 해낸다. 그리하여 아이들과 나, 폴폴 김이 오르는 라면 세 그릇 식탁에 올리고 마주 앉는다. 언제나처럼 라디오 주파수 91.9 〈배철수의 음악캠

프〉를 틀고서 잘 먹겠습니다. 짝! 합장하고 라면을 먹는다. 후후
불어 후루루루. 라면 먹는 사이 창밖에 하루해가 저문다. 마침 라
디오에선 퀸의 〈보헤미안 랩소디〉가 흘러나온다. 마마. 우우우우.

'마마'는 어려서부터 애들이 날 부르던 애칭이기에 다 같이 웃
음이 터진다. 마마. 후루루루. 우린 라면 먹으며 얘길 나눈다. 마마
는 뭘 좋아해? 너넬 좋아하지. 그리고 또? 글쓰기. "맞아. 엄만 작
가님이라서 글 쓰는 걸 좋아하지?" "당연하지. 글 쓰는 걸 좋아하
니까 작가님인 거잖아." 투닥거리는 대화에 얘네들 언제 이리 컸
나 새삼 뭉클하다. 엄마 라면이 젤루 맛있다는 일곱 살들은 그릇
에 코를 박고서 후루루 라면을 먹는다. 나도 뜨끈하고 매콤한 국
물부터 호로로 마셔본다. "살 것 같다." 감탄사처럼 속엣말이 흘
러나온다. "엄만 라면 먹을 때마다 살 것 같다고 하더라." 웃음이
터진다. 어느새 숨 막히던 삶은 살 것 같은 삶이 된다.

나처럼 밥하다가 울어본 엄마라면, 애들한테 라면 먹인다고 죄
책감 느끼진 말았으면 좋겠다. 라면은 간편해. 라면은 맛있지. 라
면은 따뜻해. 그리고 우리는 라면을 좋아하지. 매일 먹는 라면은
나빠도 가끔 먹는 라면은 좋다. 혼자 아닌 함께라면, 우리 함께 먹
는 라면이라면 더더 좋다. 훗날 애네가 어른이 되어서 고된 세상
살이에 울게 된다면 엄마의 라면을 기억해주면 좋겠다. 가만히 바
닥에 누워 있다가 벌떡 일어나 냄비에 물 올리고 라면을 끓일 스

물일곱 살 아이들을 상상한다.

　너네가 울고플 땐 종종걸음으로 달려와 얼렁뚱땅 이상한 라면을 끓여준 엄마를 생각해. 엄마가 울고플 땐 너네가 시끌벅적하고 집이 복닥거려서 다행이었거든. 〈배철수의 음악캠프〉 비지엠 삼아 창문에 까만 밤 내릴 때까지 함께했던 시간이 따뜻했잖아. 라면 끓이다가 울어본대도 괜찮아. 엄마야말로 아주 울보였거든. 일단 맛있게 먹어. 뜨거운 라면 한 그릇 깨끗이 비우고 나면 다시 살 것 같아질 테니까.

김민철 ⓘ ylem14

일상을 여행하며 글을 쓰는 사람. 글을 쓰며 다시 기억을 여행하는 사람. 《내 일로 건너가는 법》《우리는 우리를 잊지 못하고》《띵시리즈 : 치즈》《모든 요일의 기록》《모든 요일의 여행》《하루의 취향》 등을 썼다.

그리고, 나는 하루가 버거울 때 치즈를 먹는다.

좋은 음식은 여행하지 않는다

동네에서
부자로 살아가는 법

　당신은 부자입니까?

　이 질문 앞에서 '그렇다'라고 답할 사람이 세상에 얼마나 될까. 나 역시도 매달 빠르게 비어가는 통장 잔고와 다가올 카드값을 생각하면 긍정의 답을 하긴 어렵다. 하지만 이상한 일이다. 우리 동네를 생각하면 가슴 한켠이 웅장해지며 '내가 세상 제일 부자다'라는 기이한 답에 도착한다. 수백 평의 땅을 가졌냐고? 설마. 내 이름으로 된 건물이라도 있는 거냐고? 그럴 리가. 그럼 도대체 무슨 이유냐고? 나에겐 동네 단골 식당이 많으니까. 아주아주. 겨우 그거냐고? 무려 이거다. 이 자산을 쌓기 위해 내가 지금까지 얼마나 많은 시간과 비용을 투자했는지 모른다. 역시 부자가 되기 위해서는 장기투자가 답이다. (식당 이야기를 할 거면서 이렇게 말하고 있으니 조금 민망하긴 하지만, 얼굴에 철판을 깔고) 조금 더 이야기를 해볼까?

　14년째 한동네에 살고 있다. 살면서 이렇게 한동네에 오래 살아본 건 처음이다. 서슴없이 어떤 동네를 사랑한다, 라고 말할 수 있는 경험도 처음이다. 신혼집을 구하려고 이곳저곳을 기웃거리다 우연히 이 동네에 도착했다. 망원동. 이름도 처음 듣는 동네였다. 주변 사람들도 모두 "망원동이 어디야?"라고 되물었다. 이사도 하기 전에 남자친구는 내게 참치 집 링크부터 보내왔다. 참치를 먹고 우리가 살 동네의 밤 풍경을 보자는 제안과 함께. 그 제안에 나는 남자친구에게 새삼 또 반해버렸는데, 동네에 단골 참치집을 가지는 것은 나의 수많은 소원 중 하나였기 때문이다. 참치를 별로 먹어본 경험도 없으면서 모름지기 잘 사는 어른이라면 동네에 단골 참치 집 하나는 가져야만 할 것 같았다. (내겐 이렇게 설명할 수 없는 로망이 너무 많다.)

그 참치 집은 내 로망에 정확하게 부합했다. 매우 작았고, 적당히 낡았고, 필요한 만큼만 친절했고, 대체로 퉁명스러웠다. 보통의 참치 집보다 참치 한 점의 크기가 작았고, 대신 더 다양한 부위들이 나왔다. 결정적으로 하나같이 맛있었다. 그곳엔 술을 마시고 사장님에게 친한 척을 하는 단골들이 꽤 있었는데, 사장님은 한결같이 귀찮다는 식으로 반응했다. 그 반응에 손님들은 자신도 모르게 더 찐한 단골이 되어가는 희한한 형국이었달까. 그래서 내가 어떻게 반응을 했냐면, 나 역시도 단골이 되어버렸다. 어느 정도냐 하면, 결혼식 당일에도 그곳에 가버리고만 정도? 그래도 내 결혼식 날인데 어디 근사한 곳에 가서 먹어야 하지 않을까 생각을 하기도 했다. 하지만 과정 과정 불편한 결혼식이 끝나고 린스로 머리를 감으며 백 개가 넘는 실핀을 뽑고 나니, 세상 제일 편한 곳에 가서 먹어야겠다는 결론에 도달했다. 머리도 덜 마른 상태로 그곳에 가서 "사장님, 저희 실은 오늘 결혼했어요"라고 말했더니, 사장님 얼굴에 번져나가던 그 당혹스러움이란!

아무튼 14년째 그곳에 드나들고 있다. 오늘 저녁엔 어떤 메뉴를 먹을까 고민을 하다가도 "광참치?"라는 단어가 나오면 무장해제되고 만다. 그렇게 참치를 좋아하느냐고 묻는다면 대답을 오래 고민할 것 같다. 그냥 거기가 좋은 것이다. 14년째 그곳에서 사장님 내외에게 동네 이야기부터 가족 이야기까지 듣는다. 새로 강아지 식구가 생긴 이야기부터 맞은편에 새로 생긴 가게 소식과 낮에 동네에서 생긴 일들까지 풍성하게 듣는다. 이야기 속에서 동네의 지형들은 조금 더 입체적으로 변한다. 그 속에서 나는 먹고 마시고 또 많이 웃고. 최근에는 일본에서 요리 유학하고 온 아들 부부가 합류해서 가게는 조금 더 커지고 메뉴는 더 다양해져서 결국 나는 그곳을 더 사랑하게 되었다. 그곳에만 가면 과식과 과음이 기본이 되어 그건 조금 민망하지만.

뚱뚱해진 배를 내밀고 천천히 집으로 돌아오며 생각하는 것이다. 나 부자네. 심지어 동네에 이런 단골집이 한둘이 아니니 정말 부자네. 내일은 오랜만에 양꼬치 집을 가볼까, 아니 그 전에 여름이 되었으니 수박 말리부를 먹으러 동네 펍에 가볼까, 여름 지나기 전에 묵사발 먹으러 호프집도 가야 하는데, 그나저나 전집 사장님은 잘 지내시나, 거길 다녀온 지도 벌써 지난달이던가. 사장님 몸은 좀 괜찮아지셨을라나. 내성적이고 낯가림이 심한 사람이라고는 믿을 수 없을 정도로 동네에만 도착하면 인싸로 돌변한다. 사장님들에게 먼저 인사를 건네고, 별일 없었는지 안부를 묻는다. 나조차도 낯선 나의 모습으로. 어쩔 수가 없다. 그 모든 곳을 다양한 방식으로 사랑하고 그 모든 곳에서 다양한 방식으로 사랑받으며, 덕분에 매일 더 풍성한 동네 생활을 할 수 있게 되었으니 말이다.

　현대판 동네 부자는 이렇게 살아간다.

목적지는 음식입니다

추억만 먹고 산 지 너무 오래되었다. 이놈의 코로나 덕분에 나는 여행 추억 되새김질 전문가가 되었는데, 3년 동안 되새김질을 했더니 이제는 신물이 올라올 지경이다. 그렇다고 해서 쉽게 그만둘 수는 없다. 자, 오늘의 평범한 밥상 앞에서도 되새김질을 시작해볼까? 리스본은 너무 자주 말했나? 방콕은 어제도 말했던 거 같은데… 그럼 오늘은 시칠리아다!

"시칠리아 팔레르모에서 그 곱창을 더 먹었어야 했어."

"나중에 〈스트리트 푸드 파이터〉에서 백종원 아저씨도 그 집 갔었잖아."

"근데 그 곱창 집 사장님은 우리에게 도대체 왜 맥주를 공짜로 준 걸까."

"2만 원 정도밖에 안 먹었는데, 계산할 때 자꾸 나한테 'one moment'라 그러더니, 맥주 한 병을 따서 그냥 췄잖아. 가면서 먹으라고. 그때 왜 공짜로 췄냐고 물어보려면, 어쩔 수 없네. 시칠리아

다시 가야겠다."

분명 당시엔 별 감흥이 없었던 맛도 이제는 모두 결정적인 맛으로 돌변했다. 하물며 당시에 감격하며 먹었던 극강의 음식들은 말할 것도 없다. 일본 교토 이자카야의 달걀 '사라다'부터, 말레이시아 바닷가에서 술 취한 밤에 먹었던 고깃국, 미국 포틀랜드 푸드트럭의 바비큐, 아일랜드의 굴과 위스키, 그리고 심지어 시칠리아 시라쿠사의 안초비 폭탄 파스타까지. 안초비를 그리워하다니. 내가. 심지어 안초비를.

안초비. 그러니까 멸치. 멸치와 평생을 쌓아온 에피소드는 내게 차고도 넘친다. 그 많은 에피소드들의 결말은 한결같은데, 멸치가 들어갔다는 사실을 알아채는 순간 인상을 찌푸리며 숟가락을 놓아버리는 것. 혹은 참지 못하고 다 뱉어버리는 것. 조금 더 심할 땐 화장실로 뛰어가는 것. 멸치와 나 사이에 해피엔드 같은 건 없었다. 더 어릴 때에는 멸치 육수조차 먹지 못해서 모두가 국수를 먹을 때에도 혼자서 식은 밥에 남은 반찬을 먹어야만 했다.

하지만 나로서도 어쩔 수 없었다. 먹기 싫어서 안 먹는다기보다는 먹을 수가 없었다. 모양도 맛도 냄새도 내 능력치를 초과한 곳에 있었다. 중학생 때였나. 그런 내게 누군가가 끔찍한 이야기를 전해왔다.

"너 그러다 골다공증 걸린다. 우유도 안 먹고 멸치도 안 먹으면 큰일 난다고."

"못 먹는데 어떡해요."

"골다공증은 약도 없어서, 골다공증 걸리면 하루에 큰 멸치를 50개씩 먹어야 해."

거짓말이라고 생각했다. 병원에서 멸치 50마리를 처방하다니. 그럴 리가 있겠는가. 하지만 정말이면 어떡하지. 나는 한 마리도 못 삼킬 텐데. 근데 진짜 이렇게 살다가는 골다공증에 걸릴 텐데. 어떡하지. 그때부터였다. 잘 소화시키지도 못하면서, 아픈 배를 부여잡고 억지로 우유를 먹기 시작한 건. 멸치보다는 우유가 나았다. 골다공증보다는 배 아픈 게 나았고.

그렇게 평생을 살아오다가 갑자기 생소한 땅, 시칠리아 시라쿠사에서 멸치 떼를 만난 것이었다. 오늘의 파스타를 시켰는데, 손가락 크기만 한 안초비 수십 마리가 올라간 파스타가 나왔다. 안초비에 가려 파스타 면이 안 보일 지경이었다. 잽싸게 남편 앞으로 파스타를 밀었다. 안초비와 눈도 마주치기 싫어서. 남편이 한 입 먹어보더니 눈이 동그래졌다. 얼른 먹어보라며 내 앞으로 파스타를 다시 밀었다. 자기를 믿고 먹어보라며. 진짜 좋아할 거라며.

그 순간 여행자의 도전 정신이 내 옆구리를 찔렀다. 아님 뱉지 뭐, 심정으로 기미상궁의 말을 믿어보기로 했다. 안초비의 살을 발라 파스타 면과 한 번에 입에 넣었다. 뭐지. 이 통통한 살은. 어디 갔지. 멸치 특유의 비린 맛은. 어디서 왔지. 이렇게 맛있는 감칠 맛은. 멸치는 싫어해도 멸치의 사촌인 안초비는 좋아하는 건가. 아님 마른 멸치 앞엔 식욕이 덩달아 건조해졌지만, 신선한 안초비 앞이라 식욕이 이렇게 동하는 건가. 원수는 외나무다리에서 만난 다더니, 평생의 원수를 이국의 땅에서 만나면 그만 사랑에 빠져버리는 걸까. 싹싹 다 비웠다. 40년 만에 멸치와 혼연일체가 되었다. 여행이 부리는 마법인 걸까. 이국의 땅에서 조금이라도 취향에 맞는 음식을 만나면 늘 같은 결론이다. 이거 먹으러 여기 다시 와야겠네. 덕분에 나에겐 먼 곳에 두고 온 사랑이 너무 많다.

음식이 여행의 목적지가 될 수 있을까? 이 질문에 강하게 고개를 끄덕이는 사람이 높은 확률로 이 책을 읽고 있을 거라는 믿음이 내게 있다. 먹기 위해 여행을 떠나본 적 없는 사람은 음식 이야기를 책으로 읽을 생각도 하지 않을 테니까. 나는 어느 쪽이냐 하면, 여러분 쪽입니다. (찡긋.) 하루키가 말했다. 좋은 술은 여행하지 않는다고. 좋은 음식도 아마 마찬가지일 것이다. 이 말의 허풍에 살짝 기대서 다음 여행을 계획해본다. 어디 가서 뭘 먹지?

돈의 맛을 아시나요

맛의 감각이 저마다 다르듯 돈의 감각도 어찌나 천차만별인지. 누군가는 유난히 짠내를 자랑해서 그의 옆에 있기만 해도 입이 쓰다. 소금의 짠맛이 과해지면 올라오는 쓴맛이 사람에게도 느껴진 달까. 또 누군가는 유난히 돈의 단맛을 알아서, 만나기만 하면 돈 돈돈돈 노래를 부르니 피하게 된다. 남의 돈 노래가 듣기 좋을 리 없다. 또 누군가는 돈 감각 자체를 잃어버린 것이 아닌가 의심하게 만든다. 너무 대책 없이 지갑이 자주 크게 열려서, 내 돈도 아닌데 내가 다 그 돈이 아깝다. 그럼 나는 어떠냐고? 아무래도 내 돈 감각은 인색하다.

다행이라고 해야 할까. 이 인색함이 늘 발휘되지는 않으니 말이다. 회사 앞 카페에서, 평범한 식당에서, 아늑한 술집에서 내 지갑은 턱턱 열린다. 특히 동네에서는 이 지갑이 유난히 잘 열리고. 인색함은 선택적으로 발휘된다. 고급 레스토랑 앞에서, 비싼 호텔 앞에서, 명품 앞에서. 그러니까 평소의 내 소비보다 턱없이 높은 가격들 앞에서는 지갑이 굳게 닫힌다. 아무리 가보고 싶었던 호텔이라도 가격을 아는 순간, 전혀 가보고 싶지 않은 곳으로 돌변한다. 한번쯤 먹어볼까 싶었던 요리도 메뉴판을 보는 순간, 절대 그 가격만큼 맛있을 리가 없다는 확신으로 바뀐다. 어쩔 수 없어서 과한 소비를 했을 때에는 뒤따라오는 죄책감이 어마어마하다. 죄책감은 시도 때도 없이 방법을 바꿔가며 지속적으로 나를 공격한다. 이 집요한 공격의 이유를 알고 싶지만, 아직 찾지 못했다. 심지어 통장의 잔고와도 상관없는 마음의 반작용이다. 놀라울 정도로 즉각적이고, 심각할 정도로 공고한.

그러던 어느 날, 이따위 감각으로 평생 살 수는 없다는 생각이 나를 스쳐갔다. 그건 좀 지겹다, 라는 생각까지 들었다. 그 생각은 점점 덩치를 키워갔다. '내가 아는 나 자신을 존중하는 것도 하루 이틀이지. 내가 모르는 나 자신은 왜 존중 안 해? 1년에 한두 번쯤은 나의 성향을 무시해버리자. 고급 레스토랑을 가는 거야. 안 해본 경험도 하고, 있는 줄도 몰랐던 맛을 느껴보자. 그러다 보면 또 새로운 감각이 깨어날지도 모르니.' 생각이 여기에 이르자 결론은 단순해졌다. '그래! 모험을 하는 거야.'

물론 그 순간에도 가장 먼저 떠오른 건 돈 생각이었다. 모험을 하기 위해서는 모험 자금이 있어야 할 것 아닌가? 일반 통장에 있는 돈이나 신용카드로는 해결할 수 없었다. 그 방식은 나에게 죄책감을 같이 청구할 게 뻔했다. 어떤 방법이 있을까… 은행 앱을 찬찬히 들여다보다가 발견했다. 몇 년째 안 쓰고 있는 통장 하나를. 그 통장이면 충분할 것 같았다.

우선 통장의 이름부터 바꿨다. 통장 이름은 무려 '사치 통장'. 죄책감이 입도 뻥긋 못하도록 아예 통장 이름부터 사치 통장으로 못 박아버렸다. 이 통장에 입 사치를 위한 돈을 따로 모으는 거다. 방법은 간단했다. 주거래 통장의 만 원 이하의 돈을 생각날 때마다 사치 통장으로 옮기기. 1,067원일 때도 있었고, 323원일 때도 있었고, 운이 좋을 땐 9,196원일 때도 있었다. (내 통장의 돈을 내가 옮기는 건데 뭐가 운이 좋다는 건지.) 그렇게 6개월을 모았던 어느 날, 나는 고급 레스토랑의 스시 오마카세를 예약했다. 마침 결혼 10주년이었으니 딱 사치가 필요한 시점이었다.

스시 한 점의 크기를 우습게 보지 말라. 그 크기는 거대한 우주와 맞먹는다. 스시 한 점에 우니가 몇 개 올라간 거지? 심지어 종류도 달라. 우니 맛이 이렇게 다양한 거였나. 평소 내가 별로라 생각했던 오징어 스시가 이런 맛이었다고? 전갱이의 맛이 이렇게나 깨끗한 거였다고? 나 알고 보니 장어를 좋아하는 사람이었네? 그나저나 이 컵 좀 보라지. 이 그릇 좀 보라지. 이렇게 아름다운 세계가 존재하다니. 스시 한 점이 나를 이렇게나 다른 곳으로 데려다놓다니. 정갈하면서도 화려한 맛의 시간 속에서 나는 하염없이 머물고 싶었다. 배가 터져도 좋을 것만 같았다. 아니, 이 정도 음식 앞에서의 예의란 모름지기 한껏 나온 배를 보여주는 일일 것만 같았다.

그날부터 사치 통장의 역사는 3년이 넘어가고 있다. 이 통장 덕분에 남편은 생애 처음으로 베이징덕을 맛보았다. 이미 북경 여행에서 베이징덕을 경험한 나는 '베이징덕 정도야 다 알지'라는 표정으로 식사에 임했다가 뜬금없이 생목이버섯에 반해버렸다. 탕수육과 잡채에 빠지지 않는 목이버섯이 사실은 이렇게나 탱글탱글하고 발랄한 친구였다고? 믿을 수가 없었다. 사치 통장 덕분에 한옥에서 스시 오마카세를 먹는 경험도 할 수 있었고, 서양 옷을 입은 희한한 된장찌개도 경험할 수 있었다.

회사 생활을 20년 가까이 하고서야 나는 이제 돈 쓰는 맛을 조금 알게 된 것 같다. 버는 것도, 모으는 것도, 투자하는 것도, 투자로 성공하는 것도 모두 중요하지만, 자기에게 맞는 방식으로 돈 쓰는 법을 아는 것도 그에 못지않게 중요하다고 생각한다. 사치 통장을 타고 나는 낯선 맛의 세계를 모험하는 중이다. 이 모험은 맛있고, 실은 너무 맛있고, 그래서 계속 기대할 수밖에 없는 것이다. 다음엔 어디에서 우리 사치해볼까?

각자의 빛나는 시간

　20년째 평일의 목적지는 변함없다. 신사동 가로수길. 회사가 그
곳에 있기 때문에 다른 목적지로 향했다가는 큰일이다. 조금의 망
설임 없이, 약간의 오차도 없이 매일 아침 그곳에 도착한다. 20년
전 처음 신사동으로 면접을 보러 갈 때엔 가수 주현미의 〈신사동
그 사람〉 노래부터 떠올렸다. 신사동에 대해 아는 건 그뿐이었다.
트로트의 가락처럼 오래되고 촌스러운 동네일 거라 막연히 생각
했다. 하지만 신사동은 서울 강남에 있었고, 가로수길이라는 훗날
아주 유명해질 거리가 떡하니 있었고, 전설의 압구정동이 바로 옆
이었다. 그러니까 서울에 대해서 아무것도 모르는 촌스러운 사람
은, 바로 나였다.

　첫 회사도 가로수길에 있었고, 두 번째 회사도 가로수길에 있었
다. 그러니까 나는 가로수길의 시조새 엇비슷한 존재라고 주장해
보고 싶지만 내가 아는 가로수길은 낮의 얼굴뿐이라 조금 곤란한
표정이 된다. 왜냐하면 나는 저녁 6시가 되면 이 길을 곧바로 떠나

버리기 때문이다. 저녁, 신사역으로 향하는 그 길엔 후줄근한 회사원인 나와 멋을 잔뜩 내고 막 지하철을 빠져나온 젊은이들이 엇갈린다. 지친 표정과 상기된 표정이 마주친다. 이미 오늘 치 가능성을 다 써버린 자의 마음과 아직 무한한 저녁의 가능성을 향해 열린 마음이 스쳐 지나간다. 사정이 이러하므로 사람들이 내게 가로수길의 맛집을 물어보면 나는 난감해진다. 여기, 맛집이 있다고?

한 동네의 맛집 지도는 그 사람의 사정에 따라 다르게 그려진다. 직장인의 맛집 지도는 그곳이 어디든 이렇게 그려질 것이다.

1. 밥을 10분 만에 때워야 할 때 가는 곳
2. 주머니가 가벼울 때 들를 수 있는 곳
3. 몸이 무거울 때 가볍게 먹을 수 있는 곳
4. 해장이 시급할 때 갈 수 있는 곳
5. 점심시간에 조용히 할 이야기가 있을 때 갈 만한 곳
6. 혹시라도 시간과 돈이 여유 있을 때 갈 수 있는 곳
7. 낮술 가능한 곳

나 역시도 이 범주에 따라서 가로수길의 지도를 그릴 수 있다. 그러니 그건 엄연히 낮의 지형이다. 간혹 야근을 하거나, 혹여라

도 회식을 하고 길을 나서면 19년 차 가로수길인도 낯선 동네의 모습에 나는 이방인이 된 것 같은 기분에 빠져든다. 낮에 자고 있던 가게들이 깨어난다. 심지어 반짝이고 있다. 게다가 사람들이 앞다투어 그 앞에서 기다리고 있다. 사랑받고 있는 것이다. 낮의 우리가 눈길도 주지 않았던 곳이 마침내 자신의 전성기를 맞이한 것이다. 밤이 되어 지도는 완전히 달라진다.

"우와, 저기 봐! 저 집을 기다려서 먹는다고?"

"모르셨어요? 저기 젊은 사람들에게 완전 핫한 곳이잖아요."

"왜 유명해?"

"몰라요. 사람이 너무 많아서 가보지도 못했어요."

낮에 편하게 김치찌개 먹으려고 들르는 밥집이, 저녁이면 인스타그램의 성지로 변모한다는 것을 알고 경이로운 눈빛으로 주변 테이블을 둘러본 적이 있다. 여길 일부러 찾아온다고? 심지어 줄을 선다고? 그 사실을 나만 몰랐다고? 낮에는 손님이 하나도 없어서 저 집도 곧 문 닫겠다 생각한 곳이 저녁만 되면 사람들로 북적인다는 걸 알았을 때의 기분이란. 점심때 혼자 있을 수 있어서 좋아한 카페는 실은 점심시간에만 한가한 카페라는 것도 나에겐 놀라운 소식이었다. 너무 많은 가게가 새롭게 생기고 동시에 너무 많은 가게가 별일 아니라는 듯 없어져버리는 동네에 있다 보니 너무 쉽게 가게의 운명을 점치는 못된 버릇이 생겨버린 걸까. 선무

당은 멀리 있는 것이 아니었다.

우리에게도 각자의 전성기가 있는 것처럼, 식당들에게도 각자의 전성기가 있다. 그 전성기를 내가 우연히 공유할 수 있다면 행운이겠지만, 그러지 못하더라도 판단은 유보할 것이다. 각자가 빛나는 시간은 따로 있으니까. 각자가 빛나는 방식도 다 다르니까. 어쨌거나 모두 살아남으려고, 오래 기억되려고, 전성기를 갱신하려고 각자의 방식으로 애쓰고 있다. 그 당연한 사실을 이제 나는 안다. 잊지 않으려 애쓸 것이다.

펄펄 끓는 귀국길

어떤 해외여행이든 끝날 때가 가까워지면 하나의 질문에 도착한다. '인생은 무엇인가', '이 여행을 통해 결국 도착하고 싶었던 곳은 어디인가' 식의 심오하고도 고민이 많이 필요한 질문이 떠오르면 좋으련만, 나라는 인간은 욕망에 충실한 동물일 뿐. 결국 나는 언제나 같은 질문에 도착한다. '한국에 돌아가면 뭐부터 먹지?'

한 달 스페인 여행 동안 먹은 음식을 떠올려보았다. 김치는 구경도 하지 못했고, 뜨끈한 밥과 국도 만나지 못한 지 오래되었다. 한 달 동안 먹은 한식이라고는 딱 네 개 챙겨온 라면이 전부였다. 근데도 딱히 생각나는 건 없었다. 제육볶음, 족발, 치맥, 된장찌개, 참치회 정도를 떠올려보았지만, 마음이 열정적으로 움직이지 않았다. 그냥, 먹으면 좋겠지, 당연히 맛있겠지, 정도의 심드렁한 반응이랄까. 심드렁히 전날 슈퍼에서 사 온 수프를 전자레인지로 데워 먹다 문득 정답이 떠올랐다. 김치 콩나물 국밥. 바로 그거였다. 다른 건 필요 없었다. 김치 콩나물 국밥 한 그릇이면 한식에 대한 갈증이 싹 씻겨나갈 것 같았다. 확실히 그럴 것 같았다.

멸치 육수를 빡빡하게 우려내고, 푹 익은 김치를 들기름에 달달 볶다가 육수를 붓고, 콩나물을 넣고, 젓국을 넣고, 다진 마늘도 한 스푼 듬뿍 넣고, 밥까지 넣어 조금 걸쭉하게 푹푹 끓여낸 김치 콩나물 국밥. 후후 불어서 먹어도 필연적으로 입안 어느 구석이 화상을 입는 음식. 덜 식히고 먹었다가는 또 화상 입을 걸 알면서도 자석처럼 이끌려 다음 한 숟가락을 입속으로 들이밀 수밖에 없는 음식. 여행 중에 먹은 서양 음식 중에서는 그런 온도를 자랑하는 건 없었다. 입으로 호호 불어야만 하는 뜨거움의 맛을 모르다니. 그건 뜨거운 탕에 몸을 담그는 시원함의 맛을 모르는 것과 빡빡 때를 미는 개운함의 맛을 모르는 것과 나란히 놓고 싶은 안타까움 이었다. 누구라도 붙잡고 말하고 싶었다. "한국은요, 뜨거운 국밥을 뜨거운 돌솥에 넣어서 먹어요. 안 뜨겁냐고요? 너무 뜨겁죠. 근데 안 뜨겁게 먹으면, 그게 또 맛이 안 나거든요. 그 맛을 모르신다고요? 정말 너무 안타깝네요."

하지만 한국에 도착하는 날은 명절 당일이었다. 치밀하게 계획을 세우지 않았다가는 콩나물을 못 살 수도 있다는 생각이 들었다. 어쩔 수 없었다. 내가 집을 비운 한 달 동안 우리 집에 와서 지내고 있는 친구에게 카톡을 보냈다. '부탁 하나만 해도 될까요. 콩나물 한 봉지만 사다가 냉장고에 넣어주세요. 감사해요!'

여행을 끝내고 집에 돌아오자마자 냉장고 앞으로 갔다. 그동안 우리 집에서 머물다 간 친구의 단정한 글씨가 냉장고에 붙어 있었다. '열어보세요.' 냉장고 안에는 계란 한 판, 비빔밥 밀키트, 그리고 콩나물 한 봉지가 가지런히 들어 있었다. 분명 콩나물 한 봉지만 부탁했는데, 이게 뭘까 생각할 틈도 없었다. 그 모든 식재료 위에 메모가 붙어 있었기 때문이다. 계란 판에는 '계란 옮기다가 한 알은 제가 깨먹었어요'라는 메모, 비빔밥 밀키트에는 '저는 여행에서 돌아오면 꼭 비빔밥을 먹고 싶더라고요'라는 메모가 붙어 있었다. 내가 부탁한 것은 콩나물 한 봉지뿐이었는데, '콩나물밥을 먹고 싶은가 보다'라는 친구의 추측이 더해지고, '그럼 비빔밥 재료를 더 사서 풍성하게 먹도록 만들자'라는 친구의 배려가 더해진 결과였다. 냉장고를 열기만 했을 뿐인데 이미 뜨끈한 온기가 온몸에 퍼져나가기 시작했다.

　콩나물 님은 곧바로 우리 집 부엌에서 기적을 행하셨다. 다음 날 아침에 바로 김치 콩나물 국밥이 되어서 한 달 동안 스페인 술에 절여진 우리의 간과 내장을 해독해주신 건 물론, 미지근한 온도에 지쳐 있던 입을 죽비처럼 내려치며 펄펄 끓는 국물로 긴장감까지 잔뜩 불어넣어주셨다. 여행 중에 먹었던 맛있는 요리들은 이미 잊은 지 오래였다. 우리는 콩나물의 기적을 한 숟가락도 남기지 않고 싹싹 긁어 먹었다. 그렇게 먹었는데도 콩나물님은 아직 냉장고에 남아 계셨다. 다음 끼니는 고민할 필요도 없었다. 콩나물국을 끓이고, 친구가 마련해놓고 간 비빔밥 재료를 싹싹 다 넣고, 계란까지 넉넉하게 구워서 올렸다. 한 달 여행 동안 한식은 조금도 그립지 않다고 말한 사람이 맞나 싶을 정도로 나는 그 비빔밥을 흡입했다. 한 숟가락 먹을 때마다 나의 호들갑이 이어졌다. "너무 맛있다." "어쩜 이렇게 맛있지?" "비빔밥을 준비해놓고 가다니, 천사 아닐까?" "역시 한국 사람은 비빔밥이네." "여행 다녀왔더니 김치도 맛이 딱 다 들었네." "근데 뭐가 이렇게 맛있지?" 콩나물국은 또 어찌나 시원하던지. 콩나물 님의 기적은 이번에도 어김없이 기가 막혔다.

연달아 한식을 두 끼 먹고 났더니 마침내 한국에 제대로 돌아온 느낌이 들었다. 이번에는 유독 쉽게 돌아왔다. 친구가 우리의 연착륙을 위해 콩나물과 비빔밥과 계란을 준비해놓았기 때문이다. 이토록 펄펄 끓는 환대는, 맛있는 귀국길은 내 생애 처음이었다.

김신지 @from4rest

최애 음식은 여행지에서 마시는 모닝 맥주. 맛있는 맥주를 마음껏, 호기롭게 사 마시기 위해 돈을 번다. 잡지 에디터로 일을 시작해 〈PAPER〉〈AROUND〉〈대학내일〉 등에 글을 쓰고 트렌드 미디어 '캐릿(Careet)'을 운영하다가 '내 시간'을 되찾기 위해 회사 밖으로 나왔다. 지은 책으로는 《시간이 있었으면 좋겠다》《기록하기로 했습니다》《평일도 인생이니까》《좋아하는 걸 좋아하는 게 취미》 등이 있다. 제철 음식만큼, 지금이 아니면 안 되는 제철 행복을 누리는 게 중요하다고 믿는다.

그리고, 나는 여행이 고플 때 태국 음식을 먹는다.

오늘을 가장 좋은 순간으로
만들어주는 맛

가장 좋아하는 맥주가
무엇이냐는 질문에 대해

여름의 뜨거운 볕이 수그러들고 선선한 바람이 불어오기 시작하면, SNS에는 연례행사처럼 이런 글이 올라온다.

"여러분, 명심하세요. 지금부터 2주간만 맨투맨에 반바지를 입을 수 있는 날씨입니다."

"트렌치코트를 꺼내셔야 합니다. 지금 안 꺼내면 또 1년 내내 못 입어요."

토끼 모양 반도에 짧게 허락된 쾌적한 날씨를 놓치지 않으려는 사람들 틈에서, 나는 늘 옷차림보다 심각한 생각에 빠져 있다.

'오늘인가?'

'오늘이 바로 그날인가?'

초조한 눈으로 창밖의 날씨를 살피고, 회사에서는 노트북 우측 하단의 현재 시각을 틈틈이 훔쳐보며, 중요한 약속이 있는데 아직 일을 마치지 못해 낭패인 사람처럼 안절부절못한다. 지금 나가야 하는데. 날씨가 너무 좋은데. 창밖에서 나를 기다리고 있는 이가 있기 때문이다.

나의 가을 친구 '테맥이', 테라스 맥주 말이다.

높아진 하늘 아래 청량한 바람이 불어오는 초가을이 누군가에게는 '맨투맨에 반바지'의 계절이고, 누군가에게는 트렌치코트의 계절이라면, 나에겐 테라스 맥주의 계절이다. 나무 그늘이 운치 있게 드리운 바깥 자리에 앉아, 지브리 애니메이션 재질의 구름이 부풀어 오르는 하늘을 바라보며, 인생을 낙관하게 만드는 바람이 불어올 때마다 건배를 나눌 수 있는 계절.

가을바람에는 사람 마음을 흔들어놓는 무언가가 묻어 있는 게 분명하다. 나만 그런 건 아닌지, 점심시간에 회사 동료들과 산책을 하다 보면 다들 츄르 냄새를 맡은 고양이처럼 코를 쿵쿵거린다. 여긴 서울 도심 한가운데인데, 가을볕에 곡식이 여무는 듯한 고소한 냄새가 나는 것만 같다. 며칠 전 9월의 어느 날도 그랬다.

"아, 날씨 너무 좋다."

"출근 빼고 다 하기 좋은 날씨네요."

"퇴근합시다. 지금 퇴근하지 않는 건 이 날씨에 대한 실례예요!!!"

이래도 되나 싶을 정도로 날씨가 좋은 날이었다. 사무실로 향하는 걸음을 서두르며 우리는 업무를 빨리 끝내고 4시쯤 나와서 테라스 자리에 앉아 낮맥을 마시자고 약속했다. 3시 50분부터 메신

저 창은 바빠졌다. '○○님, 준비됐나요?' '아직요. 메일 하나 써야 돼요ㅜㅜㅜ' '저도 클라이언트 수정이 갑자기 들어와서….' '전 급한 회의가 잡혀서, 먼저들 가 계시면 끝나는 대로 갈게요!'

그날 결국 먼저 가게 된 사람은 아무도 없었다. 퇴근까지 넘어야 할 허들이 계속 생겼고, 정신을 차리고 고개를 들었을 땐 이미 해가 진 뒤였다. 어두워진 유리창에 되비치는 얼굴을 보며 생각했다. 내가 보고 싶었던 건 이게 아닌데. 우리가 모니터에 코를 박고 일하는 사이, 바깥으로 이 계절의 가장 근사한 순간이 시시각각 사라지고 있다고.

어쩌면 테라스의 계절이 내게 알려주는 것은 한 문장인지도 모르겠다. 좋은 순간을 살면, 좋은 삶을 살게 된다는 것. 인생은 너무 많은 날들로 이루어져 있어(정확히는 그렇다고 믿기 때문에) 우리는 오늘에 많은 것을 걸지 않는다. 이 멋진 날씨는, 이 좋은 하루는 내일 혹은 모레 그게 아니라도 언젠가 다시 올 것만 같다. 그래서 오늘을 덜 살고 남겨두어도 괜찮을 것 같다. 다른 오늘이 또 있을 테니까. 하지만 만일 삶이 한 달짜리 계절이어도 그런 생각을 할까?

_ 김신지,《좋아하는 걸 좋아하는 게 취미》

오죽했으면 과거의 내가 이런 글까지 썼을까. 테라스 맥주를 즐길 수 있는 계절은 정말 짧다. 다음을 기약하는 사이 날씨는 금세 추워져버리고, 옷깃을 여며야 하는 기온 아래선 누구도 선뜻 바깥자리에 앉자고 하지 않으니까. 더위를 타는 이도, 추위를 타는 이도 모두 행복할 수 있는 날씨는 여름이 끝날 무렵부터 딱 한 달 반 정도만 우리에게 허락된다. 그중 비가 오는 궂은날, 갑자기 기온이 곤두박질친 날, 바쁜 일이 몰린 날, 몸 상태가 좋지 않은 날 등을 다 제하고 나면 그나마 보름도 되지 않을 것이다.

그렇다면 어떡해야 할까? 즐길 수 있을 때 즐겨둬야 한다. 기회가 되면 테라스에 앉아 맥주를 마셔야지 하는 안일한(!) 마음으로는 부족하다. 이렇게 좋은 날씨는 정말 드물다고 여겨지는 날이면, 어떻게 해서든 그날을 테맥의 날로 만들어야 한다. 일기예보 앱을 성실하게 들여다보며 '테맥 길일'을 찾아 미리 약속을 잡아두는 정성도 필요하다. 시간도 계절도 우리를 기다려주진 않으니까. 선택할 수 있는 가장 좋은 오늘을 지금 여기에서 살아내야 한다.

가끔 북토크에서 만난 독자들이 물어올 때가 있다. 그간 맥주에 대한 글을 많이 써왔는데, 가장 좋아하는 맥주는 무엇이냐고.

"그 질문에 대한 답은 언제나 정해져 있습니다."

"…?"

"오늘 마시는 맥주예요."

사람들은 와르르 웃는데, 나는 늘 진심이다.

가장 좋아하는 맥주는 늘 지금 마시는 맥주다. 그건 평생 최고의 맥주만 마시면서 살겠다는 다짐이기도 하다. 눈앞의 맥주를 최고의 것으로 여길 때, '가장 좋은 순간'은 매번 갱신될 것이므로. 사실 우리가 먹고 마시는 모든 것에 통하는 말이 아닐까? 중요한 것은 '무엇을' 먹고 마시느냐가 아니라, 지금을 '가장 좋은 순간'으로 여길 수 있는 마음일 것이다.

가을은 혹서와 혹한 사이에 허락된 짧은 시간이다. 남은 가을날의 숙제는 이미 정해져 있다. 추워지기 전에, 하루라도 더 테라스 자리를 즐기는 일. 다음번의 가을이 없는 사람처럼, 이 날씨와 바람과 정취를 만끽하는 일. 그러려면 아무래도 조금 더 부지런해지는 것이 좋겠다.

누구에게나
'상여음'이 필요하다

　해 질 무렵 산책을 나섰다가 돌아오는 길이었다.

　두어 달 전 새로 오픈한 것을 보고 한번 가보자, 가보자 하면서 여태 못 가본 쌀국수 집이 눈에 들어왔다. 샛노란 차양 아래 키 낮은 플라스틱 테이블이 흩어져 있어서 지날 때마다 저긴 꼭 야시장 같네, 하고 바라봤던 곳.

　동네 식당들은 동네에 있다는 이유만으로 얼마나 소홀해지기 쉬운 사이인지. 너무 가까이 있어서, 맘만 먹으면 언제든 갈 수 있을 것 같아서. 그런 맘으로 지나치다 보면 정작 한 번도 가보지 못한 채 이사를 가게 되거나, 가게가 먼저 사라지거나 하기 십상이다. 그날은 어쩐지 꼭 저 바깥 자리에 앉아야 할 것 같았다.

　"저기서 저녁 먹고 갈까?"

　별다른 계획도 없었던 터라 마침 하나 비어 있는 야외 자리를 차지하고 앉았다. 현지 식당 분위기를 그대로 옮겨놓은 듯한 가게였다. 길 가는 사람들과 바깥에 앉은 손님들 사이를 가려주는 잎이 넓은 열대식물들, 노란색 차양 아래 짙은 녹색으로 포인트를 준 창틀, 벽면 여기저기 붙어 있는 베트남어로 쓰인 메뉴…. 방금 전까지만 해도 그냥 저녁이나 먹고 가자 싶은 맘이었는데 그런 것들을 하나하나 둘러보는 사이 기분이 좋아졌다. 하루 종일 모르는 도시를 걷다가 이제 막 노천 테이블에 앉은 여행자처럼.

"여기 진짜 베트남 같다. 지금 상상 여행 하는 기분이야."

옛날 학교 걸상 높이의 조그만 플라스틱 의자에 앉으니 무릎이 테이블에 자꾸만 부딪쳤는데 그마저도 좋았다. 스피커에서 흘러나오는 뜻을 전혀 알 수 없는 베트남 가요도, 멀리 건물들 사이로 지는 노을도. 부쩍 배달이 많아진 시기라 배달 오토바이들이 수시로 눈앞을 지나갔다. 그 소음 때문에 더욱 베트남 어느 도시의 노상에 앉아 있는 기분이 들었다. 그러지 않을 도리가 없어서 사이공 맥주를 시켰다. 유리잔인 척하는 투명 플라스틱 잔에 맥주를 따르면서 이 가볍고 조악한 컵마저 여행지를 떠올리게 하는구나, 생각했다. 단출한 메뉴판에서 '강'은 쌀국수를, 나는 비빔국수 분 팃느엉을 골랐다. 물론 고수도 넉넉히 추가. 고수야말로 단박에 여행지로 순간 이동 시켜주는 마법의 채소니까. 이제 음식만 맛있으면 완벽하겠다 싶었는데, 갓 나온 국수를 한입 먹고선 둘 다 마피아처럼 고개를 들어 서로의 얼굴을 확인했다.

"너무 맛있어! 베트남에서 먹던 맛이야!"

맥주 덕분인지 고수 덕분인지 과열되는 나의 호들갑에 강도 맛장구(맛있을 때 호응해주는 것을 이르는 말, 주로 서울 지역에서… 는 아니고 우리 집에서만 쓰인다)를 쳐주었다.

"거기 이름이 뭐였지? 우리 밤 비행기로 나트랑 도착하자마자 찾아갔던 쌀국수 집."

"아… 거기… 포… 포… 아!! 포홍!!"

"맞아, 포홍! 거기 진짜 맛있었는데."

"테이블 위에 쪼그만 베트남 고추 오종종 올려둔 게 찐이지."

"하나만 먹어도 엄청 맵잖아."

"난 그거 넣어서 먹는 게 그렇게 맛있더라."

"아, 우리 그때 간 숙소도 진짜 좋았는데."

"거기 수영장은 뷰 맛집이었지. 다음에 가면 시내 안 가고 거기만 있어도 좋겠더라."

그릇이 빌 때까지, 맥주잔이 마를 때까지, 여행 얘기는 계속 이어졌다. 그럴 때면 여행은 한 번으로 끝나는 일이 아닌 것 같다. 다시 이야기를 나눌 때, 그리워할 때, 우리는 몇 번이고 그 시간 그 장소로 돌아가 추억 여행을 할 수 있으니까. 그리웠던 골목을 다시 걷고, 머무는 동안 단골이었던 식당에 다시 가고, 잊지 못할 풍경 앞에 다시 서면서. 추억 토크가 한창일 무렵, 옆자리에 새로 앉은 남자가 가게 안쪽을 향해 손을 들었다.

"여기 고수 좀 넉넉히 주세요!"

강이 가까이 와보라고 손짓한 다음 뻔뻔한 얼굴로 속삭였다.

"옆.자.리.도.한.국.사.람.인.가.봐."

이번엔 맞장구가 필요한 순간이었다.

"여기 나트랑 맛집으로 유명한 데거든."

맥주를 두어 병 더 마신 뒤에 숙소 가서 한잔 더 하자! 하는 마음으로 집을 향해 걸었다. 그러고 보면 음식만큼 단박에 여행지를 떠올리게 하는 것도 없다는 얘기를 나누면서. 정말 그렇다. 미각과 후각의 기억은 정직해서 우리를 금세 그곳으로 데려다준다. 그럼 우리는 '아는 맛'의 손에 이끌린 채 다시 그때 그 테이블에 앉은 사람들처럼 여행 얘기를 끝도 없이 나누게 되는 것이다.

팬데믹 이전, 겨울마다 여름 나라 태국에 다녀오는 게 낙이었던 나는 코로나에 발이 묶인 후로 그 아쉬움을 태국 음식으로 달래고 있다. 맛있는 쏨땀을 판다는 집에 부러 찾아가기도 하고, 주말 저녁 강이 배달 앱을 뒤지며 "뭐 먹을까?" 물으면 늘 고민하는 시늉만 하고선 "음… 오랜만에 태국 음식?" 하고 답하기도 한다. 퇴근길에 얌운센과 팟타이를 포장해 와서 테라스에 앉아 먹을 때도 있다. 맥주를 마시며 산책로의 푸른 나무들을 내려다볼 때마다 주문을 외듯 '여기가 바로 치앙마이다' 생각한다. 그래서 우리 집 테라스는 애칭마저도 a.k.a. '대흥마이(대흥동의 치앙마이)'가 되었다. 바깥 출입을 거의 하지 못하던 시기에도, 재택근무만 내내 이어질 때에도, 대흥마이가 있어서 견딜 만했다. 상상 여행을 떠나기에 그보다 좋은 장소는 없었으니까.

　누구에게나 '상여음(상상 여행 음식)'이 필요하다. 별걸 다 줄이는 시대니까 이렇게 말해도 되겠지. 떠나지 않고도 여행할 수 있는 첫 번째 방법은, 그리웠던 여행지의 음식을 다시 찾아 먹는 것. 그건 친구를 만나 "뭐 먹고 싶어?" 대신 "어디로 가고 싶어?"라고 묻는 일이기도 하겠다. 같이 사는 이에게 "오늘 저녁 뭐 먹을까?" 묻는 말은 곧 "오늘 저녁은 어디로 떠날까?" 하는 말이 될 수도 있겠다. 어쩌면 우리는 오늘, 그곳으로 같이 떠날 수도 있겠다. 다른 것도 아닌 '음식'이 그런 여행의 왕복 티켓이 되어줄 수 있다는 건 얼마나 다행한 일인지. 내일은 타파스 티켓을 끊고 스페인으로 떠나보고 싶은 밤이다.

철없는 어른이 되지
않으려고 먹는 것들

'고구마 조금 부쳐주까.'

출근길 엄마의 문자를 받았다. 방심해선 안 된다.

'응, 조금.'

'그래, 조금.'

'진짜 조금.'

'어차피 올해는 마이 없다.'

사흘 뒤 도착한 택배 박스는 현관문을 가로로 가릴 정도로 거대하다. 내가 생각한 '한 박스'가 귤 박스 정도 크기일 때, 엄마가 생각한 박스는 늘 무슨 농기구 같은 것을 넣었던 대형 박스니까. 아, 또 몇 달 동안 먹을 고구마가 생겼구나….

시골에서 한평생 농사지으며 살아온 인숙 씨는 철마다 택배를 보낸다. 봄이면 들판에서 캔 냉이와 쑥으로 시작해 여름엔 복숭아와 옥수수와 아오리사과를, 가을에는 갓 도정한 햅쌀을, 겨울이 올 무렵이면 고구마와 감말랭이 등의 겨울나기 식량을. 한 달에 두어 번씩은 퇴근하고 돌아와 현관문 앞에 도착해 있는 계절을 만난다. 박스 표면에 굵은 매직으로 늘 내 이름을 써두시기 때문에, 그 계절은 정말 내 앞으로만 부쳐진 것 같다. 택배 박스 속에서 각종 농산물을 꺼낼 때면, 남아 있는 흙냄새로부터 시골에서 자라던 어린 시절의 기억이 피어오른다.

내가 태어나고 자란 집은 외진 시골에서도 더 외진 산자락 아래 있었다. 뒤로는 야트막한 산, 앞으로는 논과 밭으로 이루어진 하염없는 들판. 그곳에서 어린 내가 가장 먼저 깨친 생활의 지혜는 이것이었다. '문밖을 나서면 먹을 것을 구할 수 있다.' 시골에서 자라는 아이에게 식량 채집은 일종의 놀이이기도 했다. 먹을 것은 지천에 널려 있었고, 부모로부터 열매를 구분하는 법과 먹을 수 있는 풀과 못 먹는 풀을 가려내는 법을 배우고 나면 그때부터 본격적인 활동이 시작된다. 봄에 밭둑에서 쑥을 뜯어오면 저녁 밥상엔 쑥버무리나 쑥국이 올라왔고, 미나리를 뜯어오면 바삭한 미나리전이 올라왔다. 두릅의 새순은 두릅튀김이 되었고, 호박잎을 꺾어오면 강된장과 함께 먹을 쌈이 되었다. 손끝을 물들여가며 까만 오디나 산딸기를 딸 때도 있었고, 밤을 줍다가 떨어지는 밤송이를 머리에 정통으로 맞아 울면서 집으로 돌아오는 날도 있었다. 시골 집 뒷산에는 도토리나무가 많아서 늦가을에 바람이 세차게 불 때면 여문 도토리가 후두두둑 떨어지는 소리가 집 마당까지 울렸다.

그런 날은 다람쥐처럼 재빨리 뒷산에 올라 오빠와 내기하듯이 도토리를 줍기도 했다. 며칠 뒤 밥상엔 어김없이 도토리묵이 올라왔고. 그런 게 다 가능했던 시절이었다.

그래서일까. 시골에서 살았던 시간과 도시에서 산 시간이 비슷해져가는 지금도 내게 계절은 신선한 제철 재료와 함께 온다. 날씨가 따뜻해지면 반팔을 꺼내 입고 서늘해지면 외투를 꺼내듯이, 새로 도착한 계절이 몸이란 옷장을 열어 알맞은 기억을 꺼내는 느낌이다. 언 땅이 포슬포슬해지는 봄이면 냉이를 넣은 된장찌개가 생각나고, 봄비가 내리는 날엔 꼭 미나리전이 먹고 싶어진다. 초여름엔 산나물을 종류별로 넣은 비빔밥이 먹고 싶어 동네 반찬 집을 헤맨다. 가을은 수확의 계절이니까 당연히 떠오르는 게 많아진다. 밤이 익었겠네, 두 발에 야무지게 힘줘서 밤송이를 벌린 다음 매끈한 밤을 꺼낼 때의 기분이 정말 좋은데. 아직 푸르스름한 빛깔이 남아 있을 무렵의 아삭거리는 대추가 먹고 싶고, 출출한 밤에 먹을 고구마가 그리워진다.

냉이 캐던 아이가 다 큰 어른이 되어 믿는 진실 중 하나는 이것이다.

'제철 음식은 사이언스!'

자연의 일부로서 우리 몸도 당연히 그 계절의 대표 식량을 원하지 않을까. 무르익은 계절의 가장 풍부한 영양소를 섭취하는 것이야말로 생존에 도움이 될 테니까. 계절이 우리에게 아낌없이 내어주는 것을 찾아 먹을 때면 인스턴트와 조미료에 절여진 몸이 순해지는 느낌이다. 내가 지구의 자전과 공전에 따라, 계절에 맞춰 변하는 자연에 따라, 그 일부로서 살아가고 있다는 감각. 햄버거에는 없는 그 감각이 미나리전에는 분명히 있다. 동시에 뭔가 어른스럽게 생활을 꾸리는 것 같아 조금 으쓱해지기도 한다.

어렸을 적 만난 어떤 어른들은 만물박사 같았다. 비슷비슷해 보이는 산나물들의 이름을 정확히 호명하고 탈 나지 않게 손질하는 법을 알 때 어떻게 저런 것을 구분하지, 저런 상식을 알고 있지 싶어서 고개를 들고 좀 우러러봤던 기억이 난다. 동시에 나 역시 자라서 그런 어른이 되고 싶었다. 계절이 무엇을 어떻게 바꾸어놓는지, 신선한 재료에서 가장 좋은 맛을 뽑아내는 비결이 무엇인지 잘 알고 있는 어른. 그런 얘기를 으스대지 않고(으스대면 멋이 없다) 자연스레 알려주는 사람이 되고 싶었다. 그건 세상이 무엇으로, 어떤 것들로 이루어진 곳인지 잘 아는 사람의 말일 테니까. '나' 하나만 알고 사는 게 아니라, 내가 놓여 있는 세상의 맥락과 배경지식에까지 관심을 기울인다는 건 지금 생각해도 근사한 일이다. 참기름은 어디서 뚝 떨어져 마트 선반에 놓여 있는 것이 아니라 여름내 밭에서 참깨를 기르고, 쉼표 같은 깨를 줄기에서 탈탈 털어 모으고, 체에 쳐서 불순물을 걸러낸 다음, 방앗간에서 힘껏 짜낼 때 나오는 것이니 그 과정을 알 때 우리가 지각하는 세상은 더 넓어지지 않을까.

산골 마을에서 자라, 바다가 길러낸 것들에 대해선 무지한 나는 요즘 바다 식량을 접할 때마다 검색해보는 재미에 푹 빠져 있다. 오, 해남에서는 삼치를 회로도 먹는구나. 1년 중 이맘때 가리비가 제일 크고 맛이 좋은 거구나. 새롭게 알아가는 것들이 늘어나서 기쁘다.

철없는 어른이 되지 않으려고 제철을 챙기며 산다. 10월이 가기 전에 먹어야 하는 것들, 11월에 가장 무르익는 것들을 적어놓고 괜히 웃는다. 동시에 언제 내 앞으로 도착할지 모를, 인숙 씨가 부쳐주는 계절을 기다린다.

우리가 식탁 앞에서
나누는 것들

잘하고 싶었다.

사람마다 잘하고 싶은 것의 종류는 다를 텐데, 오랫동안 내게는 '요리'가 잘하고 싶은 영역에 속해 있었다. 20대 내내 자취하면서 먹은 것들이 '생존'에 가까웠다면, 30대의 식사는 '생활'을 챙기는 일에 가까웠다. 잘 지어서 잘 먹는 일이 곧 일상을 잘 꾸려가는 어른스러운 삶의 척도처럼 느껴졌다. 재료의 특성을 알고 건강한 요리를 해 먹고 싶었고, 누군가를 내 공간에 초대하면 인스타그램 피드에서 본 듯한 근사한 음식을 차려내고 싶었다.

건강한 일상을 꾸리는 일이야 당연히 중요하지만, 후자는 '손님을 대접해야 한다'는 마음에 더 가까웠던 것 같다. 초대 요리에 부담을 느끼니 누군가를 내 공간에 들이는 일도 기껍지가 않았다. 왜인지 모르겠지만 '대접'의 범위에 포장이나 배달 음식은 없었다. 내 안의 유교걸이 말하는 것이다. '집에 초대해놓고 그건 좀 아니지 않아? 예의가 없거나 마음이 부족한 것으로 비칠 수도 있어.'

왜 '대접'이 공들여 차려낸 음식이라고만 생각했을까. 그 마음을 한 겹 한 겹 벗겨보면 알맹이에는 이런 감정이 들어 있었다. 이 초대가 어떤 식으로든 그 사람 안에서 '평가'될 거라는 생각, 나와 함께하는 시간이 즐거웠으면 좋겠는데 하는 기대와 두려움. 그러니 직접 요리하지 않은 음식이 그 사람을 실망시키지나 않을까 걱정됐고, 근사한 요리로 평타 이상의 분위기를 만들고 싶었다. 고작 집에 누군가를 부르는 일로 그만큼 심각했느냐 묻는다면, 심각했다. 사적인 공간에 초대할 정도면 앞으로 더 가까워지고 싶거나 그만큼 좋아하는 사람일 텐데 어쨌든 잘해내고 싶었던 것이다. 내 생각이 혼자 달음질쳐 나가려 할 때마다 손목을 붙잡아 끌어 앉히는 친구 Y는 말했다.

"정말 별걱정을 다 한다. 생각이 너무 많아."

일찍이 오은영 선생님은 나 같은 생각 부자들을 겨냥해 이런 명언을 한 적도 있다.

"자, 그 사람 감정은 누구 거예요? 그 사람 거예요."

맞다. 그러니 마음을 넘겨짚지 말고 나는 내가 할 수 있는 행동까지만 하면 된다. 어떻게 느낄지는 그 사람에게 달린 거니까. '나와 함께하는 시간이 즐거웠으면 좋겠는데'라는 마음의 방점은 '즐거움'에 찍혀 있었다. 짧거나 긴 식사가 훗날 즐거운 기억으로 남으려면 무얼 해야 할까? 지금 여기에서 좋은 시간을 보내면 된다.

그러려면 무엇보다 내 마음이 편해야 하고. 아마 잘해주고 싶어 도리어 초조해했던 예전의 나를 보면서 초대받은 이들도 썩 편하진 않았을 것이다. 요리보다, 무얼 먹느냐보다 중요한 건 즐거울 준비가 된 마음일지 몰랐다.

그런 생각을 한 후로는 요리에 집착하지 않게 되었다. 시간과 마음을 내어주는 일에 요리라는 저울질이 필요한 건 아니니까. "이거 우리 동네에서 제일 맛있는 떡볶이야" 하며 줄 서서 포장해온 음식을 내놓기도 하고, "너 좋아하는 마라샹궈 시켰어" 하며 따끈한 배달 음식을 나눠 먹기도 한다. 혼자 먹기 아까워 꼭 맛보여주고 싶었던 음식을 준비하는 일에도, 친구가 지난번에 뭘 잘 먹었었는지 기억해두는 일에도 마음은 충분히 담긴다. 오늘의 멤버에, 오늘의 화제에, 오늘의 날씨에 어울리는 음식을 앞에 두고 편안한 대화를 나누면 어떤 식탁에든 즐거움은 차올랐다. 요리 강박과 멀어지니 오히려 내 방식대로 편하게 요리를 해줄 수 있게 된 것은 물론이고.

우리가 식탁을 사이에 두고 마주 앉을 때, 그건 이 음식을 먹는 동안 함께 시간을 보내겠다는 뜻이다. 맛있다, 하는 감탄과 사소한 근황과 속 깊은 얘기를 오가며 서로에게 자신의 시간을 내어주겠다는 뜻이다. 무언가를 먹으면서 웃고 떠들다 보면 분위기는 자연스레 봄밤처럼 무르익고, 손 흔들며 헤어질 때쯤엔 '아, 오늘도

x

재밌었다' 생각하게 된다. 즐겁게 지쳤을 때의 그 노곤함이 언제나 좋다. 그 노곤함에 닿기까지 우리가 서로에게 아낌없이 시간을 내어주었다는 사실이 좋다. 앞으로도 이렇게 종종 마주 앉아 함께 웃고 싶다는 마음이 드는 게 좋다. 그런 마음이 든 밤이라면, 분명 우리는 '좋은 시간'을 보낸 것이리라.

> 우리 인생에는 약간의 좋은 일과 많은 나쁜 일이 생긴다. 좋은 일은 그냥 그 자체로 둬둬라. 그리고 나쁜 일은 바꿔라. 더 나은 것으로. 이를 테면 시 같은 것으로.

보르헤스의 이 문장에서 '시'를 '음식'으로 바꾸어도 다르지 않을 것 같다. (보르헤스의 동의는 얻지 못했지만.) 그도 실은 스트레스를 받으면 머리가 울릴 정도로 단 음식이 먹고 싶진 않았을까? 한국 사람들이 고된 하루를 마치고 매운 음식이나 소주를 찾는 건 본능적으로 마음을 달랠 방법이 뭔지 알아서가 아닐까? 인생에 일어나는 많은 나쁜 일들 앞에서, 각자 다른 이유로 불행하나 비슷한 마음으로 위로받고 싶어서 우리는 함께 모여 음식을 먹는다. 실컷 하소연하고 한탄하고 공감받은 뒤에 기운 내서 다시 세상으로 걸어 나가기 위해서. 혹은 여러 가지 의무를 잠시 잊고 그저 즐겁고 싶어서. 내가 음식 앞에서 받았던 위로는 대개 그런 종류였던 것 같다.

　잘하고 싶다, 여전히. 다만 이제 더 이상 그 마음은 어느 정도 이상의 수준이나 숙련도를 가리키지 않는다. 잘 먹고, 잘 웃고 싶다. 잘 얘기하고, 잘 표현하고 싶다. 기꺼이 집에 누군가를 들이고, 서툴고 별로인 모습도 보여주면서 함께 즐겁고 싶다. 그럴 때 아무래도 빈 테이블은 허전하니까 음식과 함께라면 좋겠지. 이왕이면 시원한 맥주도 곁들이고. 음식을 펼칠 때, 수저를 놓을 때, "이것 좀 먹어봐" 하고 방금 맛본 것을 권하며 작은 소동이 일 때, 우리가 식탁 앞에서 나누는 건 시간과 마음이라는 걸 이제는 안다.

두 번 다시 잃고 싶지 않아

    서른아홉 해를 사는 동안 나는 내가 먹는 데 그리 욕심이 없는 사람이라고 생각해왔다. 하루에 점심, 저녁 두 끼를 먹고 군것질은 좀처럼 하지 않는다. 사람들과 같이 모여 식사를 할 때 하나 남은 만두, 하나 남은 회 같은 것에 욕심을 낸 적도 없다. 배려나 양보라고 오해할까 봐 하는 말인데 정말로 그리 먹고 싶지 않아서다. 가장 좋아하는 음식이 뭐냐는 질문에도 바로 떠오르는 것이 없다. 좋아하는 것은 이것저것 떠오르지만 우열을 가릴 만큼 단박에 1위에 올릴 만한 음식이 없는 것이다. 먹는 속도가 느리기도 하다. 회식 자리에선 종종 오해를 받곤 했다.

"왜 이렇게 안주를 안 먹어요? 입이 짧은가?"

"제가 먹기 전에 다들 드셨잖아요⋯."

"그러고 보면 신지 씨 취한 건 한 번도 본 적이 없어. 술이 센가?"

"제가 취하기 전에 다들 빨리 드시고 취하셨잖아요⋯."

이런 식이다.

그런 내가 요즘 난생처음으로 '디톡스'라는 것을 하고 있다. 몸 안에 쌓인 독소를 빼내 혈액은 맑게 해주고 세포는 회복시켜준다는 그것. 새해에는 안 해본 일을 좀 해보겠다고 마음먹은 차에, 친구가 디톡스 후기를 들려주었고 귀 얇은 나는 어느새 결제 버튼을 누르고 있었다. 아무것도 모르고 시작한 디톡스는 집으로 배송된 종류별 과일주스, 채소주스, 허브차, 그리고 물만(!) 일주일 동안 마셔야 하는 아주 혹독한 프로그램이었다. 여기서 디톡스의 과학적 효과는 둘째 치고(넷째 날 이 원고를 쓰고 있으므로 결과는 아직 모른다), 뭐랄까 개인적 효과는 확실히 느끼고 있는데…. 디톡스 나흘 차, 나는 방문을 열고 거실로 뛰쳐나오며 반려인 강에게 이렇게 포효하기에 이르렀다.

"세상에 이렇게 맛있는 음식이 많은 줄 몰랐어!"

못 먹게 되니까 먹고 싶은 것들이 끊임없이 아른거렸다. 두부 넣은 김치찌개 정말 맛있겠지…? 크림치즈 바른 베이글에 따뜻한 카푸치노 먹고 싶다…. 새콤한 오이무침, 오이무침이 먹고 싶어! 강이 무슨 이야기를 전해주다가 고래 싸움에 새우 등 터진다고 했을 때 속으로 '새우 등 터지면 정말 맛있는데…'라고 생각하는 지경에 이르렀다.

어제는 강의 친구 커플이 집에 놀러 왔다. 초대 요리를 고민하는 강에게 (먹는 걸 지켜만 보면 괴로울 게 뻔하니) "그냥 내가 안 좋아하는 것만 먹으면 안 돼?"라고 부탁까지 했었는데, 같이 장을 보는 사이 맘이 바뀌었다. 대리만족이라도 얻고 싶었던 것이다. 그날 저녁 강과 나는 끊임없이 음식을 차려냈다. 재료를 아낌없이 넣어 만든 라자냐와 새우버터볶음으로 시작해, 표고버섯으로 국물을 낸 다음 엄마표 만능간장인 '청양장'을 넣어 끓인 매콤한 어묵탕, 손질한 양파와 무순, 타르타르소스를 곁들여서 두툼하게 썰어낸 생연어회. 술자리의 마무리는 어묵탕 남은 국물에 끓인 라면과 입가심용 설향 딸기. 요리를 하나씩 내어갈 때마다 나는 테이블 근처에서 서성거리며 손님들에게 맛있어? 얼마나 맛있어? 방금 그건 어떤 맛이야? 집요하게 말을 걸었다. 간을 안 보고 만든(그렇다, 간도 볼 수 없었던 것이다…) 요리가 저번보다 훨씬 맛있다고, 앞으로도 쭉 간을 보지 말라는 칭찬(?)도 들었다.

자려고 누웠지만 온갖 음식이 아른거려 잠이 안 왔다. 강에게 아까 먹은 맛을 최대한 실제에 가깝게 묘사해달라고 했다. 연어회 식감은 어땠어? 그래? 두껍게 썬 게 아무래도 맛있지? 무순하고 양파 중에 뭐가 더 입을 개운하게 해줘? 무순은 정말 소중한 존재였어, 그치? 와사비 간장이랑 타르타르소스 중엔 뭐에 찍어 먹을 때가 더 맛나? 질문이 거듭될수록 강의 맛 묘사 실력도 늘어갔다.

몸이 비워지자 미각과 후각이 섬세하게 되살아났다. 후각은 거의… 마약 탐지견에 가까워진 기분이었다. 강이 회식을 하고 온 건 이틀 전인데 아직도 집 안에서 알코올 냄새를 맡을 정도였으니. 왜 집에 계속 술 냄새가 떠도나 했는데 그건 강이 숨을 쉴 때마다 미세하게 나와서 공기 중에 퍼지는 냄새였다. 외출 나가서는 길거리의 거의 모든 냄새를 감지해냈다.

아, 원두 볶는 냄새… 너무 좋다!

쌀국수, 쌀국수 냄새야 이건!

방금 저 골목 지날 때 맡았어? 올리브오일에 마늘 볶는 냄새 말이야. 침 고였어….

이건 그거다! 만두 집 솥에서 피어오르는 김 냄새!

어떤 일에서든 교훈 얻기를 좋아하는 나는 이번 디톡스 사건으로도 교훈을 얻었다. 잃었을 때를 생각하면 소중한 것을 눈치챌 수 있다는 것. 음식 먹는 자유를 잃고 나서야 내가 얼마나 다양한 맛을 즐기고 좋아하는 사람이었는지 알게 된 것처럼. 일상을 채우고 있던 평범한 음식들의 소중함을 깨닫게 된 것처럼.

비단 음식에만 해당하는 얘기는 아니다. 팬데믹 기간 동안 일상을 잃어본 우리는, 지금껏 아무렇지 않게 누리던 것들 중 당연한 것은 하나도 없었다는 걸 4년에 걸쳐 체감하지 않았던가. 그것도 일종의 디톡스였을지 모르겠다. 오랜 기간 독소처럼 쌓인 건 무엇인지, 소중한 걸 알았으면 그만큼 소중히 대해야 할 게 무엇인지 알려주는. 마스크를 쓰지 않고 누군가를 만나고, 산책을 하고, 장을 볼 수 있는 이 평범한 일상이 얼마나 소중한지 금세 잊지 않기를 바랄 뿐이다.

그러고 보면 잃었을 때를 상상하는 건 슬퍼지려는 자세가 아니라 사랑하려는 자세에 가깝다. 많은 것을 당연하게 여긴다 싶을 때, 무감해진다 싶을 때 나는 이제 상실과 부재를 상상해본다. 내 삶에서 그것을 혹은 그 사람을 빼면 얼마나 큰 빈자리가 생길지. 그럼 눈앞의 지금을 소중히 여길 수밖에 없다.

디톡스를 끝내고 나면 음식의 맛과 향이 전에 없이 풍부하게 느껴진다는데, 이제 딱 이틀 남았다. 얼마나 맛있을까, 내가 잠시 잃었던 그 모든 음식들은! 다신 잃고 싶지 않은 일상이니 디톡스를 두 번 할 일은 없을 것 같다.

무과수 ⓘ muguasu

책 《안녕한, 가》《인디펜던트워커》《무과수의 기록》
등을 쓴 작가이자, 한마디로 정의할 수 없는 다양한 일
을 하고 있는 프리워커. 집을 기반으로 동네와 해외를
넘나들며 살면서 놓치기 쉬운 생각과 질문을 공유하
고 있다.

그리고, 나는 찬 바람 불 때 땅콩과자를 사 먹는다.

내가 사랑했던 모든 음식들에게

무과수가 사랑한 음식
① 쌀국수

음식 에세이를 연재할 기회가 왔다. 음식에 대해서 어떤 이야기를 할 수 있을까 잠깐 고민을 하다, 나에게는 음식을 대하는 특징적인 태도가 하나 있다는 걸 깨닫게 됐다. 그건 바로 '한때 열렬히 사랑한다는 것'. 정말 좋아한다면 꾸준히 일주일에 몇 번은 꼭 먹어줘야 한다고 할 수도 있겠지만, 나는 몰아서 먹는 것 또한 좋아하는 마음에서 비롯된 거라 믿으니까.

후덥지근하던 여름이 자취를 싹 감추고 드디어 기다리던 가을이 오긴 왔는데, 트렌치코트를 입고 가볍게 산책하기 좋은 날씨를 상상했던 나에게는 벌써 겨울의 초입이 아닐까 하는 생각이 들 정도로 날씨가 쌀쌀하다. 선선하다가 아니라 쌀쌀하다는 표현이 나오면 생각나는 음식이 몇 가지 있는데, 그중 하나가 '쌀국수'다. (둘 다 'ㅆ'이 들어간다는 엄청난 발견을!)

쌀국수에 빠지게 된 건 바야흐로 2016년 태국에 한 달간 머물 때부터였다. 물론 쌀국수는 베트남이 아니냐고 할 수 있겠지만,

나는 쌀국수의 태생을 이야기하려고 하는 건 아니니까. 태국에 머물면서 나를 행복하게 만들어준 포인트가 여러 개 있는데 그중 하나가 쌀국수를 저렴한 가격에 맘껏 먹을 수 있다는 거였다. 물론 쌀국수는 보통 찬 바람 불 때 생각나기 마련인데, 태국은 연중 내내 더운 날씨에 에어컨도 없는 가게에서 땀을 뻘뻘 흘리며 먹어야 함에도 선택하게 되는 마력의 메뉴다.

동네에 자주 가던 단골집(여행지에서는 두 번 이상 가면 단골집으로 친다)이 있었는데 한국으로 치면 동네 백반집 같은 느낌인 곳이었다. 태국에서는 번듯한 식당보다 길가나 동네의 오래된 작은 가게에서 먹어줘야 맛도 인심도 더 살아나는 기분이 든다. 태국어로 쌀국수는 '꾸에띠오'인데, 로컬 가게일수록 의사소통이 어려우니 자주 먹는 음식 정도는 그 나라 말로 알아가면 유용하다.

뜨끈한 육수에 쌀국수 면과 숙주, 그리고 피시볼이 푸짐하게 들어간 한 그릇. 넘치지도 그렇다고 모자라지도 않은 적당한 양의 쌀국수를 후루룩 먹다 보면 마음이 풍족해진다. 이 가게의 쌀국수 맛은 사실 잘 떠오르지 않을 정도로 굉장히 평범했는데 그런데도 생각이 난다는 건, 유독 마음에 남는 음식은 꼭 맛뿐만 아니라 그날의 분위기와 상황도 크게 한몫한다는 뜻이다.

그렇게 태국에서 시작된 쌀국수 사랑은 그다음 유럽 여행에서도 계속됐다. 그곳에서도 단골집이 쌀국수 집이었던 걸 보면 말이다. 프라하에서는 'Remember'라는 가게를 자주 갔었다. 이곳은 노란색 벽과 브라운색 테이블의 조화가 이색적인 분위기를 자아내는 베트남 음식점이었다. 작은 공간이지만 복층으로 된 구조로 아래 홀이 훤히 내려다보이는 2층을 좋아했다. 깊고 깔끔한 국물 맛은 물론 토핑도 아낌없이 올려져 나오는데, 맛과 양 그리고 가격 모두 만족스러워 현지인에게도 사랑받는 곳이었다.

이곳에는 혼자 갔다가 반해서 그 이후로는 꼭 사람들을 데리고 함께 가곤 했다. (좋아하는 것을 좋아하는 사람에게 공유하는 편.) 아직도 기억에 남는 건 한국으로 떠난 줄 알았던 한 사람을 운명적으로 재회한 곳도 이곳이다. 유럽에 멋진 공간도 많은데 왜 이곳을 선택했냐고 묻는다면, 그날 갑자기 비가 내리면서 기온이 뚝 떨어져서 '쌀국수'를 대체할 음식이 도저히 떠오르지 않았기 때문이다. 그리고 낯선 공간이 아닌 익숙한 공간이 주는 안정감이 있으니까.

암튼, 우리는 바싹하게 튀겨 나온 짜조를 에피타이저로 맛본 뒤 커다란 그릇에 나온 쌀국수 호호 불어 먹으며 그간의 안부를 주고받았다.

마지막으로 기억에 남는 곳은 베를린 쌀국수다. 베를린과 쌀국수는 안 어울리는 것 같으면서도 절묘하게 어울리는데, 평소에 죽어도 아이스를 외치는 나도 따듯한 커피를 절로 주문하게 만드는 먹먹하면서도 서늘한 날씨 때문이 아닐까. 베를린 알렉산더플라

츠역 근처에는 유명한 쌀국수 집이 두 개 정도가 있는데, 하나는 'Com Viet'이고 또 하나는 'monsieur vuong'이다.

두 가게는 분위기뿐만 아니라 쌀국수의 맛도 확실히 달라 골라 먹는 재미가 있다. 'Com Viet'는 인테리어부터 라탄과 플랜테리어로 베를린이 아닌 베트남에 온 듯한 기분이 든다. 현란한 장식과 벽에 걸린 동양적인 그림들이 시선을 잡아끈다. 이곳은 육수가 좀 특이한 편인데, 카레 가루를 베이스로 향신료 맛이 훨씬 강한 쪽에 속한다. 매번 깔끔한 맛의 육수만 맛보다가 특색 있는 맛을 경험할 수 있어서 좋았다. 'monsieur vuong'은 현지인뿐만 아니라 여행자들에게도 정말 사랑받는 곳 중 하나다. 인테리어는 카페에 온 듯 심플하고 힙하다. 향신료 맛이 강하지 않은 맑은 육수인데 맛이 깊고, 고수를 잔뜩 넣어줘서 현지의 맛도 놓치지 않았다. 이곳의 국물은 그릇째 들이켜지 않으면 유죄인 맛이다. 혼자 가게 되면 쌀국수를 작은 사이즈로 시키고, 튀김을 시켜 함께 먹으면 최고의 조합이 된다.

아, 여기까지 글을 쓰고 나니 오늘은 쌀국수를 안 먹으면 안 될 것만 같다. 고수 팍팍 넣고 먹다, 조금 질린다 싶을 때 매콤한 칠리 소스와 달콤한 호이신 소스를 반반 섞어서 면에 비벼 먹으면 또 다른 맛! 먼 길 갈 필요 없이 동네에 쌀국수 집 어디 없나 한번 찾아보시길. 뜻밖의 맛집을 발견하고 올겨울 단골집이 될지도 모르니까.

무과수가 사랑한 음식
② 크루아상

스스로 조금 신기하게 여기는 부분이 몇 가지 있는데, 그중 하나는 집에서 라면을 잘 끓여 먹지 않는다는 것이며, 다른 하나는 빵을 생각보다 좋아하지 않는다는 것이다. 여기서 포인트는 '좋아하지 않는다'가 아니라 '생각보다'라는 것에 주의해야 한다. 여행을 가면 꼭 빵집을 찾아가고, 빵이 만들어지는 과정에 대해서 무척 흥미로워하면서도 정작 빵 없이 못 살지는 않는 모순이 스스로 신기하달까. 암튼, 무과수가 사랑한 음식 두 번째 이야기는 '크루아상'이다.

빵집 앞을 지나칠 수 없는 건 길거리로 고소하게 새어 나오는 특유의 빵 냄새 때문일 것이다. 문을 열고 들어가 진열대 위에 먹음직스럽게 줄지어 있는 각양각색의 빵을 보고 있으면 군침이 돈다. 다양한 빵 중에서도 왜 하필 '크루아상'인가를 설명하려면, 다시 2016년 태국으로 돌아가야 한다.

그날은 미국 대사관에서 열린 'Farmer's market'에 간 날이었다.

초록색 천막 아래, 초록색 패브릭으로 뒤덮인 긴 테이블에 셀러들이 줄지어서 다양한 물건을 팔고 있었다. 핸드메이드 제품부터 먹거리까지. 마켓은 구매하지 않더라도 눈요기를 할 수 있어 둘러보는 맛이 있다. 그렇게 이리저리 구경하다 발길을 멈춰 선 곳은, 다름 아닌 빵을 파는 부스 앞이었다.

테이블 위에 수북이 쌓여 있는 빵들도 눈길을 사로잡기 충분했지만, 흰색 리넨 셔츠를 입은 서양 할아버지가 오는 손님에게 빵 조각을 건네며 맛을 보게 하는 장면이 인상적이었다. 맛을 보여준다는 것은 자신 있어야 할 수 있는 행위다. 보통은 부족함을 감추고 사람들의 시선을 교묘하게 혼란시키기 마련인데 시식은 정면 승부를 보는 것이다. '일단 먹어봐! 맛보면 안 살 수 없을걸?'하는 자신감이 엿보인달까. '맛이 없다면 맛을 보게 할 리 없잖아?'라는 생각으로 빵에 손이 가는 순간, 이미 걸려든 것이다.

어쨌든 그렇게 홀린 듯 빵집 앞에서 고민을 하다가 고른 것이 크루아상이었다. 나는 그 빵을 다음 날 아침으로 먹었는데, 더운 날씨라 빵빵하게 부풀어 있어야 하는 빵이 푹 꺼져 볼품없어져 별 기대가 없던 터였다. 한입 크기로 찢어 입에 넣는데, 크루아상 특유의 버터 가득한 풍미가 여전한 것이 아닌가. 이때부터였나, 내가 크루아상을 사랑하게 된 것이.

알고 보니 서양 할아버지는 태국에서 유명한 'Amantee'라는 빵집을 운영하고 있었다. 열다섯 가지 이상의 다양한 밀가루로 빵을 만드는 유기농 수제 베이커리이며, 매일 메뉴가 바뀌고 서른 가지가 넘는 다양한 종류의 빵을 판매한다고 했다. 음, 빵을 맛보게 한 이유가 절로 이해가 되는군.

그 뒤로는 빵집에 가면 무조건 크루아상을 사곤 했다. 다들 그럴 때 있지 않나? 내가 가진 경험을 기준으로 계속해서 최상의 것을 찾고 싶다는 생각이 들 때. 비교하려면 동등한 조건이 필요하므로 같은 종류의 메뉴를 선택할 수밖에 없다는 그런 얘기. 그래서 크루아상도 일단 보이면 먹어보는 거다. (내 기준에) 가장 맛있는 맛을 찾기 위해서. 이쯤 되면 궁금하실 것 같다.

"그래서 최고의 크루아상은 어디인가요!"

하나는 홍대의 '올드크루아상팩토리'. 빵집 아오리토리(이곳은 마요에그 추천) 근처에 위치한 곳이었는데 항상 긴 줄로 늘어선 사람들이 있었고, 긴 웨이팅이 필수인 곳이었다. 내부는 아담한 공간이었지만 곳곳에 놓인 오브제와 굿즈들이 이곳의 매력을 더 돋보이게 해주었고, 가장 중요한 건 크루아상이 정말 맛있다는 것.

자칫 잘못하면 크루아상이 퍽퍽하거나, 너무 기름져 느끼하게 느껴질 수 있는데 이곳의 크루아상은 정말 밸런스 좋은 맛을 선보이는 곳이었다. 겉은 바삭하고 속은 쫄깃하면서 버터의 향이 너무 넘치지도, 모자라지도 않는 딱 그 정도. 정말 오래전에 맛을 봤는데도 그 맛이 생생할 정도면 말 다 한 거 아닌가. (문을 닫는다는 소식을 들었을 때 정말 슬퍼했던 기억이 난다.)

그 뒤로 크루아상 유목민으로 방황하면서 살다가 부산에 있는 '디저트 시네마'를 만나고 다시 한번 감동으로 고개를 끄덕이게 된다. 이름처럼 오래된 영화의 한 장면에 들어온 듯 차분한 다크 우드 톤에 앤티크한 분위기로 기대가 한껏 올라가고, 크루아상을 한입 베어 물자마자 그 기대는 충족이 된다. (특히 뺑오쇼콜라는 진한 초코맛까지 더해져서 극강의 행복을 느낄 수 있다.)

세상에는 크게 나누면 두 가지의 맛이 존재하는 것 같다. 내가 아는 맛, 내가 모르는 맛. 혹시 서울에 있는 크루아상 맛집을 알고 계시다면 @muguasu 인스타그램 디엠으로 연락주시면 무척 감사하겠습니다(?).

무과수가 사랑한 음식
③ 돈가스

　이 글을 쓰기 전, 돈가스를 언제부터 좋아했는지 떠올려보려고 하다가 그만뒀다. 돈가스를 안 좋아할 이유가 딱히 없는 것 같아서다. 어릴 때 어머니가 동네 정육점에서 돈가스용 고기를 사 오라고 심부름을 시켰었는데, 직접 빵가루를 묻혀 튀겨주셨던 기억이 어렴풋이 난다. 마트에서 손쉽게 살 수 있지만, 괜히 직접 만들어주면 더 맛있는 기분이었다. 보통 시판용 데리야키 소스나 케첩을 찍어 먹었는데, 둘 다 각자의 매력이 있다. 성인이 된 이후로는 톡 쏘는 노란 겨자를 얹어 먹는데, 이거 하나만 더해줘도 맛의 퀄리티가 한층 올라간다.

　돈가스는 크게 경양식과 일식으로 나눌 수 있는데, 나의 취향은 일식이다. 개인적으로 바삭한 식감을 선호하기 때문에, 소스에 흠뻑 젖은 눅눅한 돈가스보다 갓 튀겨 나온 바삭함이 살아 있는 돈가스를 사랑한다. (그래서 탕수육은 찍먹파이지만, 그것과 상관없이 주는 대로 잘 먹는 예스맨이다.)

코로나19 이전에는 여행을 자주 다니는 편이었는데, 일본은 가까워서 그런지 자주 갔었다. 특히 도쿄에는 친구가 살고 있기도 했고, 자주 가다 보니 단골 가게(다시 이야기하지만 여행지에서는 두 번 이상 가면 단골 가게라 부른다)도 생겼다. 매번 새로운 곳을 경험하는 것도 좋지만, 타지의 어떤 공간에 추억이 겹겹이 쌓이는 기분은 참 묘하다. '갈 때마다 들르는 곳'이라는 문장에는 괜히 애정과 취향과 관심이 뚝뚝 묻어난다.

일본에 가면 꼭 먹는 메뉴가 몇 가지 있는데 그중 하나가 바로 돈가스(돈카츠라고 하는 게 맞지만, 제목의 통일성을 위해 돈가스라고 하겠다)다. 돈가스라는 메뉴 하나로 각기 다른 개성과 레시피를 가진 가게가 많아서 골라 먹는 재미가 있다. (비단 돈가스에만 해당하는 얘기는 아니지만.) 이상하게도 도쿄에서 방문했던 돈가스 가게가 분명 한 곳은 아닐 텐데, 내 기억에는 오로지 이곳만이 남아 있다.

도쿄 메구로에 있는 '톤키'(とんき). 이곳은 일본에 갈 때마다 일정에 무리가 없으면 꼭 들르는 곳인데, 이곳과 가까운 숙소가 있으면 기쁜 마음으로 예약을 할 정도다. 2층짜리 가게인데, 이곳은 꼭 1층 바에 앉아야 한다. 그 이유는 오픈 키친으로 되어 있어 돈가스가 만들어지는 과정을 모두 눈으로 볼 수 있기 때문이다.

가게 한가운데 무대처럼 주방이 넓게 펼쳐져 있고, 바 좌석이 그 주위를 빙 두르고 있다. 내가 무대라고 표현한 것이 완전한 거짓말은 아닌 것이, 천장에 작은 갓등이 수십 개가 달려 있어 그 아래 일하는 직원을 보고 있으면 한 편의 연극을 보고 있는 기분이 든다. 보통은 음식을 기다릴 때 옆 사람과 이야기를 하거나, 핸드폰을 보기 마련인데 이곳에서는 사람들의 시선이 자연스레 주방을 향한다.

지난번 크루아상 편에서 '시식'은 맛에 대한 자신이 있어야 가능한 행위라고 이야기했었는데, 오픈 키친도 마찬가지로 맛과 청결에 대한 자신이 있어야 가능한 구조다. 누가 어떤 장면을 보게 될지 모르기에, 사소한 행동 하나하나에도 신경을 써야 하기 때문이다.

이곳에는 각자 역할이 나뉘어 있고, 일사불란하게 그에 맞춰 모두가 분주하게 움직인다. 특히 갓 튀겨져 나온 돈가스가 도마 위에 올려지면 메인 셰프로 보이는 백발의 할아버지가 맨손으로 잡고 칼로 썰어내는데, 칼도마 소리와 함께 바삭한 소리의 듀엣이 경쾌하게 들려온다.

하얀 접시에 돈가스, 양배추 샐러드와 토마토 한 조각과 겨자 그리고 돈지루와 밥이 정갈하게 차려져 나온다. 사실 맛으로만 따지면 톤키가 도쿄에서 최고라고 말하기는 어렵다. 하지만 고기와 두툼한 튀김이 분리되는 이곳만의 특징이 있고, 윤기가 자르르 흐르는 촉촉한 밥과 아주 적절한 밸런스의 맛을 가진 돈지루, 그리고 별거 아닌데 자꾸 리필하게 되는 양배추 샐러드의 조화가 이곳을 '맛있다'라고 기억하게 만든다.

일본을 다시 간다면, 나는 어김없이 이곳을 또 방문할 생각이다. 10년 뒤에도 이곳의 단골이라 말할 수 있었으면 좋겠다. 쉽게 만들어지고 사라지는 시대에 '오래도록 함께'는 너무나 소중하니까.

무과수가 사랑한 음식
④ 수제 햄버거

다들 유년 시절 햄버거에 대한 기억 하나쯤은 있을 것이다. 롯데리아와 맥도날드가 친구와의 대표적인 약속 혹은 생일 파티 장소였다든지, 각 메뉴에 얽힌 에피소드가 있을 수도 있겠다. 맛도 맛이지만 어쩐지 일상과 맞닿아 있었기에 그 맛이 더 익숙하고 편안하게 느껴지는 게 아닐까. 하지만 이번엔 이야기할 주제는 그냥 햄버거가 아닌 수제 햄버거다. 프랜차이즈가 호불호가 적은 대중적인 맛이라면 개인 브랜드에는 각자의 개성이 있다. 그래서 절대적으로 '맛있다, 없다'보다 어떤 특징이 있는지 들여다보는 게 좋다.

가장 먼저 인상 깊게 맛봤던 곳은 도쿄에 있는 'FELLOWS'. 맛있다고 소문난 곳이라고 해서 찾아갔던 곳이었는데 2층은 키친, 3층은 좌석으로 분리가 되어 있었다. 주문하고 기다리면 자리를 안내해주는데, 평일이었는데도 테이블이 딱 하나 남아 있을 정도로 인기 있는 곳이었다.

내가 주문한 메뉴는 '아보카도 베이컨 치즈버거'. 맛있는 걸 다 넣은 최강 메뉴라 보면 된다. 눈으로 보기에도 딱 먹음직스러워 보이는 비주얼에 웨지감자와 코울슬로가 함께 나왔다. 사진과 실물이 달라 실망하는 경우가 있는데, 여기는 그런 걱정 없다. 내용물이 정말 실한데, 베이컨도 얇은 게 아닌 마치 삼겹살처럼 도톰하다. 재료가 많이 들어가면 맛이 따로 노는 경우도 많은데 여기는 뭐 하나 튀는 것 없이 재료가 서로 잘 어우러진다. 심지어 자극적이지도 않아서 마지막까지 맛있게 먹을 수 있었다. 가격은 약 2만원 대로 좀 비싼 편.

그다음은 부다페스트의 'Budapest jazz club'에서 먹었던 BBQ 버거. 사실 메뉴판을 보다가 딱히 마음에 드는 메뉴가 없어서 웨이터의 추천으로 먹게 된 메뉴였는데 생각보다 맛있어서 놀랐던 기억이 있다. 빵은 특이하게 보통 사용하는 부드러운 빵이 아닌 흡사 치아바타처럼 생긴 겉면이 단단한 빵이었고, 원형이 아닌 사각형이었다. 재료가 특별한 건 아니었지만 소스가 적당히 매콤해서 특유의 느끼한 맛을 잡아줬다.

프라하에서는 'Tom's burger'라는 곳인데 게스트하우스 사장님의 추천으로 가게 된 곳이었다. 내부는 앤티크한 분위기로 짙은 우드 톤 벽면에는 액자와 긴 직사각형의 거울로 가득 채워져 있었는데, 메뉴는 하와이언풍의 반전 있는 맛이었다. 기본, 베이컨, 하와이언, 칠리 네 가지를 모두 맛봤는데 특히 하와이언은 파인애플이 들어가 있어 평소에 쉽게 접하지 못했던 맛이라 이색적이었다. 칠리는 빨간 소스가 아닌 할라페뇨와 초록색의 비법 소스로 맛을 낸 것도 인상적이었고. 공통으로 패티가 스테이크처럼 미디엄으로 구워진 것이 특징.

마지막으로 베를린에서 먹었던 햄버거 중 단연 1등, 'shiso burger'. 다른 것을 차치하고 패티만으로도 자신들만의 개성을 표현함과 동시에 맛까지 사로잡았다. 베를린의 다른 햄버거 집도 맛있긴 했지만 '와' 하고 감탄이 나올 정도는 아니었는데, 여기의 패티는 소고기에 참기름을 발라 구운 느낌이었고 정말 고소하고 맛있다. 더불어 웨지감자를 별로 안 좋아해서, 사이드로 스위트포테이토를 선택할 수 있는 것도 매력 포인트 중 하나였다. (케첩과 마요네즈가 반반으로 나오는 센스.)

사실 햄버거를 먹을 땐 사이드가 매력적으로 구성된 세트 메뉴에 눈이 갈 수밖에 없다. 또한 햄버거는 정해진 메뉴가 있는데, 감자튀김이나 음료 혹은 사이드를 스스로 선택해 구성을 달리할 수 있어 여기서 개인적인 취향이 더 짙게 드러나기 마련이다.

나 같은 경우에는 사이다보다는 콜라(괜히 찔리는 날에는 제로콜라), 감자튀김은 얇고 바삭한 맛을 선호하고 시즈닝 감자튀김도 (선택권이 있다면) 즐겨 먹는다. 코울슬로가 나오면 내적 환호를 하고, 유독 넉넉함이 필요한 날에는 너깃이나 치즈스틱을 추가해 먹는다. 종종 밀크셰이크에 감자튀김을 푹 찍어 먹고 싶은 날도 있다. 사이드 메뉴는 선택이 아니라 필수. 이쯤 되면 여러분이 가장 좋아하는 사이드 메뉴는 무엇인지 무척 궁금해진다.

추억은 음식에 남아

요즘은 한 끼 식사를 위한 메뉴를 고르는 것도 무척 고민이 되는 일 중 하나다. 매일 먹는 밥인데도 어찌나 신중하게 되는지. 그래서 가장 대답하기 곤란한 질문 중 하나가 '가장 좋아하는 음식이 무엇이냐'는 질문이다. 맛있는 음식이 어디 한둘인가?

하지만 '가장 기억에 남는 음식이 무엇이냐' 물어보면 어김없이 시간여행을 하며 돌아가게 되는 때가 있다. 2000년대 초반, 부산 수영동에는 모든 이웃들의 방앗간이던 슈퍼마켓이 하나 있었다. 이름하여 '생필마트'. 학교 마치고 돌아왔는데 집에 있어야 할 엄마가 안 계시면 곧장 이곳으로 향했고, 그곳에서 어김없이 슈퍼 이모와 신나게 수다를 떨고 있는 엄마를 발견할 수 있었다.

이 슈퍼 앞에는 커피 자판기가 하나 있었는데, '우유'라고 적힌 메뉴는 아는 사람만 아는 별미 중 별미였다. 따끈한 우유에 달달한 설탕이 들어가 한 잔으로는 아쉽고 두 잔은 죄책감이 드는 맛!

근처에는 1층에 '경일루'라는 중국집이 있었는데 홀을 지나 주방을 거쳐 들어가면 아늑한 방이 나왔고, 그곳 아이들과 함께 DDR 게임을 하면서 열심히 땀 흘리던 기억이 난다. 그러다 허기가 지면 숟가락으로 톡 하고 터트리면 노른자가 흘러내리는 달걀 프라이가 탐스럽게 올라간 간짜장을 먹었고, 운이 좋으면 튀기다 남은 탕수육을 서비스로 얻어먹기도 했다.

지금은 찹쌀 탕수육이 대세지만 그때만 해도 두껍고 투박한 튀김이 담백한 고기를 감싸서 튀겨져 나왔고, 그 옆에는 항상 케첩과 마요네즈가 뿌려진 양배추 샐러드가 곁들여 있었다. 그리고 군만두는 서비스.

'기훈이네'라는 시장 옆 작은 삼겹살 집은 우리 가족의 단골집 중 하나였는데, 불판에는 검은색 자갈돌이 깔려 있어 삼겹살을 굽다가 뒤집을 때 한번씩 고기에 붙어 올라오는 돌을 떼어내어야 하는 번거로운 재미가 있었다. 매번 갈 때마다 안부를 주고받으며 하나라도 더 챙겨주려는 사장님 부부 덕에 갈 때마다 괜히 기분이 좋아지곤 했다.

하지만 무엇보다 가장 기억에 남는 곳은 매주 일요일 아침마다 엄마의 손에 이끌려 잠이 덜 깬 채로 끌려가던 목욕탕이다. 늦잠을 자고 싶어서 항상 엄마와 씨름하던 것도 잠시, 목욕을 끝내고 뽀송뽀송한 상태로 빨대를 꽂아 먹던 바나나우유나 피크닉은 어찌나 달콤하던지. 아직도 그때의 산뜻한 기분은 시간이 흘러도 잊히지가 않는다.

　타이밍이 좋으면 세신사 이모들의 밥상에 숟가락을 얹곤 했는데, 호박잎에 강된장은 내가 가장 반가워하던 메뉴 중 하나였다. (구수한 냄새가 목욕탕에 가득 퍼져 도저히 외면할 수 없는 강렬함!)

　강렬하고 뜨거운 수증기와 만나 까끌까끌하던 표면이 촉촉하고 부드러워진 잎을 잘 펴서 고슬고슬 지어낸 흰쌀밥 한 숟가락, 자박자박하게 끓여 자칫 짤 수도 있는 강된장을 한 숟가락. 고이 접어 입속으로 넣으면 어린 나이에도 그 맛이 제일이라는 것을 알아차릴 수 있었다.

　메뉴 선택의 다양성은 지금보다 적었어도 음식에 얽힌 이야기가 풍요로웠던 그때 그 시절. 음식 하나에 그 주변을 둘러싼 이야기들이 줄줄이 소시지처럼 딸려 나오니 떠올리기만 해도 배가 부르다. 훗날에는 또 어떤 음식을 추억하게 될까. 그것보다 당장 오늘 저녁에는 뭐 먹지?

스탠딩 에그 ⓘstandingegg

인디 뮤지션. 〈오래된 노래〉 〈Little star〉 〈여름밤에
우린〉 같은 노래들을 썼다. 맛있고 몸에 좋은 음식을
만드는 사람과 좋은 음악을 만드는 사람은 같은 유의
사람이라고 생각한다.

그리고, 나는 첫눈이 내릴 때 즉석떡볶이를 먹는다.

오래된 노래, 오래된 맛

고기 굽기에 진심입니다

취이이이이

'자, 그럼 시작해볼까?'

달궈진 프라이팬에 250그램 정도 되는 묵직한 쇠고기 등심 한 덩이를 내려놓으며 마음을 잡습니다. 고기 굽는 일이라면 두 팔을 걷고 나서는, 말 그대로 '고기에 진심'인 사람들이 있는데 저도 그중 하나입니다. 2022년 첫 스테이크를 성공적으로 구워내기 위해 2021년 마지막 날부터 숙성시켜뒀던 이 고기 한 덩이 — 굽기 한두 시간 전에 냉장고에서 미리 꺼내 수분을 완전히 제거하고 소금과 후추로 밑간을 해둔 3센티미터 두께의 한우 등심은 저에게 2022년 첫 번째 '스테이크'가 아닌 첫 번째 '도전'인 셈입니다. 도전에는 특별한 이유가 없습니다. 아내에게 요리를 잘한다는 칭찬을 받고 싶은 것도 아니고, 심지어 진짜 맛있는 스테이크를 먹고 싶어서도 아닙니다. 단지 '궁극의 스테이크'를 구워보겠다는 마음 하나 때문입니다. 부끄럽지만 일종의 장인 정신이라고나 할까요?

삐비빅 삐비빅

30초 단위로 맞춰둔 타이머가 울릴 때마다 고기를 뒤집으며 구워진 면을 세심히 관찰합니다. 두꺼운 스테이크는 너무 강하지 않은 불로 여러 번 뒤집으며 꼼꼼히 익히는 것이 포인트입니다. 그래야 고기 내부까지도 잘 익기 때문입니다. 아직도 쇠고기는 불판 위에서 한 번만 뒤집어야 된다는 말을 믿는 분들이 계시려나요? 물론 고기 굽기에 정답은 없습니다. 각자가 좋아하는 익힘의 정도도 다르고, 무엇보다 고기는 이러나저러나 다 맛있으니까요. 프라이팬 앞에서 4분. 고기를 일곱 번째 뒤집고 있을 때 아내가 다가와 약간의 빈소를 머금은 채 저에게 물었습니다.

"남자들은 왜 고기 굽는 일에 그렇게 진심이야?"

저는 제가 2022년 새해 초부터 무엇보다 고기 굽는 일에 열중하는 이유를 그녀에게 설명할 방법을 찾기 위해 이 글을 쓰기 시작했습니다. 아내의 이야기를 듣고 보니 고기 굽기에 진심인 건 대부분 남자들이더군요. 나는 언제부터 고기 굽기에 열중하기 시작했을까? 이 일이 나에게 어떤 만족감을 주길래 나는 사방으로 기름이 튀는 프라이팬 앞에 서 있는 걸까? 저는 고기를 구우며 생각했습니다. 그녀가 궁금해하는 이유는 간단합니다. 그녀의 남편은 평소에는 요리에 관심이 없기 때문입니다. 저는 늘 청결한 주방이 완벽하게 유지되길 바라는 편이라 기름이 많이 튀는 요리는 거의 하지 않습니다. 간단한 국 하나와 밥을 먹거나 생연어와 샐러드를 먹거나 요거트와 과일을 먹는 것이 우리 부부의 식사입니다. 그런데 왜 나는 고기를 구울 때만은 왜 이런 번거로운 일들을 감수하는 걸까? 저도 그 이유를 알고 싶었습니다. 7분째, 고기를 30초마다 뒤집어가며 양쪽 면의 컬러를 확인하는 저를 지그시 보던 아내가 다시 묻습니다.

"아미야르인지 바이야르인지 뭐 그걸 확인하는 거야?"

"마이야르, 마이야르!!"

제가 몇 번이나 알려줬지만 아내는 '마이야르'라는 단어를 외울 생각이 전혀 없는 것 같습니다. 그저 고기 굽기에 진심인 저를 흥미롭게 바라볼 뿐입니다. 이제 겉면의 컬러만 봐서는 아주 근사하게 구워진 스테이크를 접시에 옮기고 몇 분간 기다립니다. 프라이팬에 직접 닿아 있던 겉면의 열기가 고기 내부로 전달되기까지 잠시 시간을 두는 것이죠. 그리고 드디어 조심스레 고기를 자릅니다. 제가 고기를 굽는 일에 진심이었던 것은 바로 이 한순간 때문입니다. 고기의 단면이 내부에서부터 아름다운 분홍색 그러데이션을 이루는지, 내가 정확히 원했던 고기 굽기 정도대로 조리가 됐는지.

오버쿡이어도 괜찮아

스테이크를 굽기 위해 열심히 준비했고, 최선을 다했지만 막상 잘라보니 고기는 제 계획보다 조금 더 익은 상태였습니다. 하지만 기분이 상하지는 않았습니다. '엥? 너무 익어버렸네?' 정도의 생각이 들었을 뿐입니다. 고기는 그래도 맛있으니까요. 조금 더 익었다고 해서 갑자기 괴상한 맛이 나는 것도 아닙니다. '그저 조금 질겨졌을 뿐'입니다. 우습지만 이것이 제가 고기 굽기에 진심인 이유인 것 같습니다.

이 세상에는 실패하더라도 크게 상관없는 일, 그래서 도전하는 것 자체로 즐거움을 느낄 수 있는 것들은 별로 없는 것 같습니다. 미래는 언제나 불안하고, 내가 목표한 곳에 정확히 도달하는 일도 흔치 않습니다. 낙담하는 일투성이고, 나는 왜 이 정도밖에 안 될까 하는 생각도 종종 찾아옵니다. 그래서 '섣부른 도전'은 늘 두렵습니다. 요리도 마찬가지입니다. 다양한 재료가 들어가고, 그 재료마다 익는 시간도 다르기에 굉장히 예민한 노력을 필요로 합니다. 양념들 중에 무엇 하나가 빠지거나 잘못 들어가면 맛이 확 변하고, 심지어 도저히 못 먹을 음식이 되기도 하죠. 식물을 키우는 일도, 몸매를 가꾸거나 운동을 꾸준히 하는 것도 쉽지 않습니다.

하지만 스테이크는 다릅니다. 고기 굽기에 실패해도 그저 '조금 덜 익은 고기'가 되거나 '조금 더 익은 고기'가 될 뿐입니다. 덜 익은 고기는 다시 조금 더 구우면 되고, 조금 더 익어버린 스테이크는 천천히 씹으면서 고소한 맛을 더 느끼면 됩니다. 그리고 다음번에 더 잘 구워보겠다는 의지를 불태우면 될 일입니다. 성공했을 때의 기쁨도 있지만 그보다는 실패했을 때 덜 아픈 도전이라는 점이 많은 사람들이 고기 굽기에 열중하는 이유가 아닐까 하는 생각이 들었습니다.

새해를 맞아 여러 다짐을 해보지만 올해라고 작년보다 훨씬 근사한 인생을 사는 것은 쉽지 않습니다. 요즘은 누군가가 나를 앞서가는 것만으로 내가 뒤처졌다고 느끼는 시대니까요. 뭐든 나보다 잘하는 사람들이 넘쳐납니다. 하지만 고기 정도는 저도 잘 구울 수 있을 것만 같아서 오늘도 고기를 굽습니다. 아내와 맛있게 나눠 먹는 것만으로 소소한 저녁식사의 행복을 느끼기엔 충분하니까요.

세상 일이 마음대로 되지 않아 속상한 날이면 저는 고기 한 덩이를 정성스레 구울 겁니다. 내 마음대로 되는 일이 적어도 하나쯤은 있어야 세상 살 맛이 나는 법이니까요.

미식(美食)의 세계

한 끼에 10만 원

"매형, 혹시 이 식당 가보셨어요? 여기 꽤 괜찮더라고요."

며칠 전에 저희 집에 놀러 왔던 처남이 한 끼에 인당 10만 원 정도 하는 레스토랑 한 곳을 추천해줬습니다.

"오호… 파인다이닝이구나…?"

대충 맞장구를 치긴 했지만, '30대 초반의 나이에 이제 막 입사한 사회초년생'인 처남이 추천하는 식당의 '격'에 꽤나 센 충격을 받았습니다. 사실 그 식당과 음식에 대한 이야기를 시작하기도 전에 '가격'만으로 1차 충격을 받은 셈이지요. 물론 저도 한두 번쯤 '격'이 있는 레스토랑에 가본 적이 있지만 그건 굉장히 예외적인 경우였고, 그럴 때마다 아무리 맛이 있는 음식이어도 '밥 한 끼'에 이런 큰돈을 지불할 이유는 없다고 생각해온 터라 처남의 파인다이닝 어택은 상상조차 못 한 상황이었던 겁니다.

처남은 스마트폰에 저장된 사진들을 차례로 보여주며 그날 나왔던 음식들과 서비스에 대한 설명을 이어갔지만 저는 '10만 원⋯음⋯ 10만 원이라니⋯'를 되뇔 뿐 그의 이야기에 제대로 집중할수가 없었습니다. 그러다 문득 예전 기억 하나가 떠올랐습니다.

그게 언제였더라

10년 전쯤. 지인이 '한우 100퍼센트 패티를 쓴다'라는 콘셉트의 수제 버거 가게를 오픈했다며 한번 와달라고 하기에 인사차 찾아간 적이 있었습니다. 그런데 가게에 들어서서 인사를 나누고 메뉴판을 봤을 때 '한우버거 25,000원'이 저의 두 눈에 확 꽂힌 순간, 지인을 위해 당연히 팔아줘야 한다는 좋은 마음으로 왔던 저의 동공은 아마도 크게 흔들렸을 겁니다. 맛집은 꽤나 다녔던 저였지만 그 당시엔 과연 이 금액을 내고 '햄버거'를 사 먹을 사람이 있을지 의문이었습니다. 물론 가게 주인에게 그런 이야긴 할 수 없었고 저는 후다닥 버거 세트 하나를 먹고 그곳을 나왔습니다.

그 후로 저는 사람들을 만날 자리가 생길 때마다 '세상에 2만 5천 원짜리 햄버거가 있더라'라는 얘기를 무슨 대단한 뉴스라도 되는 듯 여기저기 퍼뜨렸습니다. 그런데 저의 친구 K는 제 얘기를 듣고는 아주 잠깐 '오호? 흥미롭군?' 하는 표정을 짓더니 곧바로 이렇게 묻더군요.

"맛은 어땠어?"

맛은 기억도 안 나!

저는 그의 질문에 대답하는 대신 다시 물었습니다.

"아니, 맛이고 뭐고… 햄버거를 2만 5천 원 씩이나 주고 사 먹는 사람이 어딨냐고!"

그는 지지 않고 다시 한번 다그치듯 물었습니다.

"그래서 맛은? 맛은 어땠냐고! 너는 이미 그 돈을 주고 먹어버린 거잖아. 이왕 먹었으면 맛이라도 기억해야 할 거 아냐? 그것도 다 경험인데…."

"맛? 맛은… 기억도 안 나…!"

그날 K와의 이 짧은 대화는 저의 미식 생활에 지대한 영향을 미친 한순간으로 남았습니다.

미식의 세계 = 취향의 세계

미식의 세계는 단지 맛있는 음식을 즐기는 영역에 머무는 것이 아닙니다. 미식의 세계는 '취향'의 세계입니다. 세상이 아는 만큼 보이듯, 음식은 먹어볼수록 맛에 대한 스펙트럼이 넓어지면서 지금껏 몰랐던 다양한 맛들을 느끼고 즐기게 되는 법이지요. 생각해보니, 한번쯤은 나에게 호사라고 생각될 정도의 저녁 코스 요리를 경험해보는 것도 좋을 것 같았습니다. 단, 음식 가격을 잊고 오로지 '맛'에 집중할 수만 있다면요! 그렇게 조금씩 음식의 '맛'에 예민해지고, 여러 가지 맛들 중에 당신이 유독 편애하는 '어떤 맛'을 발견한다면 그때부터 당신은 새로운 호칭을 획득하게 됩니다.

미. 식. 가.

미식가는 외롭지 않아

미식 생활을 즐기다 보면 몇몇 좋은 점들이 생깁니다.

"맛집? ○○한테 물어봐, 맛집 정보는 걔가 진짜 많이 알아…."

친구들 사이에서 이런 캐릭터로 통한다는 것은 은근히 '매력 포인트'가 됩니다. 가끔 괜스레 허전한 저녁, 누군가가 우리에게 전화를 걸 명분이 되어주기도 하죠. (솔로인 분들은 특히 주목.) 고급 레스토랑을 몇 번 정도 경험한다고 내 입맛이 너무 고급이 되어버리는 건 아닐까 걱정할 필요는 전혀 없습니다. 그런다고 결코 떡볶이나 라면이 싫어질 리가 없습니다 ― 이 세상에 떡볶이보다 맛있는 건 거의 없으니까요. 주변에서 미식에 일가견이 있는 사람으로 소문이 나면 점점 맛있는 음식을 먹을 기회도 늘어납니다. 저는 와인 맛에 굉장히 예민한 편이라 주변에서 특별히 좋은 와인을 마실 일이 생길 때면 꼭 저를 부르더군요. 물론 한 잔 마신 후에는 항상 똑같은 질문이 돌아오긴 합니다.

"그래서 맛이 어때? 어떤 맛이 느껴져? 뭐가 달라?"

이 질문에 대답할 수 있다는 것만으로 제게 특별한 와인을 마실 수 있는 기회가 종종 생긴다는 점이 참 재밌습니다.

맛은 어땠어?

의식의 흐름은 여기까지. 이제 막 그날 먹었던 뇨끼에 대해 설명을 마무리하던 처남에게 제가 조심스레 물었습니다.

"그래서 맛은? 맛은 어땠어?"

"맛! 어디 보자, 어떻게 설명하면 좋을까?"

그날 먹었던 뇨끼의 맛을 다시 떠올리며 신중하게 단어를 고르는 처남의 모습이 왠지 조금 부럽고 멋져 보였습니다. 미식의 세계를 다녀온 경험담은 계속 이어졌고 저는 저의 부끄러운 '수제 버거 스토리'를 오늘 이후로는 영원히 기억에서 지우기로 했습니다. 무엇이든 새로운 경험은 반길 것! 그리고 이왕 특별한 음식을 먹어보기로 했다면 중요한 것은 맛! 그리고 경험!

그런 의미에서 저도 올해 밸런타인데이에는 아내와 근사한 레스토랑에서 '인증샷'도 한번 찍어볼 생각입니다.

순댓국의 힘

불안감이 밀려올 때

혹시 여러분은 지금 이 순간 뭔가 하나만 '진득하게' 붙잡고 있다간 안 될 듯한 기분을 느끼지 않나요? 나만 빼고 다들 어디론가 서둘러 가고 있는 듯한 기분이 들지 않나요? (어디로 가는 거냐고 물어도 누구 하나 속 시원하게 얘기해주지 않고 말이죠.)

새해 들어 이런 불안감을 느끼는 건 저뿐인가요?

혜성보다 두려운 것들

지난 주말, 저는 이런 불안감을 떨치기 위해 집을 나섰습니다. 그저 어디든 가야만 할 것 같아서 말이죠. 몇 시간이고 걸어봐야 딱히 뾰족한 수가 생기지도 않겠지만 주말 내내 집 안에서 넷플릭스만 보고 있다간 가까운 저의 미래에 불행이 닥칠 것만 같았습니다. 물론 영화 〈돈 룩 업〉을 본 직후라 이런 불안감이 생겼던 건지도 모릅니다. 전 인류를 멸종시킬 정도의 혜성이 지구를 향해 날아온다는 스토리거든요. 하지만 지구에 거대한 혜성이 떨어지는 정도의 엄청난 뉴스는 오히려 우리를 불행하게 만들지 못합니다. 우리 능력 밖의 일이니까요. (이 영화 속에서도 그렇듯 말이죠!)

실제로 저를 불안하게 만드는 건 우주에서 날아오는 혜성 같은 것이 아니었습니다. 여기저기서 들려오는 누군가의 성공, 주식이나 부동산, 인플레이션 같은 뉴스들 혹은 개념조차 생소한 메타버스, NFT, 비트코인 같은 뉴스들입니다. 세상이 너무 빠르게 변하는데 그 안에서 나만 우물쭈물하고 있는 것 같으니 스스로에게 자꾸 묻게 되는 거죠.

'나 정말 그냥 이대로 살면 안 되려나?'

매년 연초에 어김없이 쏟아지는 수많은 자기계발 도서들 또한 저에게 비슷한 경고를 하더군요. 유튜브의 수많은 동기부여 영상들도 마찬가지였습니다. 그러니 불안할 수밖에요. 그러니 집 안에 가만히 앉아 있을 수 없었던 겁니다. 지난 한 주 내내 열심히 새로운 노래들을 작업하고, 집안일을 하고, 강아지를 돌보고, 주말마저 이렇게 원고를 작성하며 보내는 저는 도대체 뭘 더 해야 하는지 모르겠더군요. 제가 느끼는 일상의 행복들이 언제까지나 지속되지 않을 거라는, '벼락 거지'가 될 거라는 식의 이야기들보단 차라리 지구를 박살 낼 정도의 혜성이 날아온다는 뉴스가 차라리 낫지 않나요?

이런 생각을 하며 한참을 걷다 보니 제가 가야 할 곳이 생각이 나더군요. '그래, 일단은 가자!'

뜬금없지만 순대일번지

삶에 조바심이 들 때면 저는 긴 세월 한자리에서 여전히 뼈 국물을 끓이고 있는 국밥 집들을 찾아가곤 합니다. 그중에서도 망원역과 마포구청역 사이에 있는 '순대일번지'는 저의 마음속 '힐링일번지'입니다. 검은 뚝배기 안에서 펄펄 끓는 채로 제 앞에 놓인 순댓국 한 그릇. 천 원만 추가해서 '특'으로 주문하면 고기가 듬뿍 들어가서 행복은 곱빼기가 됩니다. 방금 씻은 신선한 깻잎 몇 장과 들깨 가루 한 스푼이 무심하게 올라간 채로 제 앞에 놓인 순댓국. 그 위로 길게 쏟아지는 오후의 빛은 초조한 마음을 완전히 녹여줍니다. (비유법이 아니고, 실제로 이 가게는 오후 2~3시쯤 굉장히 운치 있는 빛이 듭니다.)

수년째 이곳은 뭐 하나 변하지 않습니다. 사장님 내외분은 여전히 가스 불 위에 놓인 수많은 뚝배기에 국물을 붓고 끓이십니다. 서빙을 해주시는 여사님은 언제나 똑같은 억양으로 "특이에요? 보통이에요?"라고 물으시고, 늘 짧은 스포츠머리를 깔끔하게 세우시고 바쁘게 움직이는 아드님은 손님들에게 뭐 필요한 것들이 없는지 살핍니다. 긴 시간 호흡을 맞춰온 팀의 간결한 움직임으로 매일 같은 시간, 같은 메뉴의 음식을 만들어 손님들 앞에 냅니다. 아마 10년이 지나도 이 가게는 여전히 이 자리에서 순댓국이라는 '딱 한 가지 메뉴'를 만들어 팔고 있겠지요.

그게 뭐가 어때서요?

이런 곳을 어떻게 사랑하지 않을 수가 있나요? 누가 순대일번지 식구들에게 미련하다고 말할 수 있나요? 요즘 어떤 사람들은 노력과 땀의 가치를 폄하합니다. 돈이 돈을 벌도록 해야 한다는 말에 고개를 끄덕이는 사람들도 있지요. 하지만 여전히 열심히 사는 사람들의 땀과 노력에는 큰 감동이 있습니다. 힘든 일상 속에서도 만들어지는 행복한 순간들이 있고, 가끔 겪는 아픔과 슬픔도 우리 인생을 풍성하게 만드는 재료들입니다. 세상 모든 것들이 다 순식간에 변해버리는 것도 아닙니다. 모두가 일론 머스크 같은 부자가 되고 싶은 것도 아니죠. 저는 조바심에 허둥대다가도 맛있는 순댓국 한 그릇으로 마음이 풀어지는 사람인걸요.

제아무리 메타버스 공간에 그럴싸한 순댓국 집이 생긴다 해도 저는 국밥이 먹고 싶을 땐 차가운 바람을 맞으며 순대일번지를 향해 걸어갈 겁니다! 이렇게 깊은 국물과 오늘 담근 아삭한 김치의 완벽한 하모니가 멀티버스에 존재할 리가 없으니까요!

순댓국은 참 멋없는 음식입니다만 그래도 맛은 있습니다. 순댓국이란 음식은 통 멋을 부릴 구석이 없지요. 단지 가장 좋은 식재료를 구하고, 주방을 깔끔히 정리하고, 매일같이 정성스레 긴 시간 국물을 끓이는 것이 맛을 좌우할 뿐입니다. 치즈를 넣거나 트러플, 특이한 허브를 넣은 신메뉴를 개발할 필요도 없습니다. 오히려 예전과 똑같은 맛을 앞으로도 쭉 이어가면 될 일입니다. 이렇게 세상이 아무리 빨리 변해도 그 안에서 변하지 않을 때 더 빛나는 것들도 여전히 있습니다. 혹은 큰 빛을 내기 위해 꼭 오랜 시간을 필요로 하는 것들도 있을 거라 생각합니다.

아, 여담입니다만, 저는 2022년에 큰 상을 하나 받게 됐습니다. 2012년에 발표했던 〈오래된 노래〉라는 곡이 2021년 한 해 동안 우리나라에서 가장 많이 불린 노래라고 하더군요. 10년간 꾸준히 저희만의 음악을 해온 결과가 아닐까 싶은 생각이 들었습니다.

여러분도 혹시 '이 세상에서 나만 뒤처지는 건 아닐까' 하는 불안감이 든다면 망원동 순대일번지에 꼭 들러보세요. 그리고 스탠딩 에그의 〈오래된 노래〉를 들어보세요! 조금 안심이 되실 거예요. (하하.)

오늘도 고민입니다

뭘 먹을까?

어쩌면 우리가 평생 가장 많이 하는 고민은 '뭘 먹을까?'일지 모릅니다. 적어도 하루에 두세 번씩, 스스로에게 혹은 타인에게 이 질문을 하니까요. 게다가 매 끼니마다 메뉴를 고르는 생명체는 지구상에 인간 말곤 없다는 걸 생각하면 이보다 더 인간적인 고민도 없을 겁니다.

"맨날 먹는 게 거기서 거기지 뭐"라고 투덜거릴 때도 많지만 우리에겐 항상 많은 선택지들이 있습니다. 한, 중, 일, 양식, 분식 중에 하나를 선택하기도 하고, "시켜 먹을까? 아니면 나가서 먹을까?"라는 질문으로 식사를 하는 공간을 선택하기도 합니다. SNS를 통해 평소 봐뒀던 맛집들도 서칭하고, 배민 앱의 신규 메뉴들과 추천 메뉴들을 끝없이 스크롤하며 꼼꼼하게 '소중한 한 끼'를 선택합니다. 뿐만 아니라 냉장고 안에도 마트에서 사다 넣어둔 다양한 식재료들이 있지요. 마음만 먹으면 다양한 음식을 직접 만들 수도 있습니다. 그럼에도 유통기한을 확인한 후 '이건 다음에 먹기로 하고'라면서 다른 것을 찾기도 합니다.

아! 끝도 없고 답도 없는 질문이여!

질문의 진짜 의미

'뭘 먹을까?'라는 질문은 '맛에 대한 욕구'에서 시작되는 것이겠지요. 우리가 짬뽕과 짜장면 중에 하나를 고를 때 지금 우리 몸에 필요한 필수 영양소가 더 많이 들어 있는 메뉴를 고르거나 하진 않으니까요. 매일 똑같은 질문을 하면서도 우리는 늘 '지금 당장 제일 먹고 싶은 메뉴'가 뭔지 고민할 뿐입니다. 우리가 먹는 음식으로 인해 우리의 몸과 마음이 유지되고 있다는 사실을 누구나 다 아는데도 말이죠. 그런 의미에서 '뭘 먹을까?'라는 질문에 대한 대답이 '돈가스'보다는 좀 더 진지해야 할 필요도 있지 않을까요?

내가 먹는 것이 곧 나 자신을 나타낸다

이런 고민을 하던 중에 《음식의 언어》라는 책을 읽게 됐습니다. 거기서 발견한 문장 — 저명한 식품 역사학자 에리카 피터스(Erica J. Peters)의 말은 저에게 꽤나 큰 울림이 있었습니다.

사람들이 먹는 것은 그들이 어떤 존재인가뿐만 아니라 어떤 존재가 되고 싶어 하는가를 반영한다.

'오늘 점심은 뭘 먹을까?'라는 질문 속에 '나는 어떤 존재가 되고 싶은 걸까?'라는 엄청난 의미가 숨어 있었다니! 그렇다면 더이상 '짜장이냐 짬뽕이냐'를 고민할 때가 아니라는 생각이 들었던 겁니다. 복잡한 생각은 집어치우고 밥 먹을 땐 그냥 밥만 먹으면 안 될까 싶다가도 막상 밥을 먹을 때가 되니 고민은 점점 깊어졌습니다. 제가 먹는 음식이 저를 반영할 테니까요.

'나는 어떤 사람일까? 그럼 어떤 걸 먹어야 할까?'

음식의 의미

언젠가 아내에게 '쑥 된장국'에 대한 이야기를 들은 적이 있습니다. 그녀가 어렸을 때, 그 당시 살던 연립주택 뒷산에 쑥을 캐러 간 적이 있다고. 할머니가 자꾸 같이 가자고 해서 억지로 따라갔다고. 실제로 그날 되게 힘들었는데, 왠지 지금도 가끔 할머니와 쑥을 캐던 그날이 생각난다고 하더군요. 그날 끓여 먹었던 쑥 된장국이 참 맛있었다고, 본인이 '직접 캔' 쑥이란 생각에 더 맛있게 느껴진 것 같다고 했습니다. 아내가 쑥 된장국에 대해 얘기할 때 저는 '할머니와의 추억' 그리고 '노동의 가치'를 그녀가 얼마나 소중하게 생각하는지 느낄 수 있었습니다.

저에게도 비슷한 경험이 있습니다. 몇 해 전 여름, 스웨덴의 작은 시골마을에서 만난 고란(Goran)이라는 이름의 할아버지가 자신의 마당의 텃밭에서 직접 기른 순무를 쓱 뽑아서 대충 흙을 털어 저에게 건네던 순간을 생생히 기억합니다. 생경한 순무의 식감과 향기, 그리고 은은한 흙 내음에 왠지 뭉클해져서 그날 이후로 자연과 더 가까워지고 싶다는 생각을 하게 되는 계기가 됐습니다. 나는 도시보단 자연에서 살고 싶은 사람이란 걸 깨달은 순간이었던 겁니다.

실제로 우리가 먹는 음식을 통해 우리의 삶에 대한 가치관을 확인하게 되는 경우가 꽤 많습니다. 나 자신보다 지구의 환경과 동물 권리를 먼저 생각하며 비건 메뉴를 주문하는 사람이 있고, 이 망할 놈의 세상이야 어찌 되던 속상했던 오늘을 잊고 내일을 다시 시작하기 위해선 '만 원에 네 캔' 수입 맥주와 치킨이 꼭 필요한 사람도 있습니다. 자신의 건강을 중요하게 생각해서 1일 1식을 하는 사람들도 있고, 가족들과 함께 모여 배불리 먹는 세 끼가 주는 행복이 건강보다 더 중요한 사람들도 있습니다. 고급 레스토랑에서 먹는 한 끼의 식사로 자신의 성공을 자축하는 사람도 있고, 똑같은 레스토랑에서의 식사로 인해 성공을 향한 열망을 품게 되는 사람도 있을 겁니다.

이렇듯 '뭘 먹을까' 하는 질문은 '어떤 삶을 살고 싶은가'와 일

맥상통하기에 어느 누구도 자신의 답을 남에게 강요할 수 없고, 반대로 누구나 각자 나름의 사정과 이유가 있음을 이해해야겠지요. 하지만 타인이 아니라 자신에게만큼은 끼니때마다 질문을 던져보는 게 어떨까요?

그래서 오늘 저녁, 뭘 먹을 건가요?

'뭘 먹을까?'라는 질문에 망설임 없이 삼겹살이라고 대답해버리는 것도 나름대로 쿨하지만 우리가 고르는 한 끼의 식사가 우리 스스로 어떤 삶을 살고 싶은지를 반영하는 거라면 한번쯤은 대답을 진지하게 생각해보는 것도 좋을 것 같습니다. 나의 한 끼에는 어떤 가치가 최우선이 될까? 나의 건강? 자연과 환경보호? 스트레스 해소 혹은 기분 전환? 노력에 대한 보상? 가족과 보내는 행복한 시간?

자, 그래서 오늘 저녁, 뭘 먹을 건가요?
저는 '비건' 월남쌈을 주문할 생각입니다.

이랑 ⓘ langleeschool

'한 가지만 하라'는 말을 많이 듣는 사람이지만, 한 가
지 일로는 먹고 살기 어려워 다섯 가지 정도의 일을 하
고 있다. 정규앨범 [욘욘슨] [신의 놀이] [늑대가 나
타났다]를 발표했고, 지은 책으로 《모쪼록 잘 부탁드
립니다》《대체 뭐하자는 인간이지 싶었다》《좋아서 하
는 일에도 돈은 필요합니다》 등이 있다. 이랑은 본명
이다.

그리고, 나는 집이 너무 조용할 때 극세포키를 먹는다.

혀가 '펑' 트이는 맛의 세상 속으로

아이스 카페라테
테이크아웃 하나요

대기 줄이 길었던 서울 합정동의 한 라멘집 앞에서 실제로는 한 번도 만나본 적 없었던 친구의 친구 현을 우연히 만났다. 동물 보호에 힘쓰는 멋진 사람이라는 이야기는 익히 들어왔기에, 오래 전부터 알아온 사람처럼 금방 이야기의 물꼬가 트였다. 초면에 함께 식사하는 것은 어떤 사람에게는 쉽지 않은 일일 테고, 상대에 따라 나에게도 그렇지만 현과는 전혀 그렇지 않았다. 마주 보고 앉아 어색함 없이 식사와 대화를 이어나갔고, 계속 말을 이어가고 싶었지만 대기 손님이 많은 맛집인지라 식사 종료 후 빠르게 밖으로 나와야 했다.

라멘 집 앞에서 각자의 일정을 위해 인사하고 헤어지기 전, 현은 나에게 "다음번에 맛있는 식사를 대접하고 싶다. 좋아하는 음식을 알려 달라"라고 말했다. 나는 몇 초간 잠시 생각한 뒤 "아이스 카페라테"라고 대답했다. 현은 내 대답에 폭소를 터뜨렸다. 좋아하는 음식으로 '아이스 카페라테'를 말하는 사람도 처음이고,

'아라'나 '라테'가 아닌 풀네임으로 말하는 사람도 처음이라면서.

나에게 아이스 카페라테는 오랫동안 주식(主食: 주된 먹거리)이었고, 지금도 그렇기에 현이 왜 웃는지 잘 이해가 가질 않았다.

매일 아침, 나는 초고령(18세) 반려 고양이 준이치의 주사 알람 소리를 듣고 눈을 뜬다. 준이치는 특별한 원인 없이 가슴에 물이 차오르는 '특발성 유미흉'으로 3년째 투병 중이다. 가슴에 물이 차면 호흡이 어렵고, 빠른 처치가 없으면 이내 사망에 이를 수 있기에 증상을 억제하는 약과 주사 치료를 병행하고 있다. (매일 병원에 가서 주사를 맞힐 수 없기에 집에서 직접 주사를 놓는다.) 목덜미에 주사를 놓고, 알약과 캡슐약, 물약을 준이치 입에 빠르게 밀어 넣은 뒤, 슬리퍼를 끌고 집에서 1분 거리에 있는 카페에 간다.

보통 서울 망원동 카페들은 오전 11~12시 사이에 문을 열지만, 여긴 망원동 카페답지 않게 오전 8시부터 문을 연다. 부지런한 이 카페는 에스프레소 맛집으로 유명한 곳이라 오전부터 만석이다. 비좁은 에스프레소 바의 손님들 사이를 비집고 들어가, 바 안쪽의 사장님에게 "아이스 카페라테 테이크아웃 하나요"라고 매일 똑같은 대사를 읊는다. 커피를 받아 들고 카페 앞에서 담배를 한 대 태우고, 다시 준이치가 투병 중인 집으로 들어간다. 여기까지가 나의 오전 루틴이다.

아침에 사 온 아이스 카페라테를 오후까지 몇 시간에 걸쳐 천천히 나눠 마신다. 오랫동안 마시기 때문에 얼음이 녹아도 커피 맛이 괜찮은 카페를 선호한다. 얼음이 녹으면서 커피 양도 조금씩 늘어나기에 시간이 지나도 양이 줄어들지 않는 마법 커피인 양, 천천히 변하는 맛을 즐기며 마신다. 이렇게 아이스 카페라테만 마시면서 오후 시간까지 책상에 앉아 일을 한다. 빈속에 커피가 좋지 않다는 말은 익히 들어왔지만, 20대 때부터 현재(37세)까지 쭉 이렇게 살아오면서 어디에 안 좋은지 딱히 체감하지는 못했다.

2022년 3월, 준이치를 전격으로 간병하기 위해 10년 가까이 쓴 망원동의 작업실을 정리하고 집에서 일을 하기 시작했다. 그전까진 거의 매일 작업실에 갔기 때문에 (지금 다니는 에스프레소 바가 아니라) 작업실 바로 옆에 있는 카페에서 "아이스 카페라테 테이크아웃 하나요"를 자주 읊었다. 수년간 같은 말을 반복하니 나중엔 내가 문을 열고 들어서자마자 직원이 아이스 카페라테를 만들기 시작했다.

나는 오래 쓴 작업실을 정리하는 것보다, 얼굴만 비치면 아이스 카페라테를 만들기 시작하던 그 카페 직원과 이별하는 게 더 아쉬웠다. 그래서 마지막으로 작업실 짐을 정리하러 가는 길에 일부러 카페에 들렀다. 내 얼굴을 보자마자 아이스 카페라테를 만들기 시작한 직원에게 다가가 "저 앞으로 자주 못 올 것 같아요. 작업실 빼게 됐어요"라고 슬픈 목소리로 말을 걸었다. 빡빡머리에 피어

싱이 아름다운 그 언니(멋있으면 다 언니!)는 "너무 아쉬워요. 언제든 들러주세요. 잔잔하게 기다릴게요"라고 무척 설레는 말을 했다. 하지만 그날 이후 작업실 옆 그 카페에 들를 일이 없었다.

오늘도 집에서 1분 거리 에스프레소 바에서 "아이스 카페라테 테이크아웃 하나"를 읊었다. 커피를 받아 들고 서서, 나의 주식인 이 아이스 카페라테를 맛있게 만들어주던 몇몇 카페의 사장과 직원의 얼굴들을 떠올렸다. 헤어진 연인의 얼굴을 종종 떠올리는 것 같은 기분이었다. 이렇게 또 한 시절이 지나가는구나. 나는 새로운 아이스 카페라테와 함께 오늘을 맞이한다.

누룽집밥

지금까지 살면서 정말 많은 끼니를 배달로 해결해왔다. 배달 앱이 생기기 전부터 동네 분식집에서 쫄면과 김밥을 수백 번은 시켜 먹은 것 같다. (쫄면만 먹고 싶었지만 5천 원이 넘어야 배달이 됐다.) 안 그래도 배달 서비스로 유명한 이 나라는 감염병 시대를 맞이해, 그야말로 배달의 민족과 국가가 되었다. 내가 사는 서울 망원동에는 배달 서비스를 시작하지 않은 가게가 없다시피 해서, 배달 음식의 선택지도 2년 전에 비해 무척 많아졌다. 식사뿐 아니라 커피, 디저트, 과일까지 배달이 되니⋯ 가끔 배달 서비스의 한계가 보이지 않아 무서울 때도 있다.

프리랜서 예술인 1인 가구인 나에게 매 끼니와 간식까지 배달로 채우는 것은 아무래도 과소비라고 할 수 있다. 그걸 알면서도 배달 가능한 최소 금액을 맞추다 보니 한식 한 끼에도 2만 원, 파스타 한 접시에도 2만 원, 떡볶이와 튀김, 와플과 커피, 요거트 아이스크림 한 통에도 2만 원을 내는 일이 자주 생긴다. 금액을 맞추느라 혼자 먹을 수 있는 양보다 더 많이 시키고, 남겨뒀다 먹겠지 생각하며 냉장고에 넣어둔 음식들은 가만히 자리만 차지하고 있다가 결국 버려진다. 이 글을 쓰면서 냉장고 안에서 몇 주 동안 (어쩌면 몇 달 동안) 포장째 자리하고 있는 음식들이 떠올라 마음이 무척 무거워졌다.

내가 사는 망원동엔 서울에서도 꽤 유명한 재래시장인 '망원시장'이 있어서, 집에서 나와 발걸음을 옮기기만 하면 10분 안에 시장에 입장할 수 있다. 집에서 나와 발걸음을 옮기기만 하면… 말이다. 기억을 더듬어 세어보니, 햇수로 10년째 살고 있는 여기 망원동에서 내가 망원시장에 장을 보러 갔던 게 열 번, 스무 번이 되려나 싶을 정도로 그 횟수가 적다. 그나마 망원시장 입구에 크게 자리 잡은 과일 가게에 계절이 바뀔 때마다 한 번씩 제철 과일을 사러 가는 것 같다.

망원역에서부터 망원시장을 통과해 월드컵시장 쪽으로 나올 때까지, 카트를 끌고 다니며 과일, 야채, 생선 등 식재료를 사는 어른들(나도 어른이지만…)을 정말 많이 보지만 그들이 가열차게 고르는 그 식재료들을 따라 산다 해도 그것들로 내가 만들 줄 아는 게 하나도 없다. 그 사실을 오래전부터 잘 알고 있었기에 가끔 시장에 가면 일단 호떡을 하나 사 먹고, 호떡 집 옆 가게에서 김과 누룽지를 사서 집으로 돌아온다. 그러다 배달 음식을 너무 자주 시켜 먹었다 싶은 날, 회개하는 마음으로 시장에서 사 온 누룽지를 끓인다.

누룽지를 먹는 날. 나는 이날을 '회개의 식탁'이라고 부른다. 먼저 작은 뚝배기에 누룽지와 물을 넣고 가스 불을 올린다. 누룽지가 끓어오르는 동안 김과 냉장고에서 꺼낸 엄마표 밑반찬 몇 가지를 (설거지를 줄이기 위해) 한 접시에 옹기종기 담는다. 종종 시장에서 밑반찬을 사다 먹곤 했었는데, 올해부터는 2주에 한 번 정도 엄마가 만들어 가져다주는 반찬을 사 먹기 시작했다. 시장에서 사는 것보다 더 비싸긴 하나 엄마 반찬이 내 입맛에 맞고, 2주에 한 번 반찬을 핑계로 엄마 얼굴도 볼 수 있기에 엄마 반찬을 사 먹는 게 좋다.

가끔은 집에 놀러 온 친구들과 이 회개의 식탁을 함께한다. 보통 친구가 놀러 오면 혼자일 때보다 덜 죄책감을 느끼면서 배달 음식을 시켜 먹는 편인데, 가끔 친구에게 '집밥'을 먹이고 싶은 마음이 꼭 한 번씩 찾아온다. 할 줄 아는 요리도, 식재료도 없는 이 집에서 대접할 수 있는 '집밥'이란 결국 누룽지 밥이기에 그런 날, 나는 테이블에 친구를 앉히고 누룽지를 끓인다. 누룽지를 대접받은 친구들은 '설마 여기서 누룽지를 먹게 될 줄은 몰랐다'고 하나같이 놀라워하는 반응이다. 나에게 누룽지는 너무 고맙고 착한 음식이기에, 대접받는 사람들이 놀라는 지점이 어딘지는 잘 모르겠다.

코로나 이전 해외 스케줄을 다닐 때도 누룽지를 챙겨 가 신세진 친구 집에서 함께 끓여 먹곤 했다. 외국인 친구는 약간 그을려 건조시킨 밥을 다시 물에 끓여 먹는 누룽지를 신기해하면서도, 함께 가져갔던 장조림 캔과 고추참치 캔을 반찬으로 맛있게 먹었다. 내가 돌아간 뒤, 남아 있는 누룽지를 또 끓여 먹었는지는 알 수 없지만.

메뉴판이 있는 친구의 집

1~2주에 한 번은 무조건 만나는 시나리오 공동작가 겸 나의 가장 오래된 친구 영. 20년 가까이 알고 지내면서도 서로 존댓말을 쓰는 우리는 친구와 가족, 동료 사이를 넘나드는 관계다. 둘 다 마포구 안에 살고 있기 때문에 서로의 집이나 작업실을 마을버스 혹은 자전거로 오가며 지금까지 여러 편의 대본을 함께 썼다.

20년의 관계 중 초반 10년은 그냥 놀았고 후반 10년은 함께 일을 해왔다. 그냥 놀던 시절에는 그렇게까지 자주 만나지 않았지만, 같이 일하면서는 따로 약속을 정하지 않아도 1~2주에 한 번은 꼭 만나 근황 토크 — 주로 최근에 재미있게 본 TV 프로그램이나 영화, 드라마 이야기를 나누며 대본 작업을 하거나 아이디어 구상을 한다, 라고 썼으나 사실 나는 영의 작업실에 밥을 먹기 위해 매주 찾아간다.

프리랜서 예술인 1인 가구인 나와 영은 취향이나 작업방식에 있어서는 매우 공통점이 많지만, 부엌 사용에 관해서는 단 하나의 접점을 찾기 어려울 정도다. 오랜 자취 생활에서도 부엌 싱크대를 이 닦고, 세수하고, 손 씻는 곳으로 사용해온 나와 달리 영은 삼시 세끼와 간식, 술안주까지 모두 집에서 만들어 먹는다. 영의 집 겸 작업실에 들어서면 거실 한편 작은 화이트보드에 이번 주에 해 먹을 요리(거의 메뉴판을 방불케 하는) 이름들이 주르륵 적혀 있다. 처음 엔 집에 찾아온 친구를 위한 장난스러운 메뉴판인가 생각했는데, 연유를 들어보니 냉장고 안에 있는 식재료의 유통기한에 맞춰 빨리 요리해 먹을 순서를 정리해둔 것이라 했다. 처음 그 칠판을 봤을 땐 '혼자 사는데 대충 냉장고를 열어보고 눈에 보이는 걸로 요리해 먹으면 안 되나?' 하고 생각했다.

하지만 2022년부터 반려 고양이를 간병하기 위해 작업공간과 집을 합치게 되었고, 종종 집에서 뭔가를 해 먹어야 하는 날이 생긴 지금은 조금이나마 영의 메뉴판을 이해하게 됐다. 혼자 먹을 양보다 많은 음식을 배달시키고 남은 음식. 집 겸 작업공간에 놀러 오거나 일 얘기를 하러 찾아온 친구나 손님이 사 온 케이크나 빵. 엄마에게 산 밑반찬(중에서도 빨리 먹지 않으면 상하는 것들), 자취하는 친구에게서 전수받은 에어프라이어 두부 요리를 위해 마트에서 야심차게 사본 두부와 낫토, 끓여서 바로 해 먹을 수 있다기에 용기 내서 산 냉동 떡볶이.

냉장고에는 생각보다 빠른 속도로 음식이 들어찼고 나의 눈은 잠깐씩 열어본 냉장고 속 이미지를 그리 정확하게 기억하지 못했다. 영처럼 일주일 동안 해 먹을 요리들을 작은 칠판에 쓸 각오는 서지 않았지만, 대충 그런 느낌만 내보려고 한번씩 냉장고를 열고 머릿속으로 내일과 모레 해 먹어볼 요리들을 (복잡한 것 말고 그냥 데워 먹는 정도의) 리스트업 해보았다. 하지만 계획과 달리 다음 날 점심때 갑자기 친구가 찾아오면 "뭐 먹고 싶어? 내가 시켜줄게" 하고 배달 앱을 열고 찜해둔 가게 리스트를 훑었다. 그렇게 배달 앱을 여는 순간 내 머릿속 냉장고 요리 리스트는 이미 저 먼 곳으로….

영의 집 겸 작업실에서 만날 때, 음식을 배달시키는 일은 극히 적었다. 미역국, 김치찌개, 순두부찌개, 유부초밥, 함박스테이크, 계란말이, 떡꼬치, 메밀소바, 비빔국수. 한식도 양식도 일식도 영의 부엌에서 척척 탄생했고, 밥을 먹고 나면 카카오닙스를 곁들인 요거트가 디저트로 제공됐다. (그리고 콤부차도.)

길게 회의를 하기에 앞서, 내가 너무 체력이 떨어진다 싶으면 그런 날만 특별히 스태미너를 위해 삼계탕을 배달시켜 먹었다. 영는 배달된 삼계탕을 귀여운 1인용 사기 냄비에 넣고 끓인 뒤, 고명을 얹어 김치와 밑반찬과 함께 상을 차렸다. 일 얘기를 마치고 내가 영의 공간을 나서기 전에는 집에 가져갈 것들을 챙겨줬다. 작게 포장된 견과류. 팩에 담긴 우유. 그리고 직접 담근 피클과 저녁

식사에서 남긴 유부초밥을 작은 유리그릇에 담아.

언젠가부터 우리의 정기모임은 자연스레 영의 집 겸 작업공간에서 만나는 것으로 정해졌는데, 아무래도 '식사가 제공되기 때문'인 이유로 그렇게 된 것 같다. 내가 영의 집으로 출발하면서 '출발해요'라고 메시지를 보내면 '밥하는 중'이라고 답신이 온다.

다음 회의 때 메뉴는 뭘까. 매주 메뉴가 바뀌는 1인 식당에 찾아가는 것마냥 기대감이 차오른다.

나의 해방 요아정 일지

    초고령 반려 고양이 준이치를 간병하며 대부분의 시간 집에서 글을 쓰며 보내지만, 가끔은 무조건 밖에 나가서 해야 할 일이 생긴다. 준이치의 주사와 약, 밥 시간을 맞춰야 하기 때문에 외부 일정을 많이 소화하기는 어렵지만, 그래도 생활비는 벌어야 하니까 종종 공연을 하거나, 북토크나 대담, GV 같은 토크 이벤트를 위해 외출을 한다. 그렇게 가끔 밖에서 일하고 저녁 늦게 집에 돌아오면 거실에 잠시 쓰러져 있다가 지친 몸을 일으켜 샤워를 하고, 머리를 말리며 배달 앱을 켠다. 이 시간은 밖에서 열심히 일한 나의 보상심리를 스스로 채우기 위한 '요아정' 시간이다.

    요아정은 '요거트 아이스크림의 정석'이라는 이름의 배달 아이스크림 가게를 줄여 부르는 것으로, 언제부턴가 나와 친구들 사이에서 으레 그렇게 불리고 있다. 영어 사용자 친구들과는 'The Bible of Yogurt Ice cream'이라고 부른다. 줄여서 'Yogurt Bible'. 바나나, 벌집꿀, 그래놀라가 들어가는 2인분 요거트 아이스크림에 딸기나 키위 등 과일 한 종류를 추가하고 거기에 배달팁까지 붙으면, 총금액 2만 원이 넘어가는 비싼 아이스크림이다. 그렇기 때문에 자주 시켜 먹을 순 없고 이렇게 보상심리가 차오르는 외부 일정을 마치고 난 뒤, 스스로에게 해방감을 선사하기 위해 '요아정' 타임을 가진다.

요아정이 집에 도착할 때까지 몸과 마음을 청결히 하고 프로젝터를 켜 OTT 플랫폼에서 보고 싶었던 영화나 드라마를 찾아둔다. 그리고 기다리던 요아정이 현관 앞에 나타나면 침대 위에서 쓰는 테이블을 펼치고, 그 위에 거대한 2인분 요아정으로 상차림을 한다. 밥숟가락보다 좀 더 커다란 숟가락을 들고 덜 마른 머리를 털며 요아정을 양껏 퍼 먹으면 그 순간만큼은 '나의 해방 일지' 아니 '나의 해방 요아정 일지'다.

요아정 2인 세트에 들어가는 벌집꿀을 처음 맛보았을 때, 그 신기한 식감과 달콤한 맛에 놀랐다. 꾸덕꾸덕하고 쫄깃하면서 달달한. 익숙하지 않은 식감이기도 하고 당도도 너무 높아서 이름만 '벌집꿀'이고 실제 벌이 만든 게 아니라 사람들이 설탕을 굳혀 틀에 찍어 만들어낸 것이 아닌가 생각했다. 이 벌집꿀이 충격적으로 맛있어서 대체 어떻게 만드는 것인지 인터넷 세상을 뒤져가며 찾기 시작했다.

양봉 전문가에 따르면, 벌이 직접 만드는 벌집은 구멍의 크기도 다르고 (아래로 가면서 점점 커진다고 한다) 꿀을 채우기 전에 벌집을 만드는 과정에서 벌의 에너지와 시간이 너무 많이 들고 효율이 떨어진다고 한다. 그래서 양봉업자들은 밀랍과 파라핀으로 미리 만들어둔 일정한 규격의 벌집틀을 벌통에 넣고, 벌은 벌집을 만들 시간과 에너지를 아껴 꿀을 모으고 채우는 데만 전력을 다할 수 있게 된다고 한다.

벌집꿀을 만드는 법을 찾다 취미 양봉 블로그, 브이로그, 꿀벌 다큐멘터리를 지나 환경 다큐멘터리까지 점점 깊숙이 빠져들어 갔다. 여러 편의 꿀벌 다큐멘터리에서 지구 온난화로 꽃의 개화 시기가 앞당겨지고, 꽃이 피어 있는 기간은 짧아지고 그에 따라 꿀벌들의 활동 주기에 혼란이 오고 먹이도 줄어드는 등 꿀벌의 생존 위기가 심각해지고 있다는 이야기를 공통적으로 다루고 있었다. 기후 변화로 대형 산불 등 자연재해의 빈도도 높아져 토종벌도 심각한 멸종 위기라고 했다. 〈꿀벌의 경고〉, 〈꿀벌의 실종〉 같은 제목의 다큐들을 연이어 본 뒤, 어느새 내 삶 깊숙이 다가온 기후 위기의 신호들을 너무 안일하게 생각했던 게 아닌가 하는 반성의 마음이 펼쳐졌다. 대체 오늘 나는 무엇을 할 수 있을까. 무엇부터 해야 할까.

나의 해방 요아정 일지를 쓰고 싶은, 지친 어느 저녁이 또 찾아와도 요즘엔 요아정에 벌집꿀을 추가할지 말지 손가락이 선뜻 버튼을 누르지 못한다. 일단 팔고 있으니 사서 먹어도 되는 걸까. 아니면 나처럼 소비하는 사람이 있기 때문에 계속 무리하게 생산되는 것은 아닐까. 고민이 깊어져 간다.

모두가 만든 입맛

문득 내 취향은 어떻게 만들어졌는지 궁금해졌다. 내 취향 중에 완전히 '내 것'이라고 할 수 있는 게 별로 없지 않나 싶다. 일례로 내 옷장엔 내가 직접 고르지 않은 옷이 반 이상이다. 친구가 입던 옷, 언니와 엄마가 물려준 옷, 선물받은 옷.

냉장고 속도 내 입맛도 마찬가지다. 현 연인, 헤어진 연인, 친구들, 먼저 세상을 떠난 사람들까지. 그들이 내게 전해준 입맛이 지금의 먹는 취향을 만들었다. 나는 함께 즐기고 좋아했던 음식들로 그들 모두를 기억한다.

오랜만에 만난 우리 무엇을 먹을까 고민 고민 해봐도

오늘도 역시 쌀국수

내가 돈이 많다면 너에게 까짓거 월남쌈도 사줄 수 있을 텐데

오늘도 쌀국수 한 그릇 뚝딱 둘이서 쌀국수 한 그릇 뚝딱

위와 같은 가사의 〈쌀국수〉라는 노래를(미발표곡) 만들 정도로 쌀국수를 너무나 좋아했던 스무 살 무렵. 그때는 만 원쯤 하는 쌀국수 한 그릇 가격이 너무 부담스러웠다. 친한 친구와 둘이 한 그릇을 시켜 나눠 먹는 게 당연했다. 당시 우리에게는 '사리 추가'가 엄청난 사치였다. 다른 테이블에 놓인 호화로운 월남쌈을 흘깃흘깃 쳐다보며 "우리는 언제쯤 월남쌈을 먹어볼 수 있을까" 하고 친구와 함께 부러워했다. 그때는 고수를 전혀 먹지 못해서 쌀국수에 고수를 넣는 사람들을 보면서 괴물을 본 것처럼 놀랐었다. 지금은 고수를 움켜쥐고 한입 가득 우적우적 씹어 먹을 정도로 좋아한다. 고수를 먹을 수 있게 된 것도 무엇에든 고수를 듬뿍 넣어 먹는 걸 즐기는 다른 친구의 입맛 덕이다.

고수, 낫토, 평양냉면, 청국장.

전부 20대 후반쯤 돼서야 먹을 수 있게 된 것들이다. 처음 몇 년 동안은 이 맛들에 익숙해지기는커녕 다른 사람들이 먹는 것도 이해되지 않았다. 특히 평양냉면은 사람들이 왜 아무 맛도 나지 않는 차가운 물에 국수를 넣은 이 음식을 만 원이 넘는 돈을 내고 사 먹는지 도무지 알 수가 없었다. 그래도 여름만 되면 이걸 먹겠다고 이 집 저 집 찾아다니는 친구들이 있어 같이 있다가 한 입, 두 입 먹다 보니 어느 날 여의도의 한 냉면 집에서 갑자기 '혀가 트였다'. 이 같은 표현을 다른 사람들도 쓰는지 어쩐지는 모르겠으나

나는 정말 이 표현이 딱 맞다고 생각한다. 혀가 트이기 직전까지는 입에서 불쾌함만을 주거나 무(無)맛이던 것이 한순간 '펑' 하고 온갖 흥미로운 맛이 느껴지기에 그야말로 '터졌다'는 감각이었다.

어릴 적 엄마가 해주던 요리들은 극단적으로 한정적이었다. 그래서 나는 음식의 다양성을 잘 모르는 어른이 되었다. 먹는 일에 대해서는 모험심도 없어서, 20대 때는 주로 학교나 도서관 구내식당 밥맛에 익숙하게 살았다. 30대가 될 때까지도 김밥, 주먹밥, 떡볶이, 잔치국수, 한 판에 6천 원이면 살 수 있는 저렴한 동네 피자 같은 메뉴들을 뺑뺑 돌려 먹으며 지냈다. 내게는 먹는 것보다 일하는 시간이 더 중요했고, 먹는 데 시간을 쓰면 수치심과 죄책감이 들었다. 하지만 그런 내게도 '잘 먹는 것'이 무엇보다 중요한 친구들이 생겼고, 그들과 어울리며 조금씩 여러 맛을 체험할 기회가 늘어났다.

요즘엔 누군가를 만날 때마다 쉽게 따라 할 수 있는 간단한 요리 레시피를 물어본다. 처음 기타를 치기 시작할 때도 그랬다. 조금이라도 기타를 칠 줄 아는 사람을 만나면 코드를 알려달라고 졸라 그렇게 배운 코드 몇 개로 신나게 노래를 만들었다. 여러 사람들이 알려준 코드로 노래를 만들었던 것처럼 요리도 그렇게 늘지 않을까 상상해본다. 앞으로 수년 후엔 엄청난 집밥 전문가가 될지도 모른다. (기대되는군.) 최근엔 열다섯 살이나 어린 친구가 집에 놀러 와 '간단한 계란국 끓이는 법'을 정성스럽게 종이에 적어주고 갔다.

1. 계란을 적당히 섞는다.
2. 끓는 물에 넣는다.
3. 후추와 파를 넣는다. (소금 간도 적당히.)

그 레시피를 부엌 찬장에 붙여놓고 종종 들여다본다. 아직 계란국 요리를 실행하진 않았지만 조만간 또박또박한 글씨를 따라 새로운 입맛을 만나보려 한다.

이연 @leeyeonstein

펼 연(演) 자를 쓴다. 이름처럼 사는 삶을 꿈꾼다. 디자
이너로 일하다 회사를 그만뒀고, 평생 그림을 그렸으
니 그림 영상을 올려보자는 생각으로 2018년에 유튜
브를 시작했다. 유튜브 채널에 올린 '겁내지 않고 그림
그리는 10가지 방법'이란 제목의 영상이 수십만 구독
자들의 마음을 사로잡으며 독보적인 그림 크리에이터
로 자리 잡았다. 쓴 책으로 《겁내지 않고 그림 그리는
법》《매일을 헤엄치는 법》 등이 있다.

그리고, 나는 봄이 올 때 샌드위치를 먹는다.

라이프 레시피의 달인

돈가스의 달인

고3이 되던 겨울, 고데기를 한껏 안으로 밀어 넣어 버섯 머리를 하고, 홀로 서울 미술학원에 상경했다. 나보다 더 잘 그리는 애들을 더 큰물에서 만나고 싶다는 것, 그것이 바로 내가 노량진에 온 이유였다. 패기는 넘쳤지만 솔직히 상상 속 서울 애들이 조금 무서웠다. 교복 치마가 짧고 기가 세면 어떡하지? 혹은 그림을 내 생각보다 더 잘 그린다면? 걱정을 안고 학원에 들어갔으나 다들 편안한 추리닝 차림에 나처럼 장난기 많은 보통의 아이들이라 안심이 되었다. 그보다 예상 외였던 건 그들의 다정함이었다. 부드러운 서울 말씨로 내게 내일부터 같이 밥을 먹자고 했다. 10대들은 안다. 밥을 같이 먹자는 건, 친하게 지내자는 뜻이라는 걸. 첫날인데 내일부터 같이 밥 먹을 친구들이 생기다니 기뻤다. 설레는 마음으로 수업을 마치고 돌아왔다. 당시 나는 서울에 있는 이모 댁에 머무는 중이었다. 저녁에 이모에게 도시락을 담아달라고 부탁드렸다.

"새로운 반찬은 필요 없고요. 그냥 반찬통에 있는 것만 조금 담아주셔도 괜찮아요, 이모."

마침 제천에서 챙겨온 도시락통이 있었다. 모든 게 낯선 세상 속에서 내 물건이 곁에 있다는 것만으로도 든든한 기분이 들었다.

다음 날 아침에 나는 이모가 챙겨준 익숙한 도시락을 들고 학원에 도착했다. 수업은 기존 학원에서 배웠던 것과 달리 새로운 방식이라 무척 재미있었다. 첫날이라 그림을 잘 그리고 싶었는데 마침 칭찬을 받아서 기분이 좋았다.

이윽고 밥 시간이 되었다. 나는 친구들과 책상에 앉아 도시락 뚜껑을 열었고, 우리는 모두 잠깐 말이 없었다. 생각해보면 모든 게 이상하리만큼 순조로웠다. 왜 나는 도시락통을 한 번도 열어보지 않은 것일까? 미리 열어봤다면 편의점에서 뭐라도 사 왔을 텐데. 도시락 반찬통에는 시뻘건 깍두기만 잔뜩 채워져 있었다. 물론 밥은 있었지만 그 두 가지가 전부였다. 얼굴이 좀처럼 빨개지지 않는 내가 그때는 처음으로 화끈거림을 느꼈다. 내가 시골 사람이라 맨날 이렇게 먹는다고 생각하면? 나를 가난하다고 보면 어떡하지? 혹은 내가 사랑받지 못하는 애라고 보는 거 아니야? 별별 생각이 드느라 아무 말도 할 수 없었다. 얼어붙은 내게 친구들은 조심스레 반찬을 같이 나눠 먹자고 했다. 그 고마운 말에 나는 더 비참한 기분을 느꼈다.

생각해보면 그간 내가 무엇을 먹는지 고민하고 챙길 일이 없었다. 집에서는 엄마가 따뜻한 밥을 차려주고, 학교에서는 균형 있는 식단의 급식을 먹을 수 있었으니까. 그래서 당연히 도시락통에도 그런 것들이 들어 있을 거라는 생각을 했다. 사실 깍두기는커녕 텅 비어 있을 수도 있는 건데 말이지. 그날 집으로 돌아오며 처음으로 장을 봤다. 고추참치나 김, 소시지 같은 것을 담았다. 그런 것들은 당장 맛은 있어도 어딘가 부족한 기분이 들었다. 그래서 몸과 마음도 항상 어설픈 상태였다.

그렇게 삐그덕거리는 서울 생활을 이어가던 어느 날, 학원 선생님이 수업 도중에 한 돈가스 가게에 대해서 말했다.

"학원 뒷골목에 있는 돈가스 집이야. 내 손 보여? 등심이 이만큼 두툼하다고. 가격도 저렴해. 튀김옷이 예술이야. 진짜 꼭 한번 가서 먹어봐. 노량진에서 학원 다니면서 거길 안 가보는 건 말이 안 돼."

순간 나는 깍두기로 상처받은 마음을 그 돈가스가 치유해줄 수 있겠다는 확신이 들었다. 수업이 끝나자마자 바로 가게로 향했다. 과연 혼자 끼니를 해결하는 고시생들을 위해 전 좌석이 바 형태로 되어 있었다. 메뉴는 치킨가스와 로스가스가 전부다. 심플한 구성에서 벌써 자신감이 뿜어져 나온다. 본래의 목적대로 돈가스를 시켰다. 씩씩한 말투의 젊은 언니가 주문을 받고, 뒤에서는 뭔가 내

공이 깊어 보이는 아주머니들이 돈가스를 튀긴다. 그 모습을 흥미롭게 살피다 보니 벌써 음식이 나왔다. 단면을 보니 정말 선생님 말처럼 두툼하다. 나는 설레는 마음으로 돈가스를 한입 베어 물었다. 그래, 이거야. 입천장을 다치게 하지 않으면서도 충분히 바삭한 튀김옷, 두툼하면서도 질기지 않은 등심, 소스 없이도 느껴지는 적당한 밑간, 함께 곁들일 수 있는 겨자, 그리고 얇게 채 썬 양배추까지. 이 모든 돈가스 정식의 가격이 4,500원. 나는 그 가게의 단골이 되었다. 가게의 이름은 허수아비 돈가스. 깍두기로 다친 마음속 설움을 달래주는 곳이었다.

입시를 마친 후, 성인이 되어서도 나의 돈가스 사랑은 계속되었다. 한번은 직접 돈가스를 만들기도 했다. 빵가루는 습식이어야 맛있다는 말에 식빵을 손으로 직접 찢어서 빵가루를 만들었다. 그 과정이 너무 번거로워서 이후 돈가스를 직접 만든 적은 없다. 하지만 지치는 날이면 '역시 오늘은 돈가스를 먹어야겠군' 하면서 돈가스 가게를 가곤 한다. 내가 좋아하는 돈가스가 최고인 줄만 알다가 그보다 더 많은 돈가스를 먹어본 돈가스 블로거를 발견하고 나의 세계가 넓어지기도 했다. 그 이후 그는 나에게 새로운 스승님이 되어서, 나는 그가 극찬한 돈가스가 최고라는 생각에 사로잡혀 살았다. 원래 뭐든 어설프게 알면 자기가 아는 게 전부라고 생각하는 법이다. 친구들이 돈가스를 추천할 때면 "네가 돈가스를 아냐"라며 거들먹거렸다. 그러다 직접 먹어보니 생각보다 더 맛있어서 숙연해졌다. 하지만 맛있는 돈가스로 혼나는 건 사실 즐거운 일이다. 이런 반성이라면 더없이 환영이며, 자주 나를 놀라게 해줄 돈가스를 만나고 싶다고 생각한다.

어느 날, 우리 동네에 새로운 돈가스 가게가 생겼다. 신기하게 그 가게는 갈 때마다 사람이 많아서 정신이 없고, 메뉴가 묘하게 잘못 나온다. 연어덮밥을 시키면 연어장이 나오고, 돈가스를 시키면 치킨가스가 나오는 식이다. 그 때문에 거기서 아직까지 한 번도 돈가스를 먹어본 적이 없다. 연어장은 나오자마자 잘못 나왔다고 말씀드려서 덮밥으로 바꿔서 먹었지만 치킨가스는 외형이 튀김이라 돈가스와 비슷했다. 베어 문 자리에 눈부신 흰 살이 눈에 띄었다. 닭이었다. 근데 그게 어이없을 정도로 맛이 있다면? 클레임을 걸기에 사장님이 너무도 서글서글하게 생겼다면? 그리고 수줍게 웃으면서 손에 묻은 물을 앞치마에 닦으며 음식이 입에 맞냐고 물어본다면? 나뿐만 아니라 누구여도 그냥 잘못 나온 음식을 먹을 것이다. 그렇게 내게는 아직 그 가게에서 먹어보지 못한 돈가스가 신비롭게 남아 있다. 세상에서 제일 부드러웠던 닭고기의 상태로 보아 분명 돈가스도 그만큼 맛있을 것이다.

돈가스에도 달인이 있다면 어떤 사람일까? 사장님처럼 튀김 요리를 유난히 잘해서 완성도 있는 돈가스를 만드는 사람, 그 가게를 추천한 돈가스 블로거처럼 그 맛과 가치를 알고 분별할 수 있는 사람, 그리고 그다음 자리에 나처럼 평범하게 돈가스를 사랑하는 사람까지. 나는 모두가 돈가스 달인이 될 수 있다고 믿는다.

깍두기에 얼어붙었던 내 마음을 녹여주었던 노량진 돈가스를 떠올린다. 아이러니하게도 돈가스는 깍두기와 먹으면 맛있다는 점. 이제는 이모를 원망하지 않는다. 그래도 나는 조카와 아이들에게 더 좋은 어른이 되겠다는 다짐을 한다. 종종 맛있는 돈가스도 사줘야지. 돈가스는 언제 먹어도 맛있지만!

샌드위치의 달인

2020년 2월

퇴사를 하려던 계획이 산산조각 났다. 단순한 감기인 줄 알았던 코로나가 전 세계를 집어삼킨 것이다. 회사 앞에는 5천 원짜리 마스크를 파는 매대가 들어서기 시작했다. 터무니없는 가격에 환멸을 느끼던 찰나, 회사가 전 직원에게 매일 마스크를 주기 시작했다. 게다가 재택근무를 전면적으로 확대하고, 출근을 이틀만 해도 된단다. 정신이 아득해진다. 재택근무를 하라는 건, 메신저로만 싹싹하게 일하는 척하고 대답을 마친 후엔 넷플릭스를 봐도 된다는 뜻 아닌가? (아님.) 이런 때는 출근을 하는 것도 나쁘지 않다. 전보다 한산해진 아침 지하철과 텅 빈 사무실이 나를 기다리고 있으니까. 연봉 인상보다 더 행복한 워라밸 인상이라니… 감히 꿈꾸지도 못했던 천국 같은 상황 속에서 혼란을 느낀다. 회사가 힘들어서 다니기 싫은 줄 알았는데 편해져도 다니기 싫은 이 기분은 뭘까. 나만 진짜 몹쓸 인간인 건가. 왜 천국을 벗어나고 싶은 것일까?

2020년 3월

　오늘은 우연히 샌드위치 가게에 들렀다. 이 동네에 6년째 살고 있으면서 처음 간 곳이다. 들어가보니 족히 스무 가지가 넘어 보이는 메뉴가 눈에 띈다. 결정하기 어려울 땐 사장님 추천이 제일인 법. "뭐가 제일 잘 나가요?" 나의 진부한 질문에, 사장님은 사람 좋은 미소를 건네며 대답한다. "다 잘 나가요." 자신감 넘치는 대답에 당황한 내 눈동자를 읽은 사장님이 오늘은 블루치즈가 많이 나갔으니 그걸 한번 먹어보라고 권한다.

　블루치즈 샌드위치. 닭가슴살을 얇게 썰어서 퍽퍽하지 않고 부드럽다. 한입 베어 물어보니 이건 뭐랄까, 키스하는 느낌이 든다. 변태 같은 묘사라 생각하면 억울하다. 실제로 먹어보면 치즈가 혀에 부드럽게 달라붙는 식감이 황홀하여 인상 깊다. 나는 그날 이후로 이 가게의 단골이 되고 말았다. 클럽 샌드위치, 모차렐라 토마토 샌드위치, 바질 페스토 샌드위치, 에그 베이컨 샌드위치 등 다양한 샌드위치를 맛봤다. 사장님 말대로 다 잘 나가는 이유가 있었다. 이 가게의 유일한 단점을 하나 꼽자면 그것은 가격이었다. 샌드위치가 어떻게 이렇게 맛있냐는 말에 한결같이 겸손한 미소를 띠며 "나는 요리 잘 못해요. 재료를 좋은 거 쓰면 다 맛있더라고"라는 사장님의 대답처럼 재료가 남달랐기 때문에 보통 7~9천 원 정도 한다. 매일 사기에는 부담스러운 가격이다. (이 글을 지금 캐나다에서 쓰고 있는데 여기는 서브웨이가 12달러 정도 한다. 사장님, 보고 싶어요…) 그러면 내가 직접 만들면 어떨까? 어차피 재택근무를 하기 때문에 시간도 많다. 이제껏 많이 먹어봐서 뭘 넣으면 맛있는지 알기 때문에 해봐도 어렵지 않을 것 같았다.

샌드위치 만드는 법

1. 도마에 랩을 깔고 준비한다. 통밀빵 단면에 홀그레인 머스터드를 바른다.
2. 계란은 삶아서 으깬 후 마요네즈랑 섞는다. 다이어트 중이라면 마요네즈는 조금만. 물론 많이 넣으면 더 맛있다.
3. 머스터드를 바른 빵에 에그마요를 올린다. 그 위에 토마토, 양파, 오이, 양상추, 상추 순으로 쌓는다.
4. 맨 위를 통밀빵으로 덮고, 랩으로 샌드위치를 감싼다. 그다음 칼로 조심히 단면을 자르면 끝.

2020년 5월

이제는 샌드위치 만드는 게 익숙하다. 과연 사장님 말에 힌트가 있었다. 샌드위치는 재료만 좋은 걸 써도 실패 확률이 거의 없는 요리라는 것. 모양을 잡거나 조합을 찾는 건 직접 시도해보면서 발전시키는 맛이 있다. 내가 그렇게 샌드위치 달인이 되어가는 와중에 코로나 상황은 더 악화되었다. 재택근무도 여전하고, 나는 이렇게 일하는 방식에 적응이 되었다. 전과는 다른 편안함이었다. 근무시간 중에 유튜브를 해도 된다는 건 실로 굉장한 일이니 말이다. 하지만 실제로는 마음이 편하지 않았다. 늘 쉬기만 했던 집이 일터가 되었으니까. 원래 퇴사 목표는 4월이었는데 허무하게 지나버렸다. 생각이 많아 책을 쓰는 것도 손에 잡히지 않던 찰나 편집자님이 사무실 앞에 찾아왔다. 고민이 많은 내게 그는 이렇게 말을 한다.

"퇴사를 고민 중이라면, 한 달만 유튜브를 쉬면서 직장 일에만 집중해보고 결정해보는 건 어때요?"

그간 들어보지 못한 색다른 제안이었다. 당장 유튜브 커뮤니티에 긴 글을 남겼다. 6월까지 잠시 쉬다 올게요.

2020년 6월

쉬면서 글은 한 줄도 못 쓰고 게임만 했다. 카트라이더 러쉬플러스 열풍에 얼떨결에 탑승하게 된 것이다. 닉네임은 '샌드위치달인'이다. 원래 게임 아이디는 유치할수록 귀여운 법이니까. 처음엔 혼자 조금만 하다 말 생각이었는데 하다 보니 자꾸 욕심이 생긴다. 달리고 나면 자주 1등을 하는 걸 보니 나름 소질이 있다는 생각에 그만두기가 어렵다. 나중에 알고 보니 내가 계속 1등을 했던 건 사람이 아닌 AI와 달려서 그런 것이었다. 유저가 재능 있다고 착각해서 게임에 빠져들게끔 만드는 전략이었는데 나는 그 전략에 완벽하게 걸려버렸다. 어느 정도 티어를 올려 실제 사람들과 함께 경기를 하니 자꾸 밀리는 나를 확인할 수 있었다. 이쯤 되면 특단의 조치가 필요하다. 조금 비겁해지기로 다짐했다. 바로, 구독자분들의 힘을 빌리는 것이다. 나는 당장 이연 오피셜 인스타그램 계정에 '제 닉네임은 샌드위치달인입니다. 같이 카트라이더 해요!'라는 스토리를 올렸다.

2020년 7월

티어는 날이 갈수록 올라가지만 내 마음은 혼란하기만 하다. 회사는 내게 여전히 고마운 존재다. 하지만 고맙다고 사랑할 수는 없다. 이게 뭔 나쁜 남자 같은 대사인가 싶겠지만 정말로 그렇다. 고맙다고 내가 행복한 건 아니었고, 나는 도리어 그 고마움을 배신하고 싶지 않아 끊임없이 도망만 치고 있었다. 오죽하면 게임에 접속한 지 여덟 시간이 넘었으니 빨리 현실로 돌아가라는 안내문이 떴을 정도였다. 일기장을 펴고, 또박또박 글을 적으며 스스로에게 물었다.

— 코로나가 나아질 것 같니?

— 아니, 이번 건 달라. 훨씬 어려울 거야.

— 그러면 어떻게 하면 좋을까? 여기서 안주하면 달라질까?

— 아니, 차라리 빨리 나와서 적응해야지.

그렇게 나는 내가 도망치던 삶으로 다이빙하기로 다짐했다. 용기 내어 사수에게 말을 꺼냈다. 회사를 관두려고요…. 그녀는 활짝 웃으며 대답한다. "언제 말하나 했네. 축하해요. 앞으로 하고 싶은 일 재미있게 해봐요."

2023년 2월

지금은 샌드위치와 게임 둘 다 찾지 않는다. 그래도 이따금 샌드위치 생각을 한다. 마요네즈를 반만 넣던 나의 고집, 드디어 일 하나 싫어 뿌듯했던 발뮤다 토스터, 가끔 넣으면 특별하게 느껴지던 아보카도, 그리고 베이컨까지. 샌드위치달인을 줄여서 '샌달님'이라고 부르던 구독자님들도 생각난다. 내가 무엇을 하든 응원해주는 사람들. 덕분에 인생에서 가장 큰 결정을 할 때 용기를 낼 수 있었다. 좋은 재료를 쓰는 게 맛의 비결이라는 사장님의 말을 떠올린다. 지금 생각해보니 그건 샌드위치 레시피가 아니라 라이프 레시피라는 생각이 든다. 신선한 양상추, 부드러운 계란, 오늘 만든 빵. 나는 그런 말을 하고 글을 쓰고, 그림을 그리고 싶다.

파스타의 달인

처음 다녔던 회사는 도시락 문화가 있었다. 그중 유난히 반찬 퀄리티가 높은 선배가 있어서 내가 그녀에게 "어머님이 정말 혜자세요"라고 했는데 "응, 우리 엄마 실제 이름이 혜자야"라고 해서 놀랐던 기억이 있다. (희대의 탈룰라.) 혜자라는 이름에는 정말 신묘한 힘이 있었던 모양이다. 선배의 도시락은 실로 은혜로웠다. 듣기로는 어머님께서 반찬가게를 운영했다고 한다. 그래서 간혹 간장새우 같은 특식을 맛볼 수 있었다. 회사에서 도시락을 먹어본 이는 알 것이다. 모두가 나눠 먹는 반찬으로 간장새우 같은 보물을 내놓는 건 쉽지 않은 일임을. 그렇게 선배 어머님의 간접적인 은혜를 입으며 3년의 시간이 흘렀다.

퇴사를 하고 일이 없는 프리랜서가 되었다. 때문에 수익도 별로 없어서 밥을 매번 사 먹을 수는 없기에 요리를 해야 했다. 그동안의 식사는 조별과제에 기대어 살아온 셈이었는데, 이제는 홀로 모든 끼니를 책임져야 하는 것이었다. 요리를 유의미하게 시작한 건

이때부터다. 나는 그중 파스타를 가장 많이 해 먹게 되었다. 사실 대다수의 자취생이 파스타를 좋아하는데, 그 이유는 간단하다. 재료 보관이 쉬우면서 조리 과정이 어렵지 않아서 그렇다.

그렇기 때문에 이상한 파스타가 생기는 경우도 허다하다. 대부분 면을 삶고 소스를 합치면 끝이라고 가볍게 생각한다. 하지만 그렇게 방심하며 만드는 파스타는 실로 괴생물에 가깝다. 나도 그렇게 소스로 어찌어찌 내 파스타의 끔찍한 일면을 숨기며 살아오다, 우연히 알리오올리오를 만들면서 내 파스타의 진상을 알게 됐다. 딱딱하고, 짜고, 이상한 맛이 났다. 심지어 맵기까지… 요리 영화나 드라마에 나오는, 접시째 음식을 버리는 경험을 거듭하게 되었다.

망한 요리를 먹으면 대체로 시무룩해진다. 왜냐하면 입에는 맛없는 요리의 기분이 남아 있어서 속상하고, 고생은 고생대로 했는데 먹을 만한 게 없어서 배가 여전히 고프기 때문이다. 하지만 다행히 유튜브가 활성화되어 있는 시절이었다. 유튜브에는 셰프들이 직접 파스타의 비법을 알려주는 영상이 많이 있었다. 그걸 보면서 면을 익히는 감각과 올리브오일, 그리고 마늘을 다루는 법을 차차 익히기 시작했다. 그렇게 여러 번의 시도 끝에 먹을 만한 파스타를 만들게 되었다고 생각했다. 하지만 어떤 분야든 어설픈 사람이 자만하는 법이다. 자전거를 탈 때도 나 좀 타는데? 싶을 때 넘어지고, 운전도 나 좀 모는데? 싶을 때 사고가 난다. 그렇게 나도 파스타 좀 하는데? 하면서 망한 파스타를 만들었다.

오만하게도 파스타의 달인은 나를 이르는 말이었다. 하지만 너무 비난하지는 말기를 바란다. 이건 달인 직을 사퇴하고 쓰는 글이니까. 글을 쓰기 전날 오랜만에 팬을 잡아 점심에 파스타를 만들었다. 먹어보니 맛이 형편없어서 대부분 버렸다. 버린 것만이 문제가 아니라, 엉망진창으로 변한 주방이 특히 내 마음을 아프게 했다. 어떤 사람이 무언가를 잘하는지 보려면, 남기고 간 흔적을 보면 된다. 하지만 내 주방은 빨간 토마토소스가 여기저기 보기 싫게 튀어 있었다. 그날따라 팬도 더 지저분했다. 아무도 불러주지 않았던 쓸쓸한 달인 직을 이제는 스스로도 부를 수 없게 되는 순간이었다.

무언가를 잘한다고 오만한 건, 지금 잘하기 때문이 아니라 옛날에 많이 해봐서 그럴 수도 있다. 하지만 대체로 잘하는 사람들은 그걸 지금까지도 하면서 감각을 유지하는 사람들이다. 그게 아닌 상태에서 잘한다고 말하는 건 허상에 가까우며, 이런 현상이 심화되면 "라테는…"까지 가는 참사가 벌어질 수 있다. 한때 파스타를 많이 만들어보고 스스로 만족했다고 나는 지금의 내 파스타가 괜찮다 생각하고 있었다. 하지만 두 달간 많은 일들 때문에 요리를 거의 하지 못하면서 나의 감각은 한없이 무뎌져 있었다. 오죽하면 먹자마자 떠오른 생각이 '내가 그사이에 똥손이 됐나?'였다.

하지만 어떤 일이든 좌절하면 거기까지다. 더 나아가 좌절을 받아들이고 성장하면 다음 무대가 펼쳐진다. 나는 잃어버린 '파스타의 달인' 영광을 되찾고 싶어졌다. 아무도 불러주지 않는 자칭일지라도 말이다. 스스로가 인정할 수 없는데 앞으로 사람들에게 내가 파스타 만들기를 좋아한다고, 꽤나 잘한다고 감히 어떻게 말할 수 있을까? 그래서 오늘은 차근히 파스타를 다시 만들어보기로 했다. 어제 했던 메뉴와 똑같이, 소시지가 들어간 토마토 파스타.

진짜 파스타의 달인 영상을 찾아보는 것부터 했다. 유튜브에서 '시판 소스로 가게 같은 맛 내기'라는 영상을 봤다. 처음 재료를 볶을 때 버터를 쓰고, 그 위에 소금 간을 한다. 소스는 많이 넣지 않고 적당히 넣어서 농도는 면수로 조절한다. 그리고 재료들이 잘 유화될 수 있게 팬을 움직인다. 그걸 기억해두고 천천히 재료를 다듬었다. 그다음 물을 올리고, 물이 끓는 동안 소스를 만들었다. 가끔 면이 익기 전에 소스가 다 완성될 때가 있다. 그러면 불을 잠시 꺼두고 설거지를 하면 된다. 면이 익기 1, 2분 전에 다시 불을 켜면 소스는 따뜻해지니까. 그렇게 차근히 단계를 밟아가며 파스타를 만들었다. 요리를 끝내고 주방을 바라봤다. 어제처럼 지저분하게 벽에 튄 소스가 없다. 그저 고요히, 그렇게 평온한 음식이었던 것처럼 말끔할 뿐이다.

집게로 돌돌 말아서 면을 플레이팅 한다. 그리고 소스와 토핑은 옆에 따로 덜어둔다. 마지막으로 올리브유를 슬쩍 두르는 것도 잊지 않는다. 항상 만들던 파스타인데 괜히 두근거렸다. 요즘 한창 빠져 있는 넷플릭스의 〈마인드 유어 매너〉 속 선생님처럼, 포크를 고급스럽게 쥐고 한입 맛본다. 아⋯ 솔직히 감동이었다. 내가 만들었지만 정말 깔끔하고 맛있는 토마토 파스타였으니까. 어제와 달리 소스 한 점도 남기지 않고 다 먹었다.

오늘 요리를 잘하는 새로운 팁을 하나 깨우쳤다. 가상의 인물을 상정하고 그에게 요리를 만들어준다고 상상하며 만드는 것이다. 오늘은 조카에게 요리를 해준다고 생각하며 만들었다. 그러니 버섯을 썰 때도 모양을 예쁘게 해야겠다는 생각이 들고, 건강한 식재료만 사용해야겠다는 다짐이 들었다. 그릇에 담을 때도 내가 아닌 다른 사람이 먹는다고 생각했다. 그가 기꺼이 마음에 들어서 사진을 찍고 싶어지게, 예쁜 파스타를 만들어야지. 그런 상상을 하니 정말로 맛있고 예쁜 파스타가 나왔다.

연기 선생님이 말하길, 연기에서는 대상이 제일 중요하다고 한다. 글쓰기 선생님도 누군가에게 주는 글이라고 정하고 쓰면 더 잘 써진다고 했다. 그림도 그렇다. 대상에 애정을 갖고 바라보면 더 많은 것들을 발견할 수 있다. 요리도 마찬가지 아닐까? 어쩌면 더 직접적으로 사랑이 들어가는 일일 것이다. 가족이 먹는다고 생각하고 늘 주방에서 요리를 했던 엄마 생각이 난다. 나는 너무도 혼자 산 세월이 길었기에 그런 감각이 무뎌진 것이다. 그 모든 무심함을 나도 모르게 먹고 있었다는 생각에 조금 슬펐다. 그래서 앞으로 무언가를 만들던 그 과정에서 사람을 생각하기로 했다. 유튜브 콘텐츠도, 그림도, 요리도, 지금과 같은 글에도 말이다. 정성을 들이는 만큼 정직하게 맛있는 파스타가 내게 준 귀한 선물이다.

　이 글은 당신을 생각하며 썼다. 정성만 있다면 언제든 맛있는 파스타를 만들 수 있다는 멋진 이야기를 꼭 들려주고 싶었다. 그리고 당신이 나를 생각하며 만든 무언가가 내게 온다면 나또한 너무 행복할 것 같다.

샐러드의 달인

살면서 누구나 면죄부 하나쯤은 안고 살아간다. 내게는 그 면죄부가 샐러드다. 온갖 해로운 음식을 잔뜩 먹고 난 다음 날은 샐러드를 먹으며 몸에게 사과를 한다. 그러다 보면 편해지는 속에 내 몸이 드디어 용서를 해주는 것 같고, 이제는 괜찮겠지 하는 만족감 때문에 방심해서 다시 죄를 저지른다. 그렇게 또 샐러드를 찾게 되고… 이런 일이 무한 반복된다. 비단 내게만 해당되는 일이 아닐 것이다.

스물세 살 때, 졸업 전시를 준비하면서 극심한 스트레스에 시달렸다. 그때 국가가 내게 허락한 유일한 마약이 하나 있었으니, 바로 불닭볶음면이었다. 매운 음식을 먹으면 정말로 기분이 괜찮아지는 것 같았다. 하지만 근본적인 문제의 해결이 아니었기 때문에 나는 금방 다시 우울해졌고, 그럴 때마다 충동적으로 불닭볶음면을 찾았다. 그렇게 내 위장은 일찍이 망가지고 말았다. 샐러드를 찾게 된 건 뭘 먹어도 아팠던 20대 중반부터였다. 이상하게 다른 음식을 먹으면 몸이 금방 아팠는데 샐러드는 내 몸을 아프지 않게 했다. 그런 안도감 때문일까, 나는 퇴근 후 매일 샐러드를 사 먹게 되었다.

하지만 어떤 음식이든 잔뜩 사 먹어본 사람이라면 금방 이런 고민에 빠지게 된다. 바로 만만치 않은 유지비. 가게 계산대에 붙어 있는 샐러드 20회 정기권을 끊어야 하나 생각할 때, 이제는 샐러드를 직접 만들 시점이 되었다는 생각이 들었다. 그렇게 샐러드를 직접 만들기 시작했다. 거기에 해외여행을 다니며 먹었던 음식의 장점을 합쳐 점점 나만의 샐러드로 발전시켰다. 혼자 살게 된 지 약 9년의 시간이 흘렀다. 그동안 내가 만든 샐러드와 먹은 샐러드는 몇 접시일까? 보통의 사람들보다 훨씬 많을 것이란 생각이 든다. 수줍게 말하자면, 약간은 달인이 되었다는 뜻이다.

멋진 것들의 특징은 오히려 단순하다는 것에 있다. 기본에 충실하고, 서로 잘 어울리는 재료를 사용하고, 그 모든 것이 신선하면 샐러드는 실패할 수 없다. 드레싱부터 토핑, 그리고 마무리까지 내가 추천하는 샐러드 조합에 대해서 소개한다.

드레싱
세상에는 맛있는 드레싱이 많다. 하지만 검색창에 드레싱의 연관 검색어는 칼로리다. 개인적으로 칼로리를 걱정할 바에는 그냥 드레싱을 안 사는 것을 추천한다. 실제로 우리가 샐러드를 먹는 본래 목적, 건강을 생각하면 더욱 살 이유가 없다. 그러므로 드레싱은 가볍게 기본으로 세팅하는 것을 추천한다. 올리브유와 소금, 후추면 충분하다. 실제로 올리브유에 돈을 좀 많이 투자하면 그게 드레싱보다 더 비싸다. 하지만 돈을 낸 만큼 정직한 가치를 주는 것 중 하나가 올리브유다. 만드는 방법에 따라 영양 손실 정도가 다르고, 맛과 향이 천차만별이다. 다양한 올리브유를 경험한 바로는, 비싼 올리브유가 맛없던 적은 없었다. 좋은 올리브유, 고급 소금, 통후추를 사용하면 이미 샐러드의 반은 성공한 셈이다.

샐러드용 야채

커팅된 야채는 추천하지 않는다. 야채는 이미 칼질이 된 부분이 금방 상하기 시작해서 다음 날이면 바로 시들해진다. 반면 뿌리나 심지가 보존된 양상추 등은 신선한 보관이 가능하다. 하지만 끼니를 제때 챙겨먹지 못하는 바쁜 사람이나, 샐러드 입문자에게는 커팅 샐러드를 추천한다. 야채를 여러 가지 구비해야 색도 예쁘고 영양도 더 잘 챙길 수 있는데 통으로 구입해서는 관리하는 게 더 일이다. 그러므로 자기 자신의 일상 패턴을 파악하는 것이 우선이고, 그에 맞는 형태로 구매하는 것이 좋다. 각 재료마다 보관법이 조금씩 다르니 인터넷 검색을 통해 제대로 된 보관 방법을 숙지하는 것을 추천한다. 솔직히 야채는 많을수록 좋다는 걸 알지만 나도 귀찮기 때문에 상추나 양상추 정도만 넣는다. 대신 토핑을 다양하게 넣은 샐러드를 만든다.

토핑

원하는 영양성분을 추가해주면 된다. 탄수화물은 뭐로든 섭취하게 되니 이왕이면 지방과 단백질을 추가하는 것을 추천한다. 샐러드와 잘 어울리는 단백질로는 그릭요거트, 닭가슴살, 목살, 두부, 연어 등이 있다. 지방은 치즈나 아보카도, 올리브유 등으로 대체한다. 나도 솔직히 전문가가 아닌 생활 샐러드인이라 메뉴는 동네 샐러드 가게를 많이 참고했다. 하지만 이 방법도 나쁘지 않다. 샐러드 가게는 보통 영양성분을 신경 쓰는 손님이 많이 올 테니까, 주인이 더 먼저 신경 써서 메뉴를 개발했을 확률이 높다. 뭘 넣을지 잘 모르겠다면 샐러드 전문점에서 취급하는 메뉴를 따라 하면 된다.

샐러드 만드는 법

야채를 찬물에 잘 씻어서 물기를 잘 털어준다. 물기를 적당히 잘 뺀 샐러드의 식감이 더 신선하고 아삭하다. 방울토마토를 곁들이면 색 대비가 되면서 더 예뻐진다. 먹기 좋게 반을 잘라서 넣자.

고급스런 느낌을 더하고 싶다면 마트에서 브리 치즈나 까망베르 치즈를 구입하자. 손으로 무심하게 툭툭 한입 크기로 잘라서 넣는다. 여기에 따뜻하게 조리된 토핑을 올리면 정말 파는 것보다 더 그럴싸하다. 새송이버섯을 구워서 올려도 좋고, 스팸도 잘 어울린다. 베이컨이나 목살, 아니면 닭가슴살 등을 구워서 올린다. 그 위에 치즈를 뿌리면 더없이 좋으나 생략해도 된다. 마지막으로 올리브유와 소금 후추를 두른다. 집에 발사믹이 있다면 함께 곁들여보자. 지그재그로 예쁘게 뿌리는 것이 포인트다. 계란프라이를 올리면 이게 뭐라고 또 브런치 같은 그럴싸한 느낌을 준다. 손님에게 내면서 이렇게 말하자. 샐러드는 내가 직접 만들었어!

샐러드와 어울리는 음식들

샐러드와 파스타를 같이 곁들여 먹으면 신선하고 맛있다. 아예 면을 차갑게 식힌 콜드 파스타로 만드는 것도 가능하다. 만드는 과정이 거의 비빔국수 급이라 금방 뚝딱 만들 수 있다. 불닭볶음면이나 곱창 등 맵고 기름지고 자극적인 음식과도 궁합이 좋다. 매운 기운을 덜어내 주면서 입안을 깔끔하게 해주기 때문이다. 그런 면에서 샐러드는 돈가스와도 잘 어울린다. 실제로 샐러드 돈가스를 파는 가게도 있다. 브런치, 한식, 스테이크 같은 메뉴에도 잘 어울리니 사실상 샐러드가 안 어울리는 음식을 찾기는 어렵다. 집에 손님을 부를 때 다른 음식은 배달을 시키더라도 샐러드만큼은 직접 만들어서 내놓자. 방법이 어렵지 않다.

샐러드가 일상이 되려면 어떻게 해야 할까? 우선은 바깥 약속을 덜 잡아야 한다. 내가 봤을 때는 장 보는 것보다 그게 먼저다. 밖에서 먹는 습관을 줄이려면 나갈 일을 줄여야 한다. 그래야 사놓은 재료를 제대로 소비하게 된다. 그런 일상을 만들고 야채를 사두자. 통 양상추 하나면 이미 샐러드 시한폭탄을 산 것이다. 이걸 제때 먹어서 해체하게 되면 폭탄 제거 성공이고, 그냥 두면 양상추 끝이 붉게 되면서 알고 싶지 않은 곰팡이의 생애와 냄새를 경험하게 된다. 그리고 고급 올리브유를 사자. 종종 말하는 "이 올리브유는 요리용으로 쓰긴 아까워요"가 바로 그런 올리브유다. 오로바일렌 엑스트라버진 올리브오일 피쿠알을 추천한다. 스페인에서 먹었던 고급 올리브유와 맛이 가장 흡사하다.

준비가 됐으면 즐거운 마음으로 매일 다른 샐러드를 만들어보자. 거기에 빵을 곁들이면 샌드위치가 되고, 파스타를 곁들이면 브런치가 된다. 나중엔 더 좋은 샐러드를 만들고 싶은 욕심이 생길 것이다. 그때 레몬 드레싱이나 오리엔탈 드레싱 등을 직접 만드는 단계에 닿는다.

다행히 세상엔 샐러드를 위한 책도 많이 나와 있다. 그런 것으로 하나하나 다양하게 나만의 샐러드를 만들다 보면 어느덧 샐러드의 달인이 된 자신을 발견할 것이다.

연식당의 달인

어릴 때부터 사람들을 집에 초대하는 걸 좋아했다. 낡은 한옥을 개조해서 만들어 유리로 도배된 복도가 있는 우리 집을 꼭 보여주고 싶었고, 방에 도배된 노란색 도트 벽지는 내가 고른 것이라 자랑하고 싶었다. 한때 박나래 씨의 나래바가 유행했을 때 나도 그만큼 친구들을 집에 많이 불렀기 때문에 우리 집 홈파티에 고유한 이름을 짓고 싶었다. 내 이름에 연자가 들어가고, 당시 강식당과 윤식당이 방영 중이었기 때문에 나는 연식당이라 지었다. 지금도 우리 집 와이파이 이름은 연식당이다. 사람들에게 종종 "연식당에 초대할게"라고 하면 몇몇은 진짜 있는 어느 가게 이름인 줄 안다. 내가 샐러드, 파스타, 샌드위치 등을 잘 만들 수 있게 된 건, 돈이 없는데 먹고 싶어서 만들다 보니 그렇게 된 것이었다. 연식당도 그의 연장선이다. 친구들과 놀고 싶은데 밖에서 쓸 돈이 없으니 초대를 하면서 역사가 시작되었다.

어떤 일이든 늘 그렇듯 나는 시작할 때는 항상 서툰 편이다. 연식당 초창기에는 손님에 대한 기본기가 거의 갖춰져 있지 않았다. 우선 식기가 부족한 것부터 시작한다. 메뉴로 부대찌개를 준비했는데 그릇이 없어서 접시를 내왔다. 친구는 국물을 떠 먹게 그릇을 달라고 부탁했다. 하지만 나는 없으니까 그냥 먹으라고 말했다. 훗날 친구들과 이날을 '여우와 두루미 사건'이라고 회상한다. 두루미에게 납작한 그릇으로 음식을 대접한 어느 우화와 거의 비슷한 상황이었다. 그해 생일선물로 유난히 그릇을 많이 선물 받은 건 우연이 아닐 것이다. 메뉴 구성도 일관성이 없었다. 그냥 주인장이 당장 먹고 싶은 것을 어설프게 만들어서 내놓는 식이었다.

한번은 여행에서 트러플오일을 사 온 적이 있었는데 제대로 먹는 법을 몰라서 그냥 그릇에 담아서 빵과 함께 손님께 내왔다. 미트볼 파스타를 만들었을 때에는 미트볼이 겉만 따뜻하고 안쪽이 싸늘했다. 사려 깊은 손님들이 파스타로 이불을 덮어주면 된다고 하면서 이해해준 기억이 난다.

부끄러운 기억을 꺼내자면 끝도 없다. 메뉴를 준비할 때마다 늘 양이 적어서 나중엔 친구들이 알아서 음식을 사 갖고 왔다. 연식당은 항상 양이 적다로 말하면서 말이다. 기본적인 음료가 없는 경우도 많았기 때문에 사이다나 콜라도 함께 사 왔다. 현수막으로 간판을 달고 길가에서 음식을 파는 노점도 초창기 연식당보다는 훌륭했을 것이다.

하지만 내 친구들은 타박을 하지 않았다. 접시를 사 오거나 음식을 따로 사 오는 방법 등으로(?) 연식당을 개선시켰다. 손님들의 사랑 덕분에 연식당은 우리만의 아지트가 되었다. 좁은 다섯 평 방에서 춤을 추거나, 편의점에 출시된 수상한 신상 과자만 모아서 품평회를 하거나, 새벽까지 목이 쉬도록 이야기를 나누기도 했다. 나중엔 위스키 시음회도 하고, 어두운 조명을 켜고 오래된 영화도 상영했다. 훗날 열다섯 평 방으로 이사를 가면서 잔뜩 집들이를 하며 더욱 감각을 익혀서 할 수 있게 된 요리의 스펙트럼도 넓어졌다. 그리고 이 입소문이 퍼져 연식당을 찾는 사람들이 더욱 많아졌다.

　돌이켜보니 나는 잔잔한 파티광인이라는 생각이 든다. 내 공간에 누군가를 초대하는 일이 언제나 즐겁다. 하지만 무엇보다 가장 특별한 건, 누군가를 위해 초대 자리를 준비하는 일련의 과정들이다. 손님이 오기 전, 그의 취향에 맞춰 좋아할 것 같은 메뉴를 선정한다. 샐러드, 식전 빵, 메인요리 두 가지, 안주, 가벼운 디저트까지 빼곡하게 준비한다. 술과 고기와 음악이 흐르는 연식당, 이제는 아무도 음식이 적다는 타박을 하지 않는다. 편안한 조명을 세팅하고, 어디든 기댈 수 있게 푹신한 쿠션을 여러 군데 둔다. 간혹 시간이 길어지면 깨끗한 잠옷 제공과 숙박도 가능하다. 성실한 주인처럼 아침에 손님보다 더 일찍 일어나 식사를 내온다. 그렇게 산뜻하게 연식당에 온 손님의 마무리까지 책임진다.

고백하자면 나는 이런 걸 전혀 모르는 사람이었다. 주기보다는 받는 것에 익숙하고, 몰라서 날카로운 말을 던지거나 무딘 경우가 많았다. 다행인 건, 내 친구들은 나보다 다정한 사람들이었고 내게 끊임없이 다정을 알려준 것이다. 나를 키운 게 꼭 부모님만 있지 않다는 생각이 든다. 연식당을 하면서 어설펐던 내가 사람들에게 좋은 배려를 주는 방법을 해보고 익히고 배울 수 있었다. 그러므로 연식당은 나의 다정함 최신판이라 할 수 있다. 좋은 사람을 만나거나 대접을 받을 때마다 연식당의 퀄리티는 점점 더 올라간다. 나는 사람들을 내게 준 것 중 따뜻하다고 생각하는 것들을 나누는 연습을 했다. 이를테면 꽃이나 편지, 예쁜 앞 접시, 멀리서 사온 귀한 디저트, 여행에서 당신이 생각나서 사 온 선물 같은 것들.

이제는 집이 아니라 사무실에 오는 손님에게도 특별한 대접을 하려고 한다. 보통 미팅이 오후 3시이기 때문에 애프터눈 티를 가볍게 준비한다. 우리 동네는 여대 앞이기 때문에 디저트 맛집이 많다. 정성껏 고른 디저트를 세팅하고, 손님이 오면 홍차를 내린다. 설거지가 귀찮기 때문에 원래는 종이컵을 썼는데, 이제는 정성을 위해 유리잔을 쓰기로 했다. 유튜브에서 고급 레스토랑 재즈라고 치면 나오는 BGM을 틀면 정말로 사무실이 호텔처럼 바뀐다. 손님들은 미팅으로 왔지만 도리어 힐링받고 간다고 했다. 그 말에 또 힘을 얻고 사람들을 행복하게 해줄 방법들을 또 찾아본다.

음식이라는 건 굉장하다. 단순히 맛을 넘어 마음을 전할 수 있으니 말이다. 근데 그 또한 해봐야 잘할 수 있다. 그리고 그만큼 많이 받아보기도 해야 한다. 호텔에서 난생처음 애프터눈 티를 맛보고 거기서 영감을 받아 사무실에서 티세트를 준비를 할 수 있었다. 친구 집들이를 갔을 때 메뉴판을 손수 적어준 걸 보고 나도 파인다이닝처럼 손으로 연식당 메뉴를 코스로 구성하여 적어둔다. 경험이 중요하고, 그 경험을 직접 해보면서 내 것으로 만드는 것. 연식당은 내게 사람과 잘 연결되는 방법을 공부하는 장인 셈이다.

당신의 집이 궁금하다. 그곳에서 어떤 다정이 기다리고 있을지 기대된다. 그간 파티를 많이 열었으니 이제는 내가 더 찾아가는 연습을 해보려고 한다. 언젠가 우리가 하나뿐인 식당에서 만나길 바란다.

이유미 @yumibongbong

전현직 카피라이터이자 《편애하는 문장들》《카피 쓰는 법》《문장 수집 생활》 등 다수의 책을 쓴 작가이며, 손님이 잘 오지 않는 동네책방 '밑줄서점'의 주인이다. 아침, 점심은 쫄쫄이 굶어도 저녁 6시 이후에 세끼를 몰아서 다 챙겨 먹는 이상한 체계의 야식꾼이다. 육체 운동은 거의 하지 않고 독서로 뇌 운동만 한다.

그리고, 나는 혼밥 할 때 무조건 국밥을 먹는다.

누구에게나 운명처럼 나타날
메뉴가 있을지어니

엄마의 점심 도시락 배달

3월 2일이면 아이가 초등학생이 된다. 그러니까 지금 이 글을 쓰고 있는 때로부터 약 열흘 뒤면 나도 학부형이 된다는 얘기. 어젯밤 아이를 재워놓고 밀린 드라마를 보면서 컵라면에 맥주를 홀짝이다가 아는 엄마의 인스타그램에 들어가봤더니 곱게 이름표를 단 책가방과 실내화를 준비했다는 피드가 보였다. 헛 이런. 실내화가 다 뭐야 난 아직 책가방도 안 샀는데… 그러곤 역시 나답게 맥주를 쭉 들이켜며 때 되면 하겠지 뭐, 하며 드라마에 신경을 집중했다.

아이가 초등학생이 되었다는 것에 이제 늦잠 잘 수 있는 날도 얼마 남지 않았다는 걸 먼저 곱씹는 엄마. 그게 나다. 나보다 먼저 아이 둘을 초등학교, 중학교, 고등학교까지 보낸 언니가 말했다.

"입학하고는 점심도 안 먹고 바로 와. 그리고 한 몇 주 뒤에 점심만 먹여서 보내는데 그게 아마 12시 안쪽일걸?"

늦잠 못 잔다는 것보다 더 기함할 노릇이다. 그렇게나 일찍 오면 난 그사이 뭘 할 수 있을까? 그나저나 점심을 안 먹고 오면 점심을 꼬박 챙겨줘야 한다는 소린데, 오 마이 갓!

둘도 아니고 아이 하나인데 밥 하나를 못 차려줘서 걱정하느냐는 핀잔이 여기까지 들리는 것 같다. 그런 소리 들어도 어쩔 수 없는 게 오랜 시간 어린이집에서 영양 따져가며 골고루 차려준 한 끼 식사에 죄책감을 무마했던 나로선, 한 끼라도 좀 제대로 된 밥을 먹이고픈 생각에 학교에서 밥을 먹고 오지 않는다는 소리에 겁부터 난다.

"근데 언니, 우리 학교 다닐 때 점심시간 생각나? 엄마가 매일 도시락 갖다 줬던 거."

"생각이 왜 안 나. 그땐 그게 그렇게 싫었어. 점심시간이 되면 다른 애들은 가방에서 도시락 꺼내서 먹기 시작하는데, 나는 엄마한테 도시락 받으러 운동장 너머 교문 앞까지 가야 했거든. 나랑 같이 점심 먹는 친구들도 덩달아 날 기다리고."

말하지 않아도 나와 똑같은 상황에 나는 고개를 끄덕이며 맞장구를 쳤다.

맞아. 나도 그게 그렇게 싫었어.

매일 새벽같이 나가 우유 배달을 했던 엄마는 다른 엄마들처럼 오전에 도시락을 쌀 수가 없었다. 우리가 잠에서 깨기 전에 엄마는 이미 일을 나가고 없었다. 신선한 우유를 아침식사 대용으로 먹는 사람들을 위해, 우리의 밥 대신 타인의 아침을 위해 엄마는 별을 보며 집을 나섰다. 그러곤 오전 배달을 마치는 11시쯤 집에 돌아와 점심 도시락을 싸서 우리에게 직접 배달을 해줬다. 그렇게 나와 언니의 중고등학교 도시락을 하루도 빠짐없이 가져다줬다.

철없던 그때는 다른 엄마들처럼 등교할 때 도시락을 싸주지 못하는 엄마가 원망스러웠다. 그 이유는 점심시간 종이 울리면 엄마를 만나기 위해 운동장을 가로질러 도시락을 받으러 가야 한다는 번거로움도 있었지만 장사를 하다 온 엄마의 차림새를 아이들이 보는 게 싫어서였다. 지금의 내 나이와 비슷했던 그때의 엄마는 점퍼 차림에 늘 전대(일명 돈주머니)를 차고 있었다. 엄마가 서 있는 뒤로는 우유가 잔뜩 실린 봉고차(승합차)가 대기하고 있었다. (가끔 엄마가 이 차를 몰고 등하교를 시켜줄 때 난 조금, 아니 많이 창피함을 느꼈고, 교문 멀찍이서 세워달라고 할 때도 있었다.) 요즘 그때의 사진을 보면 꽤나 멋쟁이였음에도 불구하고 그땐 '평범한 엄마'의 모습을 하지 않은 우리 엄마가 창피했다. 교복을 입은 내가 터덜터덜 엄마를 향해 걸어와 말없이 도시락만 받아갈 때, 엄마는 아침에 보지 못한 딸을 본다는 생각에 표정이 해사하기 그지없었다. 나는 그런 엄마를 앞에 두고 "왜 이렇게 늦게 와. 애들 다 기다리잖아" 같은 소리만 했다. 그러면 엄마는 "미안해. 시금치랑 달걀말이 골고루 먹어. 우리 딸" 하고 밥상에서 엄마가 하는 당부를 놓치지 않으려 했다.

가끔은 너무 바빠 밥과 반찬을 할 겨를이 없으면 친하게 지내는 식당에 빈 도시락통만 들고 가 밥과 반찬을 담아온다는 걸 알았다. 엄마의 손맛을 모를 리가 없지 않은가. 그럴 때면 엄마는 평소 엄마가 잘 못하는 반찬이니까 맛있게 먹으라며 도시락을 손수 싸지 못한 미안함을 웃음으로 대신했다. 때로는 이벤트처럼 피자 한 판을 사 올 때도 있었다. 지금은 어떤지 몰라도 당시의 학급 분위기로는 상상하지 못할 일이었다. 엄마의 통 큰 이벤트에도 왜 그렇게 나는 평범한 걸 좋아했는지 밥 도시락이 아닌 게 싫었는데 내 친구들은 점심시간에 콜라와 피자를 먹을 수 있어 즐거워했다.

안타깝게도 딱 나까지가 도시락 세대였다. 고3 말 무렵에 학교에서 급식을 시도하려 했다가 무마된 기억이 있다. 이제부터 급식할지도 모른다고 했을 때 엄마는 얼마나 홀가분해했을까? 도시락을 '받으러' 가지 않아도 되는 나는 어떻고. 이제 초등학교에 들어가는 아이를 둔 나는 하루에 한 끼 차려주는 것도 버겁다며 일주일에 두세 번은 배달 음식에 의존한다. 배달 식사에 너무도 익숙해진 아이가 어제는 모듬생선구이를 시켜 (생선을 구우려면 집에 냄새가 심하게 난다는 변명을 해본다) 같이 먹던 중에 "이 집 잘하네!" 같은 말을 해서 나를 웃겼다.

엄마는 어떻게 10년 넘게 매일같이 도시락을 싸서 두 딸에게 갖다 줬을까. 포기하고 싶었던 순간이 얼마나 많았을까. 아니 그저 맛있게만 먹을 수 있다면 더한 것도 할 수 있으리라 생각했을까. 그 입장이 돼보지 않으면 말할 수 없다고 했던가. 나는 이제야 아주 조금, 손톱만큼 그때 엄마의 고생을 헤아릴 수 있게 됐다. 그런 의미에서 최근 부쩍 밥하기 귀찮다는 일흔둘의 엄마를 위해 아이가 극찬한 모듬생선구이를 배달해줘야겠다.

나의 믿는 구석, 믹스커피

지나고 보니 어느새 그런 시절이 있었나 싶지만, 코로나19로 통금 시간이 밤 9시였던 때 전 직장 동료들과 술자리를 가졌다. 오랜만에 모인 우리는 오후 5시 반에 학동역 근처에서 만났다. 5시 반부터 마시면 그나마 타이트하게 3시간 반은 마실 수 있다고 즐거워했다. 통제 속에 사소한 행복을 알아버린 우리. 짧은 시간 동안 한 차례 술집을 옮기는 호사(?)를 부리며 아쉬운 9시가 도래했다. 밤 9시는 정말이지 술이 한껏 오르는 시간이다. 그때부터는 시간이 훅훅 지나가 정신차려보면 새벽 1시쯤 돼 있는 마법의 시간이기도 하다. 근데 그 시간에 마시던 걸 중단하고 집엘 가야 하다니. 아쉬워도 어쩌겠나. 우리는 각자의 교통수단을 향해 걸었다. 경기도에 사는 나는 대중교통으로 충분히 이동할 수 있는 시간이기에 지하철을 타기로 했다. 지하철로 귀가하는 또 다른 동료 한 명과는 반대 방향이라 개찰구 앞에서 헤어졌다.

뭔가 허전했다. 술을 마셨는데 취하지 않았고 지하철을 타고 가는 시간은 대략 1시간 30분. 허한 마음을 무엇으로 달랠 수 있을까 하다가 떠오른 생각, 바로 자판기 커피였다. 나는 얼른 주변을 두리번거렸고 어렵지 않게 커피 자판기를 찾을 수 있었다. 크림 커피 500원. 마지막으로 자판기 커피 마셨을 때 가격이 300원 정도였던 것 같은데 언제 이렇게 올랐지? 나는 지갑에서 500원짜리 동전을 찾아 자판기에 넣었다. 달그락 하는 소리와 함께 커피가 추출되고 있었다. 꽤 쌀쌀한 날씨라 따끈하고 달콤한 커피가 더 간절했다. 자판기의 작은 플라스틱 문을 열고 종이컵을 꺼내 한 모금 호로록 마셨다. 캬~ 이거지 이거!

믹스커피는 내 소울 푸드 중 하나다. 남들은 몸에 나쁘다, 그건 커피가 아니다, 텁텁하다, 살찐다, 라며 믹스커피를 한없이 깎아내리지만, 상관없다. 물론 예전보다 믹스커피를 마시는 횟수가 줄긴 했다. 그사이 나도 아메리카노의 깔끔한 맛을 알아버려 최근에는 믹스커피보다 아메리카노를 더 자주, 즐겨 마신다.

내가 믹스커피를 좋아하게 된 건 본격적으로 회사생활을 시작하면서부터다. 이른 아침 아무도 없는 사무실에 출근해 차디찬 의자에 앉기 전 믹스커피 한 봉지를 뜯어 종이컵에 붓고 정수기에서 따뜻한 물을 따라 자리에 앉을 때의 그 만족감 때문에 하루하루 버틸 수 있었다고 말할 수 있을 정도로 그 단 커피를 좋아했다. 뭐랄까? 믹스커피가 있어야만 업무를 시작할 준비가 갖춰진다고 여겼다. 여름이면 아이스로도 마셨다. 다니던 회사에 제빙기가 있었고 나는 머그잔에 믹스커피 두 봉지를 뜯어 붓고 (아이스는 벌컥벌컥 마셔야 하므로) 뜨거운 물로 커피를 살짝 녹인 후 얼음을 적당히 넣고 찬물을 타는 식으로 만들어 마셨다. 딱히 비율이랄 것도 없지만 내가 만든 아이스 믹스커피를 두고 내 친구 중 하나는 누룽지처럼 구수한 맛이 난다며 좋아했다.

사실 나는 지금의 자영업자(책방 운영)가 되기 전 여러 회사를 전전했다. 회사마다 하는 일도 조금씩 달랐다. 그중 미술학원을 관두고 잠시 다녔던 작은 사무실이 있는데, 안산에 있었고 반도체 관련 일을 하는 곳에서 경리업무를 봤었다. 제대로 배운 게 아니었으므로 간단한 일만 처리했다. 당시 나는 안양에서 안산까지 지하철을 타고 출퇴근을 했는데 오전 8시라는 꽤 이른 출근 덕에 아침 식사를 늘 사무실에서 해결했다. 그때 막 '천원 김밥'이 유행했다. 역 앞에서 천 원짜리 김밥을 팔고 있었고 나는 그걸 한 줄 사서 사무실로 향했다. 단무지, 계란, 어묵 등이 전부인 천 원 김밥이 맛있으면 얼마나 맛있겠는가. 그럼에도 내가 하루도 빼먹지 않고 질리는 법 없이 김밥으로 아침을 해결할 수 있었던 이유는 오로지 믹스커피 덕분이다. 믹스커피와 함께라면 김밥의 맛쯤은 아무래도 괜찮았다. 그러니까 믹스커피는 나의 '믿는 구석'이었다.

사무실에 도착하면 가방을 내려놓고 자연스럽게 탕비실로 가

따끈한 믹스커피를 탄다. 다른 직원들보다 일찍 출근하는 편이었기 때문에 사무실에는 아무도 없다. 커피가 든 종이컵을 책상 위에 내려놓고 은박지를 벗겨 김밥을 드러낸다. 김밥을 하나 먹고 커피를 한 모금 마신다. 아, 그 맛은 뭐랄까? 내가 이걸 맛보려고 오늘도 출근을 했구나 싶을 만큼 감동적이다. 딱 나에게만 맛있는 맛. 그게 바로 믹스커피와 김밥의 조합이다. 김밥을 믹스커피와 먹는 사람은 본 적이 없다. 보통은 따뜻한 녹차나 그냥 물과 먹는 듯했다. 내가 믹스커피와 김밥을 권하면 '으엑 그게 무슨 맛이래?' 하면서 인상부터 찌푸린다. 이게 바로 '단짠'의 최고봉인 줄도 모르고.

김밥 한 줄과 믹스커피 한 잔을 먹기 위해선 약간의 양 조절이 필요하다. 상대적으로 김밥의 양이 더 많기 때문에 커피는 조금씩 홀짝여야 한다. 그렇다고 두 잔을 타면 커피가 김밥의 맛을 이겨 최상의 조화가 깨진다. 가끔은 김밥 두 알에 커피 한 모금, 이렇게 아껴서 마셔야 김밥 한 줄과 한 잔의 조화가 딱 맞춰진다. 김밥을 못 사는 날은 어떻게 했던가? 그럴 땐 편의점에 가서 천하장사 소시지를 샀다. 손가락만 한 작은 거 말고 좀 큰 사이즈로. 이것도 믹스커피와 함께 먹는다. 김밥과 먹을 때만큼 최적의 느낌은 아니지만 대리만족할 만한 수준은 된다.

지금 책방 근처에는 김밥 파는 곳이 없어서 김밥과 믹스커피의 조화를 즐기진 못하지만 가끔 그 맛이 그리울 땐 천하장사 소시지와 믹스커피로 추억을 되새김질한다.

내가 운영하는 '밑줄서점'의 바로 옆에 카페가 있지만 문득 그때처럼 믹스커피가 먹고 싶을 땐 커피포트에 물을 올린다. 컵 또한 머그잔이 아닌 종이컵을 일부러 꺼낸다. 믹스커피는 종이컵에 마셔야 제맛. 돌이켜보면 낯설고 힘든 회사생활을 버틸 수 있던 건 유일하게 익숙한, 너무 친숙해서 다 아는 그 맛 때문일지도 모른단 생각이 든다. 쓴 커피가 아니라 단 커피라서, 쓰디쓴 현실을 달게 바꿔줄 유일한 희망이었달까. 달달한 게 필요할 때면 뇌리에 가장 먼저 떠오르는 믹스커피. 그럴 리 없겠지만 그 어떤 탁월한 마실 거리가 생겨난다 해도 믹스커피만은 사라지지 말았으면 좋겠다.

안양에서 부산돼지국밥을

코로나19가 끝날 기미를 보이지 않던 팬데믹 시절, 사람들이 괴로워한 것 중 하나가 해외여행을 못 가는 거였다. 남편을 비롯해 언니, 형부 할 것 없이 여행을 못 가 몸살을 앓았다. 코로나 이전에 미국을 갔다 와서, 일본을 다녀와서 얼마나 다행이냐며, 코로나 이전에 다녀온 해외여행을 되새기며 아쉬워했다. 나는 어떤가. 결론부터 말하자면 아쉬울 것 없이 그저 행복했다. 물론 코로나 시국이 행복했던 건 아니고 어쩔 수 없는 타의(?)로 여행을 못 가는 것 말이다.

난 여행을 싫어한다. 아니 좀 더 구체적으로 말하자면 모험을 싫어한다. 길도 가던 길만 가고 음식도 먹던 것만 먹는 전형적인 '안정추구파'다. 여태껏 살면서 해외여행을 내 의지로 도전해본 적은 단 한 번도 없다. 다 누군가가 가자고 하니 따라갔을 뿐. 그러니까 나는 새로운 환경에 놓이는 게 싫다. 새롭게 뭘 선택하는 게 어렵다. 번거롭고 머리 아프다. 남편과 몇몇 주변인은 이런 내 성격에 불만이다. 그러거나 말거나. 난 내 인생을 살 뿐.

모험심이 없는 내 성격은 음식 메뉴 고를 때 더러 난감하다. 사실 혼자 뭔가를 시켜 먹을 땐 별문제가 없지만 누군가와 함께 식사를 할 때 나에게 "뭐 먹을래?"라고 물으면 "아무거나"라고 대답한다. 솔직히 먹고 싶은 게 아예 없는 건 아니지만 상대방에게 맞출 의사가 충분히 있음을 그런 식으로 말할 뿐이다. 그런데 그 상대방은(주로 남편) 먹고 싶은 걸 확실히 말하라며 짜증 낸다. 내가 말을 하지 않는 건 아니다. 맛있었다고 확실히 인증된 소수의 메뉴를 자주 말한다. 다만 그는 배달 음식을 가끔 먹는 것도 아닌데 좀 새로운 걸 먹어보자는 식이다. 그러니까 좀 기발한 의견을 내라는 거다. 먹는 것에 왜 모험을 해야 하는 걸까? 맛있게 먹은 걸 또 먹으면 안 되는 건가? 나는 궁금하지 않을 수 없다. 남편은 이번엔 도저히 못 넘어가겠는지 기필코 새 메뉴를 골라보라고 강력히 주장했다. 어쩔 수 없이 배민 앱이 켜진 채로 내 손에 넘어온 그의 휴대폰을 받아들었다. 그게 시작이었다. 안양에 사는 내가 일주일에 한두 번은 반드시 부산돼지국밥을 시켜 먹게 된 계기.

돼지국밥은 결혼 전 당시 남친(지금 남편)과 첫 여행으로 갔던 부산에서 먹어본 게 전부였다. 국밥 종류를 좋아해서 해장국, 순댓국, 소머리국밥 같은 걸 즐겨 먹긴 했다. 하나 돼지국밥은 왠지 부산이 아니면 안 될 것 같아서 부산이 아닌 곳에서는 잘 안 먹게 됐다. 그냥 뭐랄까. 그때 부산에서 먹었던 돼지국밥이 되게 인상적으로 맛있었던 건 아니지만 '돼지'가 들어가니까 더 잘하는 곳에서만 먹어야 될 것 같은 생각에 타 지역은 흉내만 낼 뿐이라는 나만의 해석이었다. 그런데 웬일인지 그날 남편이 건넨 배민 앱에서 '국밥○○'이란 가게 이름을 홀린 듯 터치해 들어갔고 '사장님 추천'이란 깨알만 한 글씨를 단 '부산돼지국밥'을 선택했다. 평소의 내 모험심이라면 도전하지 않았을 텐데 확실히 뭐에 홀린 기분이었다. 내가 고른 메뉴를 보고 남편은 또 한 번 질색했다. 남편은 국밥 종류를 싫어한다. (이유라면 이유지만 어릴 때 시어머니가 해장국 집을 하셨는데 그때 질려서 잘 안 먹는다고…) 결국 고른 식당에 자신이 먹을 게 없자 남편은 하는 수 없다며 각자 시켜 먹자고 했다. 그때부터 나는 설레기 시작했다. 과연 내 선택이 옳았을까? 비록 9천 원짜리 국밥 한 그릇이지만 처음 시켜보는 가게의 낯선 메뉴라 긴장됐다.

엄마는 메뉴명에 '돼지'가 들어가면 일단 냄새부터 체크했다. 하도 세뇌를 당해서인지 잘 포장된 돼지국밥의 뚜껑을 열자마자 나는 냄새부터 킁킁 맡았다. 뽀얀 국물은 설렁탕을 연상시켰고 고기가 생각보다 많았다. 반찬 그릇에 담긴 부추와 새우젓 그리고 양념장을 적당히 넣고 밥까지 말아 한입 떠먹었다. 냄새가 다 뭔가. 이렇게 맛있을 수 있나 싶을 정도로 고소하고 적당히 매콤했다. 역시 사장님 추천이란 멘트엔 이유가 있었군, 하며 한입 더 먹었다. 그 이후로 속도 조절을 못 할 만큼 밥이 술술 들어갔다. 잠시 후 국물까지 싹 비운 내 그릇을 보고 남편은 그렇게 맛있냐며 놀라 물었다. 나는 고개를 세차게 끄덕이며 "응! 진짜 맛있어"라고 대답했다.

그날 그 모험을 해보지 않았다면 아마 평생 이 맛을 모르고 살았을 거란 생각에 순간 아찔해진다. 그날 이후로 일주일에 한 번 이상은 꼭 부산돼지국밥을 시켜 먹는다. 내 입맛과 남편 입맛을 골고루 닮은 아이도 매우 좋아하기 때문에 선택에 고민이 깃들지 않는다. 일주일에 한 번 꼴로 남편은 저녁 약속이 있다. 또 국밥이 나는 잔소리를 듣기 싫어 없을 때 시켜 먹는다. 그러고 보니 평소 고르지 않던 음식을 골라 먹은 일 하나로도 이렇게 신세계를 경험하는데 다른 지역 다른 나라에서 경험할 수 있는 새로운 세계는 얼마나 많을까? 그럼에도 경기도 안양에서 부산까지 가지 않아도 맛있는 부산돼지국밥을 먹게 된 것에 만족하며 생긴 대로 살란다. 때가 되면 운명처럼 또 다른 메뉴가 내게 닿겠지.

먹는 게 달라지고
보는 게 바뀌는 나이

    지난 늦여름, 약 2년 동안 동안 본격적으로 날 괴롭히던 목 통증의 원인이 목 디스크 4, 5번 탈출(?)이란 결과를 받고 재활 필라테스를 끊었다. 도수치료도 꾸준히 받아봤지만 이렇다 할 호전을 맛보진 못해 결국 운동이 답인가 싶어 호기롭게 30회를 끊었다. 책방과 이런저런 일들이 많아 일주일에 2회 정도 운동할 수 있었고 30회니까 끝나려면 12월쯤이었다. 결론부터 말하자면 30회를 다 채우지 못했고 그리 열심히 하지 않아 운동 전과 후의 목 컨디션은 드라마틱하게 달라지지 않았다. 선생님과 2회 수업을 하고 수업 없는 날에도 꾸준히 운동해야 나을까 말까인데 그러지 못했다. 게으름이 고통을 이긴 셈. 아, 운동에는 왜 이렇게 의욕이 안 생기는지. 일 마치고 돌아오면 침대에 반쯤 기대앉아 〈썰전 라이브〉나 9시 뉴스를 보며 세상 돌아가는 이야기를 구경하듯 보는 게 세상 행복한 나. 그나마 횟수의 반 이상 빠지지 않고 다닐 수 있었던 이유는 반드시 낫고 싶다는 의지가 아닌 순대국밥 때문이었다.

평일 나의 식사 패턴은 오전에 커피 한 잔을 마시고 책방에서 종일 굶다가 6시 이후에 몰아서 두세 끼를 먹는 식이다. 저녁 7시쯤 1차로 아이와 함께 저녁밥을 먹고 밤 12시쯤 혼자 야식을 챙겨 먹는 아주 좋지 못한 식사 패턴. 그나마 새벽 3~4시쯤 늦게 자는 편이라 괜찮다고 합리화를 해본다. 낮에 밥을 안 먹는 이유 중 하나는 책방 근처에 마땅한 식당이 없고(물론 집이 가깝지만 집이라고 해봐야 먹을 게 있을 리 없다.) 혼자 먹어야 해서 잘 안 먹게 됐다. 쫄쫄이 굶다가 폭식하는 식이니 건강에도 나쁠 듯. 그럼에도 이 패턴을 얼마간 유지하고 있다.

운동하러 가는 날은 얘기가 좀 다르다. 버스 타고 학원까지 나간 김에 근처 순댓국집에서 점심을 해결한다. 필라테스 학원에 들어갈 땐 너무도 가기 싫어 축 처져서 들어가지만 수업이 끝나면 이단 뛰기로 국밥집으로 향한다. 혼자 순대국밥 사 먹는 게 나에겐 별로 대수로운 일이 아니다. 예전에는 나도 혼자 밥 먹는 게 힘들었는데 임신했을 때 만삭의 몸으로 어떻게든 입덧(먹는 입덧)을 해결하기 위해 홀로 식당에서 밥 먹기 시작한 계기로 혼밥이 쉽다. 뭐든 처음이 어렵지 한번 해보면 별거 아니다. 누누이 말하지만 사람들은 나에게 그다지 관심이 없다.

처음부터 순대국밥을 먹었던 건 아니다. 운동 초반에는 필라테스 학원 바로 앞에 있는 빵집에서 토스트를 사가지고 책방에 가서 커피와 먹었다. 물론 그것도 천국의 맛이지만 어느 날 빵이 아닌 밥이 너무 먹고 싶었고 마침 추워진 때라 뜨끈한 국물이 시급했다. 그렇다면 순대국밥이다! 라고 생각한 나는 근처 순댓국 집을 찾기 시작했고 적연히 새로 생긴 식당이 운명처럼 짠, 하고 눈에 띄었다. 그렇게 이끌리듯 식당 문을 열게 된 게 '필라테스 후 순대국밥 루틴'의 시작이다. 최근에 생긴 식당이라 입구에 들어서면 키오스크(무인안내기)가 손님을 맞이한다. '혼자세요?'라고 굳이 묻는 직원이 없으니 알아서 계산 후 자리에 앉으면 되고 널찍하고 쾌적한 공간은 팬데믹 시국에 안심이었다. 다행히 코로나 이후로 혼자 밥 먹는 사람이 흔해졌기에 나도 더 이상 눈치코치 챙길 필요 없이 국밥 한 그릇 뚝딱 해치울 수 있다.

자리를 잡고 국밥이 나오기 전 의식을 치르듯 가방에서 이어폰을 꺼내 귀에 꽂고 유튜브로 YTN 실시간 방송을 튼다. 불과 몇 년 전까지만 해도 식당에서 식사하는 사람들이 굳이 재미없는 뉴스 보는 게 이해가 안 됐다. 그때 나는 〈무한도전〉이나 〈신서유기〉 같은 예능 프로그램을 보며 낄낄거렸는데 이젠 내가 뉴스를 보며 밥을 먹는다. 확실히 전보다 뉴스를 자주 보는데 곰곰이 따져보니 코로나19가 시작된 이후부터인 것 같다. 뉴스를 보지 않으면 불안하다거나 시국이 걱정돼서이기도 하지만 한편으로는 뉴스를 보고 있으면 왠지 모를 안도감이 생겨서였다. 뭐랄까. 세상은 저렇게 시끄럽고 난리인데 나는 별 탈 없이 지내고 있구나 하는, 다소 이기적인 안도감. 김이 펄펄 올라오는 뜨끈한 순댓국을 앞에 두고 작은 스마트폰으로 뉴스를 시청한다. 옆 테이블에서 소주를 반주 삼아 국밥을 드시는 두 어르신의 정치판 이야기를 엿듣는다. 고개를 끄덕이다가 발끈하다가 같이 겸상하고 싶어진다.

　나이를 한두 살 먹으며 먹는 것도 보는 것도 점차 달라진다. 관심 없던 것에 관심이 생기고 자주 먹지 않던 것이 주식이 되는 재미있는 경험으로 하루가 채워진다. 가끔은 먹는 것과 보는 게 달라지면 내가 쓰는 글도 달라질 거란 생각에 일말의 기대감이 생긴다. 횟수를 다 채우지 못한 채 필라테스가 마감돼서 '운동 후 순댓국'은 멀어졌지만 우체국 갈 일이 있거나 택배 보내러 나갈 일이 있으면 국밥 먹을 찬스가 생겼다는 생각에 신이 난다. 저걸 무슨 맛으로 먹나 싶던 콩국수나 순댓국이 나의 소울 푸드가 되는 입맛의 변화를 만끽하며 앞으로 내가 먹어보지 못한 음식들이 얼마나 더 좋아질지 설레며 기다린다.

만두는 엘리베이터를 타고

　시작은 아이였다. 사실 독감인 줄 모르고 그저 감기겠거니 생각했는데 돌이켜보면 상당히 많이 아팠을 것이다. 어른인 내가 밤새 한잠도 못 자고 끙끙 앓다가 병원 문 열자마자 달려간 걸 보면. 그런 줄도 모르고 열을 재고 해열제를 먹이며 찬물 수건을 이마에 올려줄 뿐이었다. 의사소통이 가능한 여덟 살이라 얼마나 아픈지를 설명할 수 있기 때문에 견딜 만하다는 아이의 말을 철석같이 믿었다. 아이는 몇 차례 까무룩 잠이 들었고 그건 아마도 고통이 일부러 아이를 잠재운 듯하다.

　다음 차례는 나였다. 아이가 이틀 정도 아프다가 어느 정도 나았을 때(완쾌는 아니었다) 내 컨디션이 급속도로 떨어지기 시작했다. 처음에는 업무 미팅 장소에 나갔다가 미처 챙기지 못한 우산 때문에 부슬비를 맞아 감기에 걸렸다고 생각했다. 미세한 두통이 계속 이어지기에 가방에 있던 게보린 한 알을 챙겨 먹었다. 다음 날에는 두 시간짜리 강의가 있어 이른 아침 서둘러 집을 나섰다.

급격하게 피로가 몰려왔다. 간신히 강의를 마칠 즈음 목이 칼칼해졌고 눈알이 빠질 것처럼 아팠다. 무슨 정신으로 운전을 해서 집까지 왔는지 모르겠다. 집에 도착하자마자 옷을 갈아입고 침대로 직행. 그날부터 이틀간 나는 지옥을 보았다….

그 밤. 아직 코로나에 걸린 적 없는 나는 '이건 무조건 코로나다'라고 확신했다. 주변 사람들이 말하는 코로나 증상을 다 가진 고통이 밤새 이어졌기 때문. 허리는 끊어질 듯 아팠고 두통은 사라지질 않았으며 두 눈은 뽑힐 것처럼 쑤셨다. 간신히 거실 장식장에서 체온계를 찾아 열을 재보니 38도가 넘었다. 이러면 백 퍼센트 코로나지. 하지만 집에 있는 자가 키트로 검사해도 두 번 다 음성이 나왔다. 친구 A가 코로나에 걸렸을 때 키트로 몇 번을 해봐도 음성이 나왔다, 라는 말이 떠올랐다. 해가 뜨면 무조건 병원에 가야지, 라고 생각하며 뜬눈으로(너무 아파서 잠도 안 왔다) 밤을 새웠다.

코로나 음성. 간신히 의사 앞에 앉은 나는 이게 코로나가 아니면 뭐란 말인가! 황당해하며 울상을 짓고 있었다. "요즘 코로나보다 독감이 많아요. 독감 검사 한번 해보시죠." 뭐라도 해서 빨리 처방을 받고 싶은 나는 다시 한번 PCR 검사를 했다. 결과는 독감. 그로부터 정확히 5일 뒤(독감 잠복기가 5일이다) 남편이 똑같이 독감 판정을 받았다. 그러니까 아이도 독감이었던 거다. 그렇게 우리 세 식구는 이례적으로 아무 데도 가지 못하고 집콕하는 설 명절을 맞이했다.

기침이나 재채기로 전파되는 독감이라 여럿이 한데 모이는 명절은 너무 위험했다. 특히나 양가 어르신이 걸리기라도 하면 큰일이다. 젊은 사람도 이렇게 아픈데 친정 엄마나 시어머니가 옮기라도 하시면 안 되니 미리 전화를 드려 자초지종을 설명했다. 친정엄마는 애초에 내 상태를 전화로 듣고는 먼저 오지 말라고 하셨다. 몇 해 전 엄마가 독감을 걸려봐서 아는데 너무 아팠다고 또 걸리긴 싫다 하셨다. 그날 저녁, 두통이나 열은 사라졌지만 기침이 심한 나는 제 컨디션을 찾지 못하고 침대와 하나가 되어 누워 있었다. 그래도 저녁은 먹어야 하는데 뭘 먹지, 하며 고민하는데 친정 엄마에게 문자메시지가 왔다.

'이따가 엄마가 전이랑 만두 만들어서 갖다 줄게. 기운 없겠지만 그거라도 끓여 먹어.'

설이면 엄마가 직접 만든 만두를 넣어 떡국을 끓여주었는데 이번엔 만나질 못하니 엄마가 직접 갖다 주겠다는 거였다. 엄마 집에서 차로 30분 거리라 멀진 않았지만 괜히 번거롭게 한 것 같아 죄송했다. 그런 와중에 엄마는 독감 전파가 너무너무 무서웠는지 우리와 아무런 접촉 없이 만두를 전달할 수 있는 방법을 찾았다. 바로 내가 사는 빌라 1층에서 음식을 엘리베이터에 태운(?) 뒤 나에게 전화를 해 "지금 만두를 올려 보냈다"라고 한 것. 비밀스러운 이 상황이 웃기기도 했지만 이렇게까지 해서 먹이려는 엄마와 이렇게까지 해서 우리와 접촉을 피하려는 두 얼굴의 엄마가 기발하게 감사했다.

승강기 한가운데 놓인 쇼핑백을 들고 집으로 들어온 나는 그 안에 담긴 동그랑땡, 굴전, 물김치, 만두소와 만두피를 꺼냈다. 완성된 만두가 아닌 걸 황당해할 때쯤 엄마의 문자메시지가 들어왔다.

'엄마가 음식 하느라 너무 힘들어서 만두를 못 만들었어. 네가 직접 만들어 먹어.'

참 우리 엄마답다. 자식들에게 내 할 도리는 한다. 그러나 다 해 줄 순 없다!

엄마가 한 음식을 전부 좋아하는 건 아니다. 물론 전반적으로 다 맛있긴 하다. 그럼에도 불구하고 그중에서 베스트를 꼽으라면 만두다. 그렇다고 엄마만의 비결이 있다거나 다른 만두와 달리 엄마가 특별히 넣는 재료가 따로 있지도 않다. 몇 해 전 비비고 김치만두가 처음 나왔을 때 그냥 한번 맹물에 넣고 끓여 먹어봤는데, 엄마가 해준 만두 맛이 났다. 어떻게 보면 엄마 만두는 대중적인 맛이려나. 하지만 엄마 만두의 핵심은 따로 있다. 엄마 만두는 사골 육수에 끓이지 않고 그냥 맹물을 팔팔 끓여 만두를 넣어 익혀 먹는데 앞 접시에 만두를 하나씩 건져 간장, 식초, 고춧가루를 넣어 만든 소스를 뿌려서 갈라 먹는 맛이 포인트라면 포인트다. 어쩌면 나는 이 간장 식초 베이스를 좋아하는 걸지도. 아무튼 만두를 이런 식으로 먹는 걸 엄마가 해준 만두에서 처음 알게 됐으니 그래도 내게 최고는 엄마가 해준 만두다.

나는 중간 크기의 냄비에 일단 물을 끓였다. 식탁에 만두소와 피를 펼쳐놓고 하나씩 빚기 시작했다. 일을 많이 하지 않기 위해 최대한 크게 만들었다. 연신 기침을 해대며 먹고 살겠다고 만두를 빚었다. 세 식구 모두 독감에 걸렸기 때문에 그 누구에게도 일을 떠넘길 수 없었다. 내가 하는 게 가장 빨리 만두를 먹을 수 있는 길이었다. 물이 팔팔 끓을 때 막 빚은 만두를 터지지 않게 살살 넣었다. 그사이 종지에 간장, 식초, 고춧가루를 넣어 소스를 만들었다. 몇 개는 터졌지만 터진 만두는 그대로 국물 베이스(?)가 될 것이다. 끓는 만두를 보고 있자니 입에 침이 고였다. 독감도 어쩌지 못하는 엄마의 만두가 내 앞에 있었다.

임현주 @anna_hyunju

MBC 아나운서, 작가. 여행 레터 〈서른날〉, 에세이 《다시 내일을 기대하는 법》《우리는 매일을 헤매고, 해내고》《아낌없이 살아보는 중입니다》를 썼다. 일과 여행에 대한 취향은 확고하나, 음식에 대한 취향은 상대에 따라 A부터 Z까지 열려 있다. 매일 새벽 5시에 일어나 짧은 명상을 하고 두유라테를 마신 후 생방송을 진행한다.

그리고, 나는 지쳤을 때 뜨끈한 집밥을 먹는다.

내 가 아 는 가 장 똘 똘 한 한 끼

집밥, 집밥 같음의 위안

먹고 사는 문제가 제일 중요하다지만 먹고 살다 보니 하루 중 끼니는 대충 챙겨 먹기 일쑤다. 그런데 나는 실은 대충 챙겨 먹는 것을 좋아한다. 잘 차려진 식당에 가서 여럿이 담소 나누며 한 끼 푸짐하게 먹을래, 편한 자리에서 자유롭게 도시락 까먹을래 하면 후자를 더 선호한다. 사람들이 붐비는 맛집에 끼여 있기보다 아는 맛으로 테이크아웃 하거나 카페에 앉아 책이라도 펼쳐놓고 디저트와 커피로 배를 채우는 것이 행복도가 더 높다. 그렇다 보니 평일엔 하루 세 끼를 테이크아웃으로 채우는 경우도 허다하다.

끼니에서 '대충'의 비중이 높지만 건강은 또 생각하기에 아무거나 먹진 않는다. 호밀빵이랄지, 풀이 많이 들어간 랩 샌드위치랄지, 계란으로 가득한 김밥 같은 것을 주로 고른다. 물론 이렇게 양질을 떠올리는 게 무색해질 만큼 과자나 아이스크림 같은 군것질과 설탕 범벅인 떡볶이도 즐겨 먹는다. 그러면서 또 영양제는 살뜰하게 챙긴다. 방송국에 다니는 직장인임에도 혼밥을 자주 할 수 있는 데는 나의 직업적 특수성이 한몫을 한다. 매일 아침 생방송을 하기에 새벽 5시에 일어나 아침 6시에 출근을 하는데, 방송을 마치고 나면 남들 출근할 시간인 오전 9시쯤 아점을 먹게 된다. 약속이 잡히지 않는 한 점심은 건너뛰고 늦은 오후에 또 혼자 점저를 먹는다. 코로나 이후 여러 만남들도 식당에서 밥을 먹기보다 카페에서 마스크 쓰고 커피 한잔하며 이야기 나누는 비중이 늘어난 덕도 있다.

그런데, 꼭 한 번씩 제대로 된 집밥이 당길 때가 있다. 샐러드 같은 건 쳐다보기도 싫어질 때가 있는 것이다. 몸이 후끈해지는 국물, 김이 모락모락 나는 쌀을 원할 때가 주기적으로 찾아온다. 한국인이라 그래서만은 아닐 것이다. 집밥이 그리워지는 건 힘을 내고 싶다는 본능으로부터 일어난다. 피곤할 때, 서러움을 상쇄하고 싶을 때, 외로움을 떨쳐내고 싶을 때, 잠시 바쁘게 사는 시계를 멈추고 느긋함을 느끼고 싶어지는 순간, 누군가 끓여준 보글보글한 집밥이 먹고 싶어진다. 내게 집밥이란 김치찌개나 뚝배기처럼 갓 지은 뜨끈함이 담겨 있는 것이고 그것이 목구멍을 통해 들어오는 순간 위안이 된다.

얼마 전엔 병원에 갔다가 긴 대기시간에 진이 빠져버렸다. 병원을 나오는데 국물이 당겨 혼자 식당에 들어갔다. 직장인 회식이 많은 이 식당에 혼밥하러 오는 사람이 많지 않은지 직원분들이

"혼자 오셨어요?" 두 번을 물었다. 해물뚝배기를 시키고 공기밥 한 그릇 뚝딱에 반찬까지 싹싹 비우며 야무지게 한 끼를 해치웠다. 밥알을 씹으며 어떤 고민에 대한 해결책도 찾았다. 기운이 나고 기분도 좋아졌다. 이것이야말로 똘똘한 한 끼 아닐까.

지난 일요일 오전도 그랬다. 전날 잠들 때까지만 해도 내일 아침엔 햇살 좋은 카페에 가서 베이글에 커피를 마실 계획이었지만 눈을 뜨자 이미 내 몸은 침대와 하나가 되어 집밥 수혈을 원하고 있었다. 컨디션이 좋지 않았다. 배달 앱을 켜고 '1인분'을 클릭해 브런치나 샌드위치 같은 느끼한 음식들은 스킵하고 김치찌개 집을 클릭했다. 비주얼과 후기를 읽으며 집밥 같은 식당을 찾았다. 두부 김치찌개와 계란 프라이를 옵션으로 넣어 선택한 후 배달이 완료될 때까지 설레는 마음으로 계속 누워 있었다. 이번 주문은 꽤 성공적이었다. 깔끔한 국물과 기름 냄새가 나지 않는 프라이의 담백함에 나는 넘치게 만족했다. 이 집은 다음에 또 시켜 먹을 만하군!

집밥은 내가 누군가에게 기대며 살아간다는 것을 잊지 않게 한다. 이 정도 오래 혼자 살았으면 몇 가지 집밥이나 밀키트라도 해 먹을 법도 한데 여전히 나는 제대로 끓일 줄 아는 국 하나 없다. 그동안 시간의 효율성 면에서 밥을 하는 일은 늘 후순위로 밀리는 작업이었고 또한 요리에 있어서만은 지독하게 게으르다. 인생 내

내 절대적으로 기대온 집밥의 비중에 부모님을 빼놓을 수 없다. 가끔 부모님이 서울 집에 오실 때면 냉장고가 가득 채워지는데 엄마는 주로 찌개나 반찬을, 아빠는 한 통 가득 과일을 정갈하게 깎아 채워주신다. 나는 눈을 비비고 일어나 너무나 안락하게 얌체처럼 쏙 빼 먹기만 한다. 오죽 못 미더우면 엄마는 전자레인지에 돌려 먹기만 하면 된다며, 제발 아무것도 하지 말라는 나의 부탁에도 냉동실에 밥과 국을 꽝꽝 얼려놓고 내려가시고 아빠가 전화로 내게 가장 많이 묻는 질문은 "밥은 잘 챙겨 먹냐"는 것이다.

누군가 차려준 한 상은 그래서 이 세상에 어떤 이가 나 하나를 생각해주고 있다는 증표처럼 느껴진다. 내가 잘 못하는 일이다 보니 존경과 사랑을 느끼게 한다. 20년이 지나도 잊지 않을 각인이 되고, 사랑을 시작하는 키가 되기도 하며, 말로 다 전하지 못한 위안을 담은 언어가 된다. 밀키트면 어떻고, 배달 음식이면 어떤가. 내 앞에 있는 그 '집밥 같음'은 곧 따끈함, 연결, 다시 일어나게 하는 힘인 것이다.

지속 가능한 출근과 두유라떼

대부분의 직장인이 9 to 6의 출퇴근을 하는 데 반해, 아나운서는 방송 시간에 따라 제각기 다른 출퇴근 루틴이 있다. 아침 방송과 저녁 방송으로 출근 시간이 너무 달라 1년에 얼굴을 손에 꼽을 만큼 보는 아나운서 동료가 있을 정도. 나는 평일 아침 7시 50분에 시작하는 생방송을 위해 매일 새벽 5시에 일어나 출근하는데, 어떻게 사람이 그 시간에 일어날 수 있느냐 경악하는 반응들을 만날 때면 "그게 말이지, 가끔 일찍 일어나려면 힘들지만 매일 일찍 일어나야 되면 할만 해"라는 비법 아닌 비법을 들려준다.

몇 년간 아침 방송을 지치지 않고 할 수 있었던 힘은, 열정도 아니고 바로 건강한 체력이었다. 체력이 열정의 근거인 것이다. 아무리 바빠도 일주일에 최소한의 근력 운동을 하고, 방송에 들어가기 전 간단히라도 배를 채우는 것은 그 때문이다. 방송 전에 절대 공복을 유지하는 사람도 있다는데 아니 어떻게 공복으로 방송을 하는가 말이다. 메이크업과 회의를 마친 후 7시 20분경이 되면, 나는 카페로 향한다. 차에 연료를 넣듯, 두유라테 몇 모금으로 묵직하게 배를 채우고 나야 비로소 몸에 활기가 돌고 방송하기 최적의 상태가 된다.

그런데 음료를 고를 때, 계절에 관계없이 아이스 아메리카노를 찾는 사람들이 신기하다. 예를 들자면 같이 방송을 진행하는 선배 아나운서. '저걸 먹으면 오히려 배가 더 고파지지 않나?' 내게 아메리카노는 꾸덕한 케이크 맛을 돋우는 음료이자, 여름날 얼음 한가득 채워 꿀꺽꿀꺽 마시는 갈증 해소용이지 맛있게 먹는 종류는 아닌 것이다. 특히, 방송하기 전 빈속에 아메리카노는 절대 금기다. 심장박동이 빨라지고 진정이 되지 않기 때문인데, 이 사실을 깨닫기 전 몇 번 빈속에 아메리카노를 마셨다가 사달이 날 뻔한 적이 있다. '표정 관리 안 돼서 웃거나 발음이 마구 꼬이는 사고라도 나는 것 아닌가' 싶어 뉴스 내내 허벅지를 꼬집으며 진행해야 했다. 그렇다고 휘핑크림을 올리거나 딸기라테처럼 세게 달달한 음료는 몸이 무거워지는 기분이라 선호하지 않는다. 적당한 스윗함과 건강함의 완벽한 조화를 갖춘, 바닐라시럽 0.5펌프를 넣은 두유라테가 그래서 내게 선물 같은 존재다. 첫 모금을 마실 때마다 누가 이렇게 부드럽고 심적인 위안을 주는 음료를 만들었을까 감탄하며 절이라도 하고 싶어진다.

같은 걸 좋아하는 사람의 존재는 또 얼마나 반가운지. 음료를 고를 때 똑같이 두유라테를 부르는 동료를 만날 때면 친밀감을 느끼며 언제 입문하게 됐는지 묻는다. 나는 맛으로 먹기 시작했지만 비건식을 찾으면서 이 음료를 좋아하게 된 동료들도 있었다. 훗날 나도 비건의 필요성에 대해 이해하게 되면서 두유라테를 더욱 전파하게 됐는데, 좋아하는 음료가 의미까지 있으니 얼마나 좋은 일인가!

그러면서 출근과 비건의 공통점에 대해 생각해봤다. 무언가를 지속하게 하는 비결은 '의무'보다 '의미'에 무게를 두는 것이라고. 일도, 비건도, 좋아하는 마음으로 시작했지만 점차 의무처럼 느껴지기 쉬운데, 그럴 때마다 다시 마음의 스위치를 의미로 바꾸어주는 것이다. 본래 지속 가능함 속에는 '기복'이 숨겨져 있다. 하루 망했다고 느낀 방송도, 제대로 하는 게 없다고 스스로에게 실망한 날도, 비건의 실천이 완벽하지 않아 부끄럽게 느껴지는 날도, 장기적인 관점에서 보면 큰 물결 안에서 여전히 나는 잘해내고 있는 것이니까.

돌아보니 그동안 아침 방송을 하면서 대략 9백 잔의 두유라테를 마셨다. 몇 잔의 두유라테를 마셨는지 알 수 있는 건 나의 꼼꼼한 기록 습관 때문이다. 몇 년 전, 열심히 지나온 시간들이 얼마 지나면 기억 속에서 흐려지는 것을 느끼며 매일을 기록하리라 다짐했었다. 아마도 몇 달 뒤 천 번째 아침 방송을 진행하게 되겠지, 그렇다면 그날 천 번째 두유라테는 가장 큰 벤티 사이즈로 마시리라. 기복과 기록의 나날 속에서 내일도 출근, 내일도 두유라테다.

음식 앞의 페르소나

    밥 약속을 잡는다는 것은 함께 시간을 보내자는 뜻이다. 음식을 사이에 두고 대화의 알맹이가 뒤섞이는 시간 속에서 상대에 따라 음식 앞 나의 페르소나는 변한다. 음식이 고유한 맛을 가진 '상수'라면 만남의 친밀함과 목적이 '변수'가 되어 음식을 어떻게 즐길 것인가 하는 태도를 좌우하는 것이다.

    먼저, 여행할 때. 내가 함께 여행을 떠나는 상대는 대화의 여백이 어색하지 않을 수 있는 사람이다. 관계의 편안함이 있다는 뜻이며, 24시간 내내 '당신에게 집중하고 있다'는 시그널을 보내지 않아도 된다는 것이다. 오랜 시간 붙어 있으면서 함께 대화를 나누다가도 잠시 각자의 세계에 집중해 책을 보거나 혼자만의 산책을 다녀와도 서운하지 않을 사이. 지금 먹고 싶은 음식을 솔직하게 말할 수 있는 사이. 엄마와 25년 지기 친구 '여리'가 대표적인 예인데, 우리의 편안한 관계처럼 여행 중 먹는 음식 또한 굳이 특별하지 않아도 되는 일상의 범주에 있다. 여행의 목적이 맛집 도장깨기가 1순위가 아니라는 공통점 덕분에, 대체로 한 끼 정도만 정성스레 챙겨 먹으면 나머지는 편의성에 더욱 무게를 둔다. 예를 들어 아침은 숙소의 조식보다 방에서 요거트나 두유, 빵으로 간단히 요기를 하며 여유로움을 누리는 것을 선호한다. 점심식사는 만족스럽게 먹고, 저녁은 피곤하다 싶으면 숙소로 돌아와 배달 피자에 맥주와 곁들이는 것도 좋아한다. 엄마와의 여행에선 심지어 카페도 잘 가지 않는데, 아침이면 보온병에 커피를 타고 과일을 깎아 챙기는 엄마의 준비성 때문이다. 차 안이 곧 카페가 되고, 우리는 그 시간을 아껴 자연 속에서 더 걷고 바닷바람을 쐰다.

사랑에 빠졌을 때. 이때는 노포도 로맨틱하게 느껴지기 마련이다. 때문에 무엇을 먹는가 하는 것보다 장소의 조명이나 음악, 테이블의 배치나 간격이 더욱 중요해진다. 서로의 대화에 집중할 수 있도록 와자지껄한 분위기는 피하고 테이블 간 적당한 거리가 있는 곳이, 백색 조명보단 노란색 조명이 좋다. 주종에 상관없이 딱한 잔 정도를 곁들인다면 대화의 온도를 데우기에 좋다. 설렘이 차오르는 단계라면 몇 입만 먹어도 이미 배가 부른 기분이 들어 자연스레 소식가가 된다. 연애가 지속될수록 본격 맛집 탐방을 하게 되지만. 어느 정도 친밀감이 생긴 후라면 마주 바라보기보다 옆자리에 나란히 앉는 것도 좋다. 시간이 지날수록 상대가 즐겨 먹는 음식은 내가 좋아하는 음식이 된다.

친구를 만날 땐 맛이 가장 중요하다. 맛있는 게 최고다. 음식 선정에 주도권을 쥐는 게 기쁜 지인이라면 나와 합이 잘 맞는 사람이다. 나는 식당에 갔을 때 메뉴판에 뭐가 있는지 제대로 읽어보지 않는 경우가 다반사다. 심지어 상대가 메뉴판을 보여주지 않더라도 소외감이나 불쾌감을 느끼지 않을 것이다. 음식에 대한 내 취향이 매우 넓게 열려 있기 때문에 가능한 일인데, 몇 가지 음식 재료나 허용할 수 없는 정도의 느끼함이 아니라면 어떤 음식이라도 무방하다. 만약 책이나 글쓰기를 좋아하는 친구라면 함께 느긋하게 카페에서 시간을 보내는 것도 좋다. 이땐 우리 사이에 맛있는 빵이 있었으면 한다. 빵은 몰입을 돕고 기분을 돋우니까. 만약 여러 명이 모인 즐거운 모임이라면 이땐 과식주의보가 내려진다. 이런저런 메뉴를 다양하게 시키다 보니 자제력을 잃거나 내가 얼마만큼 먹었는지 잊어버리게 되니까.

방송인의 페르소나가 필요한 순간도 있다. 가끔 생방송 중에 시식하는 경우가 있는데, 나의 리액션이 전국에 실시간으로 방영되는 것이기에 음식을 씹으면서 이 맛을 어떻게 잘 표현할 것인가 생각해야 한다. 시간에 민감한 생방송의 특성상 너무 오래 음미해도 곤란하고 압박감에 제대로 씹기도 전에 리액션하는 것은 진정성이 없게 느껴진다. 적당한 표현이 떠오르지 않는다면 뻔한 수식어보다 큰 표정으로 맛을 표현하는 것이 더 효과적일 수 있다. 여행 프로그램을 촬영할 때도 내 미각이 나만의 것이 아니게 된다. 여행지에서 명소 곳곳을 촬영하고 식당에 도착했을 땐 허기져 있을 때가 많은데, 한 상 가득 음식이 쫙 깔리면 당장 숟가락을 들고 음식으로 돌진하고 싶어지지만 현장의 현실은 화면과 다르다. 음식이 식기 전에 영상으로 먹음직스럽게 담아내기 위해 우선 카메라가 테이블 위를 훑고, 이후 감독님의 주문에 따라 젓가락으로 국수를 들어 올리는 장면 등을 연출하고 나서야 본격 먹방이 시작된다. 맛있는 경우가 대부분이지만 여기가 그렇게까지 맛집인가 하는 의문이 생기는 경우도 더러 있다. 예전에 사유리 씨가 솔직한 음식평으로 화제가 되긴 했지만 아직까지 나는 아무리 맛이 없어도 사장님 앞에서 솔직히 말할 용기가 나진 않을 것 같다.

음식 앞에서 나의 표정, 젓가락이 움직이는 속도, 리액션의 정도는 내가 상대를 어떻게 느끼는지, 상대와 내가 어느 정도의 편안함과 친밀함을 쌓았는지를 보여주는 신호일 수 있다. 누군가와는 음식이 예상보다 맛이 없더라도 즐거운 식사로 기억되고, 누군가와는 맛집을 가도 무엇을 먹었는지 기억이 잘 나지 않는 경우가 있지 않은가. 밥 약속을 떠올리면서 무슨 음식을 먹고 싶은지, 얼마나 여유로운 식사를 하고 싶은지 생각하는 것은, 함께 어떤 시간을 보내고 싶은가 하는 질문인 것이다.

당신의 포스팅

　한 번도 만나지 못한 사이인데 친밀함이 느껴지는 관계가 있다. 실제 이름보다 온라인상의 SNS 아이디가 더 익숙하고, 목소리 한번 들어본 적 없지만 취향과 식성, 성격까지 꽤 잘 알고 있다는 생각이 드는 관계. 매일 같은 공간에서 함께 일하는 동료보다 더 많은 이야기를 나눈 듯한 기분이 들기도 한다. 어떤 이유로 나는 그를 팔로우하게 됐을 것이다. 이후 굳이 세세하게 알려 하지 않았더라도 매일 피드에서 만나는 포스팅이 그에 대한 이미지를 만들었을 것이다. 본인 얼굴 사진이 자주 올라오는 사람이 있고, 업무에 관한 생각을 남기는 이, 주로 먹고 즐긴 것들을 공유하는 이도 있다. 본인은 아무 생각 없이 그냥 포스팅했다 하더라도 그런 무심함 또한 캐릭터를 보여주는 것이 된다.

　언젠가 실제 오프라인에서 만나게 된다면 상상과 현실의 간극을 확인하는 묘미가 있을 것이다. 수다스러울 줄 알았는데 실제론 부끄러움이 많다거나, 진지할 줄 알았는데 개그 캐릭터라거나. 나 역시 편집된 글과 사진을 통해 보는 이에게 실제 자아보다 과장되거나 축소된 모습을 떠올리게 할 것이다. '나'를 보여주지만 결코 현실의 나와 똑같을 수 없다는 점에서 SNS는 흥미롭고도 동시에 피로한 것이다. 만날 수 없던 사람과 연결되고 커리어와 생각의 무궁무진한 확장이 가능하지만, 어디까지 보여주고 어떻게 공유할 것인가 고민하게 될 땐 시간과 감정의 소모가 발생할 수밖에 없으니까.

당신의 포스팅은 많은 것을 보여준다. 그리고 음식 사진은 의도한 것보다 더 많은 것들을 보여준다. 매일 하루에 두세 끼를 먹으면서도 대부분은 음식 사진을 찍지는 않는다. 그러다가 음식 앞에서 카메라를 꺼내는 순간이 있다면 무언가 특별함을 느꼈거나 의지를 갖게 됐다는 것을 의미한다. 가장 흔하게는 어디를 다녀왔는지 인증하는 경우다. 얼마나 '힙한' 곳에 있었는지를 보여주는 포스팅은 때로 보는 이에게도 유용하다. 뭘 먹을까, 어딜 갈까 하는 고민을 덜어주고, 애초에 그런 정보를 얻기 위해 팔로우하는 사람이라면 목적에도 부합하는 것이다. 하지만 묘하게 불편함을 느끼게 되는 경우가 있는데, 사진에서 과도한 자아도취나 헛헛한 느낌을 받게 될 때다. 사진을 보며 상상하게 된다. 음식을 앞에 두고 인증샷을 찍으러 온 것인지 맛을 보러 온 것인지 알 수 없는 모습을. 그런 포스팅이 반복적으로 올라올 경우 '과연 현실 속에 살고 있

는 걸까?' 하는 거부감이 들기도 하는데, 나는 어떤가 하는 두려움
이 깃든 반응일 수도 있겠다.

내가 좋아하는 포스팅은 음식과 함께 공간의 분위기나 그날의
스토리를 보여주는 것이다. 기록 속에 담백함이 묻어나는 글. 본
인의 일상을 기록하면서도 보는 이에게도 의미가 있는 포스팅. 순
간의 아름다움일 수도 있고, 괜찮은 장소에 대한 정보 공유거나,
음식을 사이에 두고 일어난 재미있는 에피소드나 공감을 불러일
으키는 생각일 수도 있다. 딱히 힙해 보이려 하지 않았음에도 그
가 가는 곳, 그의 생각과 일상을 궁금하게 만드는 것이다.

음식은 감각을 표현하기도 한다. 음식을 클로즈업해서 먹음직
스럽게 찍거나 소위 '항공샷'을 찍는 게 보통인데 최근 만난 한 후
배가 말하길, 정성스럽게 말고 대충 찍어 올리는 것이 요즘 세대
의 사진이라고 했다. 대충의 무심함 속에서 감각을 보여주는, 허
술함 속의 치밀함이랄까. 요즘엔 '가치소비'를 알리는 포스팅들도
눈에 띈다. 플라스틱 대신 음식 담을 그릇을 챙겨오는 '용기 내' 인
증, 일회용 컵 대신 텀블러에 음료를 담고, 중고 거래 후기를 남기
는 것처럼. 그냥 하면 되지 왜 굳이 보여줘야 하는지 모르겠다는
냉소적인 반응들도 있지만 SNS는 본래 그런 것 아니겠나. 기왕
하는 것 재미와 보람을 느끼고 스스로 의지도 다진다는 점에서 긍
정적이란 생각이다. 때론 누군가에게 좋은 자극이나 새로운 경험

의 계기를 주기도 하고.

　여하튼 바라는 건 조금 더 쿨해지는 것이다. 흩어져버리는 시간과 추억이 아쉬워 사진을 남기는 나로서는 앞으로도 기록의 즐거움과 행복을 포기할 순 없을 것이다. 다만 필요한 순간에 최소한의 품을 들이고 재빨리 현실로 돌아올 것. 음식 앞에서 포스팅과 사람이 주객전도되지 않을 것. 그리고 때론 나와 누군가와의 비밀 장소로만 간직할 것. 어딘가 비밀스러운 사람은 역시나 매력적인 법이니까.

관대함과 절제 사이

　음식에 대해 관대해질 때가 있다. 어떤 일을 집중해서 끝내고 난 후에, 책임감과 긴장감을 안고 섰던 무대를 잘 마친 후에, 그리고 바로 지금처럼 한국이 아닌 다른 나라에 머물 때. 최근 한 달간 여러 나라를 다니면서 내가 먹은 잼과 초콜릿과 설탕과 케이크와 빵은 아마도 지난 1년간 먹은 양보다 훨씬 더 많을 것이 자명하다. 본래라면 양을 조절하며 뿌렸을 짭쪼름한 소스를 공중에서 부드럽게 두세 바퀴 휘리릭 돌려 듬뿍 뿌리고, 카페에서 커피와 함께 자연스럽게 케이크를 주문하고, 저녁엔 홍차와 함께 초콜릿 과자를 먹다 잠이 든다. 덕분에 바지의 낙낙함은 조금씩 줄어들고 있다. 그렇더라도 해외에 머물 때는 평소보다 많이 걷기 때문에 아직까지 나는 관대함을 유지할 수 있다.

　떠나오기 직전에 건강검진을 받았었다. 그리고 내 인생 최초로 가장 훌륭한 인바디 성적표를 받았다. 조절해야 할 체중, 체지방, 근육이 동시에 거의 0~1 사이로 수렴한 것이다. 웃옷을 살짝 걷으면 배 양쪽에 슬며시 자리한 복근도 오랜만에 만날 수 있었다. 몇 달간의 꾸준한 운동과 건강한 식단으로 재회하게 된 귀한 근육이었다. 아, 그런데 그 뿌듯함은 이 여정과 함께 희미해지고 있다.

왜 떠나오면 음식에 이리도 관대해지는 걸까. 사실 관대함은 당도에만 머물러 있지 않다. 매일 감던 머리는 이틀에 한 번 감고, 잔머리가 여기저기 삐져 나오도록 대충 땋아 묶고, 어제 입었던 옷을 오늘도 똑같이 입는다. 매일 마시던 두유라테가 없어 처음 며칠은 아쉬웠는데, 금세 이곳의 티와 커피로 대체하게 됐다. 음식뿐 아니라 나는 모든 것에 관대해지고 있었다. 떠나와서, 떠나와야만 풀어지는 나사 같은 것이 내게 있는 것이다! 놀라운 점은 그래도, 아무 문제가 없다. 잘 살아간다. 오히려 더 행복해졌다. 관대함이 결과적으로 나에게 주는 선물은 자유로움과 창의성이었다. 당연했던 것들이 다르게 보이기 시작하고, 주변의 풍경과 사람들에 감탄하게 되고, 스스로가 인간적이게 느껴지고, 느슨해진 눈과 마음으로 한국에서의 일과 일상을 다시 바라보게 됐다. 왜 그렇게 엄격해야 했을까. 완벽함보다 지금의 말랑함을 더하겠다고 다짐해본다. 나에겐 이제 그런 여유와 자연스러움이 더욱 필요한 때라고.

그렇다고 어디까지나 관대해질 수만은 없다. 이렇게 매일매일 관대하기만 하다면, 걷는 것을 멈춘다면, 내 몸은 점점 둔해져 아무것도 하기 싫어질지 모르니까. 임계점이 오기 전에 나는 멈춰야 할 것이다. 다시 절제의 선을 향해 고개를 돌릴 것이다. 침대 위에서 초콜릿 과자와 화이트 초콜릿을 치울 때가 왔다는 것을 직감하며. 그렇다고 서운하다거나 괴롭지만은 않을 것이다. 절제는 기쁨일 수 있으니까. 나의 몸과, 에너지와, 정신 건강에 가장 이로운 경계선을 벗어나지 않도록 목표를 세우는 일은 또 다른 활력이 된다. 그러니까, 음식은 죄가 없다. 즐거움과 절제 사이에 내 결심이 존재할 뿐. 느슨해지는 자유로움과, 목표를 향해 땀 흘리는 모습은 둘 다 아름다운 장면이며, 그래서 우리는 계속 한곳에 머무는 대신 떠나고 또 돌아와야 한다.

정문정 ⓘokdommoon

작가. 책《무례한 사람에게 웃으며 대처하는 법》《더 좋은 곳으로 가자》를 썼다. 부드럽게 말하고 단단하게 쓰기 위해서 노력한다. 제주 사람들은 옥돔이 생선의 대표격이라고 생각해서 가게에 가면 "옥돔 있어요?" 대신 "생선 있어요?"라고 묻는단 말이 마음에 들어서 인스타그램 아이디를 okdommoon으로 지었다.

그리고, 나는 제주에 갈 때마다 옥돔구이를 먹는다.

우리 일단 밥부터 먹어요

초년의 맛, 동경의 맛

거의 매일 들르는 단팥빵 전문점이 하나 있어요. 아이가 다니는 어린이집이 그 옆에 있는데, 한번 거기 빵을 먹어본 아이가 이후로 자꾸만 제 손을 잡고 가게 쪽으로 이끌거든요. 묵직할 정도로 단팥이 푸짐하면서 달지 않고 자잘한 호두도 아작아작 씹혀서 제 입에도 맛있어요. 포장지에 이런 내용의 글이 적혀 있더군요. "어릴 때 할매가 사준 단팥빵과 우유 맛을 잊을 수 없어서 단팥빵 가게를 시작했습니다."

그처럼 우리에게도 강렬했던 처음의 맛이 있지요. 난 그게 제일 맛있더라, 호기롭게 말하기도 하고 돈 많이 벌면 자주 사 먹을 거야, 하고 귀여운 투지를 다지던 음식이요. 우리는 어떤 경험을 할 때마다 머릿속에 그 분야에 관련된 좌표를 찍어나가요. 여긴 5성급 호텔 뷔페 중에선 상급이군, 중식당 중에서는 탕수육에 우위가 있는 집이군, 하는 식으로요. 취향이 있다는 건 그런 식의 좌표가 상당히 디테일해진 분야가 있다는 걸 의미하죠. 충격적인 첫맛이라는 건 그런 거예요. 다시는 그걸 모르던 때로 돌아갈 수 없게 굵다란 점을 쾅 어느 지점에 찍는 일.

황당할 정도로 맛있던 최초의 기억은 KFC에서 시작됐어요. 시내에 가면 메이커 치킨을 먹을 수 있다고 해서 언니와 둘이 돈을 모았죠. 버스를 탔는데 집에서 30분 정도가 걸렸어요. 서울 사람들은 잘 모르는 부분인데, 지방 사람 기준에서 차로 30분을 간다고 하면 타 지역으로 넘어가는 체감의 거리예요. 버스가 모든 정류장마다 서는 게 아니라 내리기 직전 벨을 눌러야만 문을 열어준다는 걸 알게 된 지 얼마 안 된 때였죠.

닭다리 튀김 하나와 비스킷 하나를 샀어요. '통닭'이 아니라 '치킨'이라니. '과자'가 아니고 '비스킷'이라니. 시장표 통닭과 달리 치킨의 튀김옷에 소보로빵 겉면과 비슷하게 생긴 게 많이 붙어 있어 신기했어요. 그날의 하이라이트는 비스킷이었죠. 보통은 '스콘'이라고 불리는 거요. 빵같이 생기기도 했고 튀김같이 생기기도 한 비스킷에는 버터와 잼, 나무로 된 나이프가 함께 나왔어요. 버터를 살살 펴서 바르고 딸기잼을 찌익 눌러서 한입 먹었는데 먹자마자 언니와 눈이 마주쳤어요. 부드럽고 달콤하고 짭짤하고 포슬포슬한 맛. 어? 이거 뭐야?

대학생이 되어 크리스피크림 도넛을 처음 먹던 날도 머릿속에서 동영상처럼 재생이 돼요. 전까지 제가 알던 건 '도나쓰'였지 '도

233

넛'이 아니었어요. 동그랗고 하얀 밀가루 반죽이 풍덩 기름에 떨어졌다가 다시 뒤집히며 튀겨지고 하얀 시럽에 전체가 푹 적셔져 이동하는 걸 유리벽 너머로 봤어요. 매장 전체가 기다리는 사람들 줄로 꽉 차 있었는데 그 광경을 보느라 지루한 줄도 몰랐죠. 마침내 직원이 뭘 시킬 거냐고 했을 때 저는 연습했던 말을 했어요. "오리지널 글레이즈드로 한 더즌 주세요." 시식을 하라며 도넛 하나를 종이에 싸서 건네주기에 그 따끈하고 보들보들한 걸 받아 들고 한입 먹었는데요. 과장 없이 말하건대 시간이 잠깐 멈추는 것 같았어요. 이 맛을 가족들에게도 빨리 알게 하고 싶어서 집으로 향하는 발걸음이 급해졌죠. "이게 뭔지 알아? 미국 사람들이 먹는 도넛이라는 거야" 하면서 으스대던 오후가 있었어요.

이후에도 비슷한 경험이 이어졌어요. 피자헛에 가서 빵 끝에 치즈와 고구마무스가 올라간 리치골드 피자라는 걸 처음 먹었을 때, 아웃백에서 부시맨브레드라고 불리는 빵에 버터도 아닌 생크림도 아닌 허니버터라는 걸 찍어 먹은 뒤 리필까지 된다는 말을 듣고 "몇 개까지 더 달라고 해야 실례가 아닌 거야?" 하고 친구에게 물어본 생일날. 그런 식으로 인식된 새로운 맛은 그걸 주문하거나, 먹고 있는 자신을 전보다 더 좋아하게 했어요. '도넛'과 '도나쓰'를 구분하게 된 나, 아웃백의 부시맨브레드는 매장에서 리필이 될 뿐 아니라 집에 갈 때도 인당 하나씩 포장해준다는 걸 알게 된

나, 피자의 가장자리가 원래 맛없는 부분이 아니라는 걸 안 나.

그런 식으로 분별의 눈이 추가될 때마다 저는 빨리 직장인이 되고 싶다거나, 서울에 가고 싶다거나, 외국으로 여행을 가보고 싶단 생각을 했죠. 그러면 더 이상 이런 걸 먹을 때마다 촌스럽게 감격하거나 주문할 때 긴장하지 않을 것 같았거든요. 이런 데 오기 몇 달 전부터 고대하고, 기념할 일이 있을 때만 와서 먹는 사람이 아니라 아무 때나 아무렇지 않게 먹는 사람이 되고 싶었어요.

그런 맛들은 저로 하여금 선망하게 하면서 동시에 선망하지 않는 사람이 되길 원하도록 이끌었죠. 어쩌면 초년의 시간이란 애초부터 그런 이상한 아이러니가 뒤죽박죽으로 섞여 있는 걸지도 모르겠어요. 설레고 기대하면서도 그런 자신이 부담스럽고 거추장스러워서 빨리 떠나보내고 싶은 이중적 마음. 달뜬 혼란으로 가득 차 있는 초년의 맛.

부끄러워서 말 못 했지만
사실 좋아해요

만화가 김보통 씨가 바나나에 대해 쓴 글을 공감하며 읽은 적 있어요. 그가 과일 중에서 바나나를 제일 좋아한다고 했을 때 아버지가 이렇게 말했대요. "세상에 얼마나 많은 과일이 있는데 겨우 바나나가 제일 좋다니. 한심한 녀석." 그 글을 보다가 제게도 비슷한 경험이 있다는 걸 떠올렸어요.

대구 출신인 저는 어릴 때부터 삼각만두와 납작만두를 좋아했어요. 타 지역에서는 보기 어려운 메뉴죠. 대구서 제일 큰 시장인 서문시장 정문에는 호떡을 굽는 철판처럼 크고 넓은 팬에 기름을 연신 둘러가며 굽는 삼각만두 가게들이 다닥다닥 붙어 있어요. 삼각만두는 이름처럼 세모꼴로 생긴 만두인데, 안에 든 게 오직 당면밖에 없어요. 제가 어릴 때는 2천 원에 여덟 개였는데 요즘은 여섯 개를 주는 것 같더라고요. 방금 구워 바삭한 만두에다 간장에 절여진 양파를 하나씩 올려 먹으면 바삭하고 짭짤한 맛에 금세 먹어 치우게 되지요. 호떡 반죽 안에 설탕 대신 당면을 넣어 튀긴 듯이 구운 후 간장 솔솔 발라 먹는 맛이라고 하면 상상이 되시나요?

삼각만두처럼 안에 든 재료가 당면뿐이라는 건 납작만두도 같지만 차이점이 있다면 이건 다른 음식과 곁들여 먹는 경우가 많다는 거예요. 대구식 납작만두는 돌돌 말 수 있을 정도로 피가 얇아서 밀전병같이 보이는 게 특징이죠. 이 얇은 만두는 꾸덕한 떡볶이 국물에 콕 찍어 먹기도 하고 쫄면 위에 올려서 싸 먹기도 해요. 그중 제가 좋아하는 방식은 매콤한 비빔장이 올라가 있는 채 썬 양배추를 만두 위에 올려 월남쌈처럼 한입 가득 베어 먹는 거예요.

대구에서 시작된 '장우동'이라는 분식집이 있어요. 요즘은 찾기 어렵지만 90년대에는 경상도 사람이라면 모르는 이가 없을 정도였죠. 거기선 떡볶이, 우동과 함께 '비빔만두'라는 걸 팔았어요. 초고추장 소스가 뿌려진 양배추가 수북하게 담겨 있고 노릇노릇 구워진 납작만두가 한꺼번에 담겨 나온 모습이 어찌나 화사했는지 지금으로 치면 인스타그램에 인증하기 좋은 비주얼이었어요. 만두피가 얇으니 각기 떨어지지 않은 상태로 구워져 있어 깻잎김치를 먹을 때처럼 함께 간 사람이 젓가락으로 떼는 걸 도와줘야 했죠. 그렇게 한 장씩 뗀 납작만두 위에 양배추를 올려서 젓가락으로 양옆을 조심조심 접어 들고 먹었어요.

매일도 먹을 수 있을 것 같은 음식이었지만 좋아한다고 말하기는 좀 민망했어요. 납작만두와 삼각만두는 한국전쟁 중 먹을 게 부족해 배급받은 밀가루에 당면만 넣어 먹던 게 시초라고 하는데, 이처럼 허기를 달래려 먹던 짝퉁 음식이라는 인식이 있고 특별한 재료랄 게 없으니 향토음식임에도 사람들은 막창이나 따로국밥처럼 대구 대표 음식으로 끼워주길 꺼려했어요. 타지 사람들이 먼저 먹어보고 싶다 하더라도 별맛 없다고 말릴 정도였죠. 제가 납작만두나 삼각만두를 먹고 싶다고 할 때 어른들이 퉁명스럽게 말한 적도 여러 번이에요. "얘는 아직 맛있는 걸 별로 못 먹어봐서 그래." "그거 그냥 간장 맛으로 먹는 거지 뭐가 맛있냐?" 어른들 말마따나 먹어본 음식이 많지 않은 건 사실이었으니까 진짜로 그런 것 같기도 했어요.

제가 중학생이던 때로 기억해요. 대통령 선거 공보물이 왔는데 그때는 눈에 보이는 어떤 글자라도 모조리 읽어치우던 시기여서 제법 두툼한 우편물임에도 꼼꼼히 읽고 있었죠. 판사 출신인 이회창 씨의 프로필 속 가장 좋아하는 음식에 '붕어빵'이라 적혀 있더군요. 당시 그는 법관 집안 출신으로 엘리트 이미지가 강했기 때문에 서민적인 이미지를 강조하고자 했던 거예요. 그 글자를 읽고 어찌나 당혹스럽던지. 나나 내 주변 사람들 또한 '붕어빵'이나 '라면' 같은 음식을 누구보다 자주 먹지만 그런 걸 남에게 좋아한다고 말하기는 어려운데. 나는 그렇게 말할 수 없고 그는 말할 수 있는 차이가 어디서 오는 걸까? 한참을 생각하다가, 어리고 가난한 이가 저렴한 음식을 좋아한다고 할 땐 멸시하던 사람들이 힘 있는 이가 그런 말을 하면 소박하다면서 호감을 갖는다는 걸 이해했죠. 부자인 사람들은 가난해 보일까 봐 조심하지 않아도 된다는 걸, 진짜로 특별한 사람들은 평범해 보일까 봐 걱정하지 않는다는 것도요.

취업을 한 후 비싼 음식을 많이 먹어봤어요. 그동안 소고기는 국물 속에 들어 있는 것만 먹어봤는데 불판에 구운 걸 큼직하게 잘라서 히말라야 소금에 찍어 먹어봤고요. 한풀이하듯 미쉐린 가이드에서 별점 받은 레스토랑을 도장깨기 하듯 가본 시기도 잠깐이지만 있었네요. 요즘은 시들해졌지만요. 메뉴판을 보며 음식을 고를 때 뭐가 제일 싼가부터 생각하지 않은 지 오래되었어요. 그럼에도 여전히 저는 대구에 갈 때마다 꼭 납작만두나 삼각만두를 사 먹어요. 이제는 그게 맛있단 말을 하더라도 무시하는 사람이 없지요. 그런 면에서는 어른이 되는 게 편리한 일이에요.

한국 소설가 중 박완서 작가를 제일 좋아한다고 했을 때도 어떤 선배가 거들먹거리며 말했죠. "네가 아직 진짜로 좋은 소설이 뭔지 몰라서 그래." 그런 식의 말에 얼굴이 화끈해진 적이 있지만 이제는 알아요. 남들이 좋다고 말하는 게 뭔지 찾아다녀본 후 결국 내가 가졌던 마음이 옳았음을 알게 된다 해도 억울해할 필요가 없다는 걸. 나의 취향과 다른 사람의 인정 가운데 혼란스러워하면서도 직접 겪어본 뒤에라야 말할 수 있는 것이 분명히 있으며 이 같은 확장 후에 누구도 침범할 수 없는 단단함이 생겨나는 게 바로 내공이라 불리는 기운이니까요.

한편, 어떤 취향을 말했을 때 상대가 나를 평가하는 말하기를 한다면 그건 그의 편견을 증명하는 문제이지 내가 부끄러워할 문제는 아니라는 것도 알게 됐어요. 바나나를 제일 좋아한다고 했다가 바보 같다고 핀잔을 들었다는 김보통 씨도 이후 다양한 과일을 먹어본 뒤 이렇게 확신했다고 해요. "먹어볼 만큼 먹어봤어도 내겐 바나나가 제일이었어!"

먹고 살자고 하는 거니까,
우리 일단 밥부터 먹어요

　모처럼 일찍 퇴근한 남편과 마주 보고 앉아 식사를 하고 있는데 거실에 놔둔 휴대폰으로 전화가 왔어요. 잠깐 울리다 말 줄 알았는데 진동이 오래 가기에 받아야 하는 게 아니냐고 남편이 묻더군요. 저는 "밥 다 먹고 나서"라고 한 뒤 자리를 뜨지 않고 식사를 이어갔어요. 그러자 그가 저를 빤히 쳐다보다 말했어요. "새삼 느끼는 거지만 너는 밥이랑 관련된 원칙이 참 많아." 우물거리며 제가 물었죠. "예를 들면?"

　"너는 사람들이랑 밥 먹을 때 전화 안 받더라."

　"식사 도중에 통화해야 할 만큼 긴급한 용건은 세상에 없지. 다 먹고 콜 백 하면 되는걸."

　"그리고 너는 아무리 화나도 일단 밥부터 먹자고 해. 열받는데 밥이 먹히냐?"

　"그럴수록 밥부터 먹고 차분히 생각해봐야지. 배고프면 필요 이상으로 더 열받잖아."

"(아 모르겠고) 일단 밥부터 먹자"는 제가 거의 매일 하는 말입니다. 회사를 다닐 때도 자주 외쳤죠. 정시 퇴근을 하는 사람들에게 "난 틀렸어, 먼저 가"하고 인사한 뒤 저녁 7시 30분쯤 되면 사무실에 남아 있는 사람들 사이 좌절과 체념의 기운이 스멀스멀 피어오르기 시작합니다. 그즈음이면 제가 먼저 제안할 때가 많았어요. "우리 밥부터 먹고 해요. 뭐 드실래요?" 그러면 보통 두 가지 반응이 옵니다. "저는 그냥 빨리 끝내고 집에 갈래요" 또는 "그래요. 시킵시다."

도시락이나 햄버거를 시킬 때도 있었지만 대부분은 함께 나눠 먹을 수 있는 메뉴를 시켰어요. 짜장면이나 짬뽕을 인당 하나씩 시키고 탕수육 대자 하나는 꼭 추가하는 중식은 기본이고 보쌈과 족발 반도 종종 먹었죠. 이젠 회사를 안 다니니 3~4인분이 기본값인 보쌈이나 족발을 시킬 일이 없네요.

그중에서도 스트레스로 머리가 부글부글 끓을 때 자주 떠오른 건 떡볶이였어요. 오늘 야근 → 열받아 → 떡볶이를 조지자, 라고 뇌가 프로그래밍되어 버린 것 같았어요. 매운 걸 잘 못 먹는 사람들을 위해서 순한맛 하나, 매운맛 하나씩을 시키고 튀김과 순대도 넉넉히 주문했죠. 기름에 흠뻑 젖은 종이봉투를 살살 뜯어 펼친 뒤 수북하게 쌓여 있는 김말이, 만두튀김, 고추튀김, 오징어튀김을 두고 꾸덕한 떡볶이 소스에 하나씩 찍어 먹는 그 순간만은 단순하게 즐거웠어요. "오늘 따라 더 매운데요?" 같은 말을 하며 평소에는 건강 생각해 잘 마시지 않는 콜라와 쿨피스를 벌컥벌컥 마셨죠.

원치 않은 구성원이 모여 있지만 슬프지만은 않았던 시간. 이처럼 법카 찬스를 써서 함께 저녁을 먹을 땐 정해진 인당 식비를 넘기지 않는 것 외에도 지켜야 할 룰이 있습니다. Now or Never. 호불호 있는 메뉴가 있다면 논의 과정 초기에 말해야 합니다. 가만히 있다가 여론이 형성되어 시키기 직전 뒤늦게 "아 저는 그거 별론데…" 하는 사람은 그렇지 않아도 바쁜 이들의 시간과 인내심을 빼앗거든요. 특정인이 사는 게 아니니 메뉴 선정이 자본주의 논리에서 상대적으로 자유로워요. 먹고 싶은 음식이나 먹기 싫은 음식이 있다면 처음부터 분명히 알려야 하는 게 야근용 식사 과정에서 요구되는 보편적 상식이었죠.

끝내 말하지 않고 있다가 먹고 있는 도중 이런 식으로 말하는 사람이 있으면 분위기가 싸해져요. "사실은 이거 먹기 싫었는데." 그럼 미리 말하지 그랬냐는 질문에 이렇게 답하곤 합니다. "근데 저 빼고 다들 좋아하시는 것 같아서…." 아…. 기독교식 주례사에 이런 멘트가 있지요. "여기 모인 분들에게 묻건대, 이 두 사람이 법적으로 결혼하지 못할 이유를 아는 분이 있으면 지금 말씀해주십시오. 그렇지 않으면 영원히 침묵하시기 바랍니다." 음식 주문에서도 마찬가지입니다. 처음에 입장을 밝히거나, 기분 좋게 먹기 중에서 하나만 할 것.

이 같은 원칙은 일에서도 적용됩니다. 회사에서는 1)기획 2)실행 3)검수 4)최종 결과물이 나오는 과정이 반복되는데 일을 잘하는 사람은 초기 단계에 집중하고 일을 못하는 사람은 3단계에 와서 입장을 자꾸 번복합니다. 3단계 이후의 수정은 자잘해야 하는데 여기까지 와놓고 1단계로 다시 돌아가자고 하는 사람들이 있어요. 기획안을 보여주거나 중간에 보고했을 때는 별말 없다가 최종본을 가져갔을 때 방향성 자체를 흔드는 요구를 하는 리더가 있으면 담당자는 혼이 나가버리죠. '사실 처음부터 이 기획 마음에 안 들었다'는 식의 멘트를 덧붙이기까지 하면 그야말로 혼돈의 카오스를 맞이하지요.

도대체 왜 저럴까 답답했는데 제가 리더가 되어보고 알았습니다. 실무를 잘 모르는 사람이 그 과정에 드는 노고를 예측 못 하거나 쉽게 여기면 결과물을 보고서야 툭툭 말을 보탠다는 걸요. 무슨 일을 하든 초기 단계에서 구체적인 그림을 그리고 목적과 의도를 분명히 알게 될 때까지 확인하며 가능한 한 서면으로 피드백을 주고받아 기록 남기기. 괴로워도 보고 괴롭혀도 보면서 체득한 태도입니다.

한편, 야근하는 게 서글프니 회사에서 사주는 밥이라도 먹으려고 꼬박꼬박 챙기며 제 안에 씩씩함이 많이 자라난 것 같아요. 다들 모니터 앞에서 미간을 찡그리고 있다가도 배달원이 오면 공기 흐름이 바뀌어요. 건네받은 봉지를 든 누군가가 회의실로 들어가며 소리치죠. "밥 왔어요. 식사부터 하세요." 음식을 세팅하면 폴폴 흘러나오는 냄새에 이끌려 사람들이 기지개를 펴며 하나둘 자리에서 일어나고, 아직 앉아 있는 이의 자리로 가서 "다 먹고 살자고 하는 거 아닙니까? 빨랑 오세요" 하며 잡아끌죠. 그렇게 둘러앉아 서로 왜 야근하고 있냐고 묻고 다음에 시켜볼 음식 이야기도 하는 (먹으면서 먹는 이야기 하는 건 국룰이잖아요), 그 별거 아닌 시간 덕에 힘내서 남은 일을 마무리할 수 있었어요. 재택근무가 활성화되고 코로나로 인한 여러 제한으로 인해 이런 풍경은 이제 거의 사라진 것 같지만요. 물론 당연히 야근은 안 하는 게 좋고요.

그러고 보니 저는 정말 밥에 진심인 사람이 맞네요. 여럿이 밥을 먹고 있을 땐 전화받지 않는다, 아무리 짜증나도 일단 밥은 먹는다, 메뉴를 고를 땐 입장을 빨리 밝힌다, 같은 원칙을 소중히 여기니까요. 그러고 보니 저보다 열 배는 더 먹는 데 진심이던 교수님이 해준 말이 생각나요. 대학교 3학년이던 어느 날, 저는 눈물보다 빠르게 흐르는 콧물을 휴지로 틀어막으며 울고 있었어요. 뭐가 그렇게 서러웠는지는 기억이 잘 나지 않지만 앞이 안 보이는 상황이 답답했겠지요. 원래 그 시기에는 근거 없는 정신 승리와 근거

있는 현실 부정을 반복하다가 과도한 자기혐오로 괴로워하는 때잖아요. 교수님이 갑 티슈를 통째로 건네주시면서 이런저런 조언을 해주셨는데 그 내용은 기억 안 나고 마지막으로 들은 이야기만 선명히 남아 있어요.

"일단 밥 먹으러 나가자. 먹고 싶은 게 있으면 말해봐. 너, 먹고 싶은 건 항시 있어야 한다. 먹고 싶은 게 있는 거 자체가 아직 살고 싶다는 거니까. 그럼 언제든 다시 시작할 수 있어."

좋은 날도 있고 나쁜 날도 있는데
오늘은 좋은 날이에요

류승완 감독이 2021년 청룡영화상에서 감독상을 받았다는 소식을 듣고 영상을 찾아봤어요. 화면 속에서 감독은 매우 상기되어 있었어요. 긴장한 탓에 다소 장황하게 느껴지는 수상 소감을 들으며 최근 몇 년간 그가 겪었을 롤러코스터를 짚어봤습니다. 전작 〈군함도〉로 역사 왜곡 논란에 휩싸이고 흥행에도 실패하며 마음 고생이 심했을 감독. 〈군함도〉를 만들기 직전에는 〈베테랑〉으로 천만 영화를 만들어서 찬사받은 감독. 절치부심해 해외 올로케로 영화를 만들었는데 운 나쁘게 코로나 시국을 만나 영화관 개봉 자체가 불확실해진 상황을 맞이한 감독. 거리두기 4단계 속에서 극장 개봉을 강행했고 결국 3백 만 관객을 돌파하면서 손익분기점을 넘긴 〈모가디슈〉의 감독. 그 모든 상황들을 겪은 후에 시상식 무대에 올라서 감독은 이렇게 말했습니다.

"영화를 만들면서 좋을 때도 있고 안 좋을 때도 있는데 오늘은 좋은 때인 것 같습니다. 사실 진짜 제가 뭐라도 된 것처럼 들뜨는 순간도 있었고 제 경력이 끝장날 정도의 위기로 보이는 순간도 있었어요. 근데 어떻게 묵묵히 버티고 가니까 이렇게 이 자리까지 오게 되는 것 같습니다. 지금도 뭔가 답답해서 안 뚫리고 어둠 속에서 고생하고 계시는 영화인들, 조금만 잘 버티시죠. 버티시면 좋은 날 옵니다."

"버티시면 좋은 날 옵니다"라고 말하는 감독의 얼굴을 보면서 실은 그 말이 그가 스스로에게 맹세하듯 자주 내뱉었던, 그가 가장 절실히 듣고 싶었던 말이었을 거란 생각을 했습니다. 결국 우리가 남에게 행하는 조언이라고 하는 건 엉망진창인 상황에서 자기라도 자기를 믿어주려고 다짐하던 문장이 대부분인 것 같아요. 2014년 출간된 책《데뷔의 순간》에서도 그는 버티는 마음에 대해 말한 적 있습니다. "겁먹지 않는 태도를 키워야 한다. 챔피언은 잘 때리는 사람이 아니라 잘 맞는 사람이기 때문이다."

좋은 날도 있고 나쁜 날도 있는데 오늘은 좋은 날이라고 말하는 감독을 보며 저는 크리스마스를 생각했어요. 크리스마스는 모두에게 특별한 날이지만 제겐 조금 더 특별합니다. 제가 태어난 날이기도 하거든요. 그때는 어딜 가든 사람들이 많고 여행을 가더라도 훨씬 비싸지니까 생일은 보통 집에서 조용히 보냅니다. 산타 장식이 없는 딸기 생크림 케이크와 달달한 빌라 엠 와인을 먹으면서요. 예전에는 생일이면 당연하게 산타나 루돌프가 올라간 케이크를 먹었습니다. 그러다 수년 전 크리스마스 장식이 없는 케이크를 받은 적 있는데 그게 오히려 특별해 보이더라고요. 이후로는 단순한 디자인의 케이크를 미리 주문해둔답니다.

20대 중반까지 12월은 내내 정신없이 일한 기억으로 가득해요. 여러 패밀리 레스토랑에서 서빙 아르바이트를 했거든요. 시급이 높은 편이고 주말에만 일할 수도 있어서 학업과 병행하기 좋았기에 대학 시절 내내 꾸준히 했어요. 지금은 분위기가 달라졌지만 2000년대 중후반까지만 해도 피자헛, 빕스, 베니건스, TGIF, 아웃백 등의 인기는 대단했죠. 가족이나 연인끼리 생일파티 하러 오는 사람들이 많아서 요청을 받으면 동료 아르바이트생 한두 명을 더 모아 축하송을 불러주곤 했어요. 케이크 모양으로 생긴 모자나 고깔모자를 쓰고 탬버린이나 장난감 기타로 박자를 맞춰 신나게 노래를 불러준 뒤 폴라로이드 카메라로 사진을 찍어 선물했지요.

특히 크리스마스 시즌에는 모든 직원과 아르바이트생이 총출동해도 밀려드는 손님들을 감당하기 어려웠어요. 대부분의 손님들이 케이크를 하나씩 들고 와 기념사진을 찍어달라고 했죠. 뒤로 넘겨 묶은 뒤 단단히 고정해둔 머리가 흐트러지면 매니저 언니가 와서 핀을 다시 꽂으라고 말하곤 했는데 그런 날에는 너 나 할 것 없이 머리가 헝클어져 있었어요. 정신없이 일한 뒤 유니폼을 벗어두고 퇴근하는 밤이면 자주 서글퍼지곤 했어요. 이게 내 인생의 결말을 암시하는 복선이면 어쩌지? 다른 사람들 앞에서 박수만 치는 사람으로 끝나버리면 어떡하지?

내 인생에서조차 주인공이 되지 못할 거라는 예감 때문에 두려워했어요. 그때 또 간절히 바라곤 했죠. 생일에 쉴 수 있는 사람이 되고 싶다고. 그저 사랑하는 사람과 함께 있고 싶다고. 그걸 원하던 20대 초반의 저를 만나면 말해주고 싶어요. 소원이 진짜로 이루어졌다고. 30대가 된 너는 원했던 대로 크리스마스를 바쁘지 않게 보내게 될 거라고. (원했던 소설가는 못 되었지만 그런 이야긴 굳이 해줄 필요 없겠죠.) 만약 그때로 돌아가 이 말을 해줄 수 있다면 그 아이는 믿을 수 없다는 표정을 지을까요? 역시 그럴 줄 알았다는 표정을 지을까요? 아마도 전자일 것 같네요. 어차피 안 믿을 테니 머리나 한 번 더 쓰다듬어주고 오겠어요.

고레에다 히로카즈 감독의 영화 〈태풍이 지나가고〉의 포스터에는 이런 문구가 적혀 있습니다. "지금 당신은 당신이 꿈꾸던 어른이 되었나요?" 영화 속에서 감독은 그렇지 않은 사람들의 모습을 보여주며 이런 메시지를 던집니다. 원하던 어른의 모습이 되는 건 너무 어려운 일이라고. 그저 지금을 받아들이고 삶이 소중하다는 걸 이해한다면 태풍이 지나간 후의 풍경처럼 어느덧 성장할 수 있다고. 저 또한 바라던 걸 모두 이루진 못했지만 '생일에 바쁘지 않은 어른이 되고 싶다' 등의 몇 가지는 이루었어요. 그렇다면 남은 소원들도 언젠가 이루어질지도요. 서러워하지 마시고 걱정은 다음으로 미뤄두세요. 올해 크리스마스를 원하던 모습으로 보내지 못한다 해도 괜찮아요. 우리에겐 수많은 다음들이 남아 있으니까요. 버티다 보면 좋은 때도 온답니다. 가능하면 내일은 꼭 좋아지는 날인 걸로 해요!

제발 사라지지 말아요

　서울역에 갈 일이 종종 생깁니다. 고향에 갈 때도 있고 강의를 하러 지역 도서관이나 지역 대학 같은 곳에 가기도 하거든요. 한 달에 한 번은 기차를 타러 가는 것 같아요. 서울역에 갈 일 있으면 예약해둔 기차 시간보다 최소한 30분 정도는 일찍 도착하는 것이 오래된 습관입니다. 기차를 타러 가야만 먹을 수 있는 메뉴가 있거든요. 그걸 위해서 배가 고픈 채 집을 나서요. 승강장으로 가기 전, 제 발길이 향하는 곳은 언제나 똑같습니다. 바로 롯데리아죠. 전국 그 어디에도 없고 서울의 기차역 두 곳에서만 먹을 수 있는 특별 메뉴가 있기 때문이에요.

　혹시 알고 계셨나요? 90년대에 인기를 끌었던 롯데리아 라이스버거, 개그맨 남희석이 "이거 특종인데?"라는 멘트로 광고하던 이 라이스버거는 많은 사람들이 단종된 걸로 알고 있지만 서울역점과 청량리역점 두 곳에서는 아직 판매하고 있다는 걸요. 바쁜 중에도 꼭 밥심을 필요로 하는 한국인이 많이 있어서일 뿐 아니라

이걸 처음 접하는 외국인에게도 신선하게 느껴질 수 있어서 기차역에서만이라도 판매하는 결정을 내린 게 아닐까 합니다.

1999년, 가수 이정현이 새끼손가락에 마이크를 꽂고 "바꿔, 바꿔, 모든 걸 다 바꿔" 하고 노래했던 세기말 감성을 타고 라이스버거는 햄버거의 핵심이라고 생각했던 빵을 밥으로 바꿔버렸습니다. 기대를 안고 라이스버거를 처음 먹었을 때 기대는 실망이 아닌 만족감으로 바뀌었습니다. 일반 햄버거는 제 입에는 느끼하게 느껴졌고 한 끼 식사라 하기에는 포만감이 느껴지지 않았는데 라이스버거는 그 단점을 모두 상쇄하는 것 같았거든요. 이걸 만든 분의 인터뷰를 찾아본 적 있는데, 아이들에겐 햄버거를 시켜줬지만 부모님은 먹지 않고 앉아만 있는 모습을 보게 되자 전 세대를 아우르는 버거를 고민하다가 나온 결과라고 합니다.

라이스버거는 밥버거와도 비교되기도 하지만 이 둘은 전혀 같지 않습니다. 분류표를 만든다면 밥버거는 삼각김밥 근처에 있을 것이고 라이스버거는 어쨌거나 햄버거 근처에 놓일 것입니다. 애초에 주먹밥을 지향한 게 아니고 햄버거라는 정체성을 잃지 않았기에 찹쌀과 멥쌀을 섞어 쫀득쫀득하게 만들고 옥수수가 씹히기도 하는 버거에 마요네즈와 양상추, 햄버거용 패티가 들어가서 햄버거와 밥버거의 그 어디쯤이라는 포지션을 명확히 하고 있습니다. 서울역 지점에선 야채라이스 불고기, 야채라이스 새우, 야채라이스 햄치즈, 야채라이스 치킨, 이렇게 네 가지 맛 버거를 판매하고 있는데 저는 1초도 고민하지 않고 야채라이스 불고기만 시킵니다.

친구들이 맥도날드에 가자고 할 때 제가 최대한 자연스럽게 롯데리아로 유도하던 이유가 어느 날 갑자기 사라졌습니다. 라이스버거의 판매가 중단된 것이죠. 롯데리아에 갈 때마다 그걸 먹는다는 말에 아르바이트를 해봤다던 친구가 이렇게 말한 적이 있어요. "너 그거 시킬 때마다 알바생들이 사실 뒤에서 욕하고 있다? 그거 되게 귀찮단 말이야. 그냥 딴 거 좀 먹어라." 아르바이트생의 노고 때문에 메뉴를 없앴을 것 같지는 않아서 기사를 확인해보니 실제로 라이스버거는 밥을 점도 있게 붙인 후 흐트러지지 않게 냉동을 시키는 게 핵심 기술인데 대량생산이 어렵다고 합니다. 많이 팔수록 품질을 고르게 유지하는 것이 쉽지 않다 보니 그런 결정을 내린 것 같아요. 그런 이유라니 전혀 이해가 되지 않는 건 아니면서도… 그건 오뚜기에서 진라면을 팔지 않겠다고 한다거나 오리온에서 초코파이를 팔지 않겠다고 하는 것과 비슷한 급의 결정 아닌가 싶어 여전히 납득은 되지 않고 있습니다.

그렇게 다시는 못 볼 줄 알았던 라이스버거를 서울역에서 우연히 반갑게 재회한 이후 제게는 특정한 루틴이 생겼습니다. 지방에 갈 일이 있다면 가능한 한 KTX를 타고, 수서역이나 용산역이 아닌 서울역으로 미리 가서 라이스버거를 주문하는 것으로 일정을 시작하는 것이죠. 제가 이걸 가능한 한 열심히 사 먹는 이유는 롯데리아의 라이스버거 전면 재출시를 기원하기 때문입니다. 만약 그게 어렵다면 기차역에 있는 롯데리아에서만이라도 가능한 한 오랫동안 라이스버거를 팔아주기를 바라기 때문이에요. 아예 없애버리긴 아쉬운데 계속 파는 데에도 어려움이 있는 이 버거가 꾸준히 판매율을 유지한다면 언젠가 관계자들이 고무적인 결심을 할지도 모르니까요.

모든 것이 빨리 사라집니다. 마음으로만 응원을 보내는 것들은 더욱 빨리 사라져버립니다. 제가 사는 망원동에는 작고 귀여운 소품숍이나 사장님 혼자서 운영하는 식당이 많은데요. 다음에 가봐야지 마음만 먹었던 곳들이 어느새 폐업 안내문을 내걸고 간판이 바뀌어 있는 경우를 자주 목격했습니다. 좋아하는 것을 지키는 데에는 애정과 관심뿐 아니라 현실의 돈이 필요하더군요. 개탄할 만한 행위를 한 기업에는 불매운동을 하는 것이 가장 빠르게 메시지를 보내는 방법이듯 좋아하는 것에는 구매운동을 해서 응원하는 사람이 있다는 신호를 미약하게나마 계속 흘려보내야 하는 것 같습니다. 기업뿐 아니라 창작자에게도 마찬가지죠.

일반적으로 작가들은 책을 내고 나서 10퍼센트 이하로 책정되는 인세를 6개월에 한 번씩 출판사로부터 정산받습니다. 6개월 동안 책이 얼마나 팔렸는지 확인하고 나면 그간 나를 찾아준 독자를 실감할 수 있습니다. 책이 팔려야 작가는 다음 글을 쓸 수 있고 출판사는 다음에 만들 책을 기획할 수 있습니다. 그러면 도서관에서는 책을 사들여 사람들로 하여금 무료로 이용할 수 있게 하겠죠.

저는 초등학교 때부터 대학 때까지 도서관에서 살다시피 했기 때문에 취업을 할 때 결심한 게 있어요. (이쯤이면 눈치채셨겠지만 제 버릇은 자주 결심하는 거예요.) 한 달에 10만 원 이상은 꼭 책을 구입하는 데 쓴다는 원칙을 세웠고 계속해서 지켜왔습니다. 그동안 못 낸 책값을 돈 버는 동안 할부로 계속 갚아야 하니까요. 이건 독자들이 보내는 전류를 제가 6개월에 한 번씩 전달받듯, 출판사에 보내는 꾸준한 전류이기도 합니다. '단군 이래 최대의 불황' '한글 창제 이후 최대의 위기' '독자의 종말' 같은 수식어를 매해마다 앞에 붙이는 출판계에 제가 적게나마 꾸준히 보내는 구호용품입니다.

"대박 나세요!"

독립잡지를 창간한 편집장과 헤어지면서 제가 이렇게 덕담을 한 적 있습니다. 그러자 그는 익살스러운 표정을 지으면서 말했습니다.

"제 목표는 사실 대박은 아니에요. 어차피 잡지로 대박은 안 날거거든요. 다만⋯ 최애―대애―한 늦게 망하는 게 목표예요. 근근이라도 살아남으려면 어떻게 해야 하는지 방법을 찾아보고 있어요."

사랑하는 것들을 지키려면, 아끼는 것들이 최대한 늦게 망하는 모습을 보고 싶다면 할 수 있는 한 거기에 꾸준히 돈을 써서 힘을 실어주면 됩니다. 그건 러브레터이기도 하고, 탄원서이기도 하고, 고객의 소리이기도 할 겁니다. 그건 한 업계를, 한 사람을, 한 시도를, 대박까진 못 내더라도 사라지지 않게 하는 응원이 되어줄 거예요. 당신에게는 그렇게 오래오래 옆에 남아주길 원하는 존재가 있나요?

이 글을 다 쓰고 나서 2주일 뒤, 롯데리아에서 '전주비빔라이스 버거'를 출시했다는 소식을 접했습니다. 집 근처 매장에 들러 두 개를 시켜 먹었어요. 아쉽게도 이 또한 한정 판매여서, 언제 또 라이스버거를 전국의 매장에서 만나게 될지는 모르겠어요. 하지만 라이스버거의 앞날까지는 제가 어찌할 수 있는 일이 아니고, 라이스버거를 볼 때 사 먹는 일만이 제가 할 수 있는 일이니까 우리는 지금 가능한 일만 하면 되는 거겠지요.

정지우 ⊙jungjiwoowriter

10여 년간 작가이자 문화평론가로 살아오다가, 최근에는 저작권 분야의 변호사로도 일하고 있다. 《인스타그램에는 절망이 없다》《너는 나의 시절이다》《우리는 글쓰기를 너무 심각하게 생각하지》《사랑이 묻고 인문학이 답하다》 등 여러 권의 책을 썼다. 뉴스레터 '세상의 모든 문화' 등을 운영하고 있기도 하다.

그리고, 나는 죄책감이 들 때 차를 마신다.

편식하는 삶도 괜찮습니다

냉면 먹게 만든 여자와
결혼한 썰

아내를 만나기 전까지, 나는 냉면을 먹지 않았다. 냉면뿐만 아니라 '차가운 면' 자체를 전반적으로 싫어했다. 그나마 먹는 것은 비빔면 정도였다. 그 이유는 꽤나 명확했다. 어머니가 냉면을 싫어했기 때문이다. 초등학생 때였나, 어머니는 친척과 간 어느 면옥에서 차가운 면이 너무 싫다고 이야기했고 나에게 갈비탕을 시켜주었다. 그 취향은 고스란히 나에게도 남아 있었다.

아내를 만난 것이 대략 서른쯤이었으니, 나는 30년 동안 차가운 면을 싫어하는 사람으로 살았던 셈이다. 그러나 아내가 냉면이나 콩국수, 냉라면 같은 것을 좋아하니 마음이 한없이 열려 있던 연애 시절, 나도 몇 번인가 따라서 먹기 시작했다. 연애 초기란, 아무래도 사랑하는 사람을 위해서는 별이라도 따다 주는 시절이니, 아내가 좋아하는 음식을 옆에서 같이 먹는 정도의 일에는 충분히 용기를 발휘할 수 있었다. 그렇게 나는 '차가운 면'의 세계를 알게 되었다.

돌이켜보면, 내가 차가운 면을 싫어한 데는 어떤 옳고 그름마저 포함되어 있었던 것 같다. 그러니까 나는 차가운 면을 싫어하는 게 옳은 거라고 은연중에 믿고 있었던 것이다. 면이란 본디 따뜻하게 먹어야 하는데, 차갑게 먹는 건 뭔가 '정도'에 어긋나는 것이다, 같은 이상한 무의식적인 믿음을 갖고 있지 않았나 싶다.

지금 생각해보면, 터무니없는 일이지만 우리 마음에는 그렇게 남은 자기만의 기준들이라는 게 있을 것이다. 어릴 적, 부모나 교사, 친구 등 누군가가 심어놓은 내 깊은 곳에 나만의 기준이랄 게 몇 개는 숨겨져 있을 법하다. 예를 들어, 곱창이나 돼지 껍데기 같은 걸 혐오하는 사람들도 대개 그런 걸 혐오하는 부모나 주변의 그 누군가가 있을 가능성이 높다. (대표적으로 내가 그랬다.) 우리는 직접 경험하기 전에 편견이나 선입관을 먼저 알게 된다.

그래서 내게 20대는 혼자 살기 시작하면서 온갖 음식들을 경험하기 시작한 시기이기도 했다. 나는 어릴 적 부산 사람이면서도 회를 먹지 않았었는데, 회를 먹기 시작한 것도 성인이 된 이후였다. 그 외에도 돼지 껍데기, 닭발, 도가니, 곱창, 닭똥집 등 평생 먹어본 적 없는 것들을 먹어보기 시작했다. 그러다 아내를 만나고서는, 급기야 냉면마저 먹는 사람이 되었다.

특히, 나는 아내를 만나고 서른에 이르러 냉면을 먹기 시작했다는 것에 묘한 의미 부여를 하곤 한다. 뭐랄까, 드디어 부모로부터 정신적 독립을 하고 나만의 정체성을 가진 인간이 된 느낌이랄까. 말하자면, 나에게 냉면을 먹게 만들고, 냉면을 좋아하게까지 만든 여자라면, 드디어 결혼해도 된다는 느낌이 들었달까. 그러니까 내게 냉면을 먹게 만든 여자란, 어딘지 운명의 여자처럼 느껴지기도 했던 셈이다.

아내는 종종 우리가 음식 궁합이 정말 잘 맞는다고 얘기하곤 한다. 대표적으로, 설렁탕을 소울푸드처럼 좋아하는 것도 그렇다면서 말이다. 전체적으로 서로 다른 음식 취향 때문에 문제되는 경우가 거의 없다. 그런데 생각해보면, 음식 궁합이 잘 맞게 된 건 태생적으로 그런 게 아니라, 서로가 서로에게 물들었기 때문이 아닌가 싶다. 그렇게 보면, 궁합이라는 것도 만들어가는 것인 셈이다.

지금도 나는 아내랑 냉면이든 냉라면이든, 차가운 면을 먹을 때면 했던 이야기를 또 하곤 한다. "여보 만나기 전에는 나 진짜 냉면 안 먹었었는데." 그 말은 내게 묘한 당당함을 준다. 당신을 만나서 나는 이렇게 바뀌었다, 아내에 따라 변하다니 괜찮은 남편 아니냐, 같은 의미가 은근슬쩍 숨어 있는 것 같기도 하다. 나아가 당신을 만나기 전과 후가 이렇게 달라졌다는 점에서, 당신이 나의 인생에서 중요한 사람이라는 은근한 암시를 주는 듯하다.

그러면 고작 인생의 짝을 만나서 변한 게 '냉면 먹기'냐, 라고 할 수도 있겠지만, 나에게 음식 취향이란 인생을 건 측면이 없지 않다. 어린 시절, 편식이 심하기로는 동네에서 일인자는 물론이고, 대한민국에서 몇 손가락 안에 들었다고 자부할 수 있다. 음식에 유난히 민감했던 나는 음식 하나하나에 도전하는 게 거의 인생에서 가장 어려운 과제인 것처럼 느껴왔다. 내 인생은 일종의 '편식하는 음식 도전하기'의 연대기로도 쓰일 수 있을 것이다. 아내는 그 연대기의 최종 보스 격인 냉면 먹기를 달성케 해준 존재인 것이다. 배우자라는 존재 또한 서로에게 일종의 최종 보스인 걸 생각하면, 결혼하지 않을 수 없었던 셈이다. 그렇게 오늘도 냉면 먹으러 간다.

돈가스와 벌레의
상관관계에 관하여

돈가스의 시절

아이를 키우면서 가장 많이 먹은 음식은 돈가스다. 아직 아이가 어리다 보니, 식당에 가게 되면 아이 메뉴를 따로 시키는 게 쉽지 않다. 아이가 먹는 양이라고 해봐야, 3분의 1인분도 되지 않기 때문이다. 그러다 보니, 아내와 아이랑 셋이서 식당을 가게 되면, 대개 메뉴 두 개를 시키게 되는데 결국 아이가 먹을 수 있는 것 하나, 우리가 먹고 싶은 것 하나를 시킬 수밖에 없다.

그러면 아이가 남긴 3분의 2 이상의 돈가스는 고스란히 아내와 내 차지가 된다. 아마 내가 더 많이 먹는 것 같다. 그러다 보니, 외식을 할 때 두세 번 중 한 번은 돈가스를 먹게 된다. 아이에게 무엇을 먹고 싶냐고 물으면, 열에 아홉은 '돈가스'를 외치기 때문이다. (열에 한 번은 '짜장면'이다.) 이쯤 이르면, 내가 원래 돈가스를 좋아했는지 아니었는지조차 헷갈리게 된다. 예전에는 돈가스를 좋아했던 것도 같은데 잘 기억나지 않고, 그저 당연히 매일같이 먹어야 할 그런 음식이 되었다.

양가 부모님도 모두 지방에 계시고, 우리에겐 딱히 아이를 돌봐줄 사람이 없다. 그러다 보니, 언제나 셋이서 함께 있다. 아내와 둘이서 데이트하는 날은 1년에 두세 번이나 될지 모르겠다. 결국 언제나 식당도 셋이서 가게 되고, 아이가 먹을 수 있는 걸 고르는 게 항상 최우선이 되는 것이다. 아마, 이쯤 되면 아이를 키우지 않는 사람들도 왜 그렇게 놀이동산이나 동물원 같은 곳에서 '돈가스'를 필수 메뉴로 두는지 이해할 것이다.

이런 이야기를 하면, 아이를 키우지 않는 청춘의 입장에서는 꽤나 괴로운 일처럼 보일지도 모른다. 그러나 인간이란 적응의 동물이어서, 막상 적응하고 나면 매번 돈가스 먹는 것쯤이야 그리 대단한 일도 못 된다. 오히려 나는 이것을 약간 재밌는 일처럼 느낀다. 인생을 통틀어서 이렇게 돈가스를 자주 먹을 때가 또 없을 것이기 때문이다. 이 시절은 일종의 돈가스 시절인 셈이다.

돈가스와 벌레의 상관관계

요즘 나는 매일 아침 아이와 벌레 찾기 놀이를 한다. 출근하면서 아이의 유치원 봉고차를 기다리며 함께하는 놀이다. 아이는 개미나 공벌레, 무당벌레나 달팽이를 찾는 데 푹 빠져서 봉고차 기다리는 것도 잊어버리곤 한다. 사실, 아이들은 대개 벌레를 좋아한다. 곤충 채집은 내가 어릴 적이나 지금이나 아이들의 가장 큰 즐거움 중 하나다.

그런데 최근 한 진화심리학 가설에 따르면, 인간이 바삭거리는 튀김 식감을 좋아하는 이유는 과거 인류가 벌레를 즐겨 먹었기 때문이라고 한다. 벌레의 바삭거림에 대한 취향이 지금은 튀김에 대한 선호로 남아 있다는 것이다. 과연, 아이가 아직 원초적인 존재에 가깝다는 점을 생각해보면, 벌레라도 어렵지 않게 먹을 수 있을 것 같기도 하다. 아이들이 벌레를 좋아하는 이유도, 사실 잡아먹고 싶기 때문일지도 모른다.

벌레와 돈가스의 조합이라니, 이상하긴 하지만, 그래도 나의 이 시절은 그런 조합으로 이루어져 있다. 이런 이상한 조합이 있는 시절이라니, 역시 재미있는 시절이다. 아이가 없었더라면, 벌레란 내게 혐오의 대상일 뿐일 것이고, 돈가스도 가끔 생각나면 찾는 별식 정도였을 것이다. 그러나 벌레와 돈가스는 거의 매일같이 나와 함께하고 있다. 덕분에 돈가스에서 벌레 생각까지 이렇게 자연스럽게 해보는 셈이다.

함께 살아감을 좋아함

아이랑 살아가는 일은, 나와 아내의 삶에 아이 하나가 추가되는 일이 아니다. 오히려, 아이라는 새로운 세계로 입장하는 일에 가깝다. 그것은 내 어릴 적의 세계도 아니고, 이미 경험했다고 하기엔 거의 기억이 남아 있지 않은, 아주 생소한 세계로의 입장인 셈이기도 하다. 혹은 내가 이미 버렸고, 지나왔다고 생각한 세계로의 시간 이동 같기도 하다.

하루는 벌레 잡기나 모래 놀이로 채워진다. 둘만의 데이트 공간보다는 셋이서 함께 가는 동물원이나 공원이 주요 나들이 일과다. 스시나 양념치킨보다는 돈가스나 짜장면을 먹으러 다닌다. 우아한 음악을 듣기보다는 만화 주제가가 집 안에 울려 퍼진다. 나는 어느덧 예상한 적 없는 이상한 삶에 입장해 있는 셈이다.

그런데 삶이란 오늘 내가 꼭 먹고 싶은 걸 먹거나 지금 꼭 듣고 싶은 음악을 듣는 것도 중요하겠지만, 그에 못지않게 한 시절 자체를 긍정하는 마음도 중요한 것 같다. 나는 매번 내가 꼭 먹고 싶은 '바로 그것'을 먹지는 못한다. 그보다는 내가 먹고 싶은 것과 아이가 먹고 싶은 것, 나아가 아내가 먹고 싶은 것 사이에서 조율해야 한다. 그렇게 조율해서 먹는 것이, 일주일 내내 돈가스일 수도 있다.

그렇지만 나는 일주일 내내 돈가스를 먹더라도 불행하진 않다. 오히려 그런 흥미로운 시절이 있어서 다행이라는 생각이 더 드는 것 같기도 하다. 내게 행복이란, 당장 내가 먹고 싶은 걸 먹는 즐거움이 아니라, 한 시절을 받아들이는 방식 그 자체인 것처럼 느껴진다. 행복이란, 이 순간의 쾌감보다 더 넓은 무엇이다.

이다음 시절에는, 맨날 떡볶이만 먹어야 할지도 모른다. 또 돈 가스와 벌레처럼, 떡볶이와 레고의 상관관계에 대해 고민하고 있을지도 모른다. 그런데, '그럼에도 불구하고'가 아니라 '바로 그렇기 때문에' 나는 아마 또 그 시절을 사랑하고 있을 것이다. 그 약간의 고약함, 그 약간의 유머러스함, 그 약간의 어쩔 수 없음이 바로 '함께 살아감'의 증거 같기 때문이다. 함께 살아가는 행복이란, 바로 그러한 서로의 조율 속에서 발맞추어 만들어가는 삶 자체를 사랑하는 마음에 있는 것 같기 때문이다.

편식하는 사람들이여,
단결하라

나는 오이를 먹지 않는다. 어렸을 적에는 몇 번인가 오이 먹기를 시도해본 적도 있었지만, 성인이 된 이후로는 오이 먹기를 깔끔하게 포기했다. 이유는 단순했다. 오이 맛이 싫었기 때문이다. 어릴 적에는 싫은 것도 억지로 해야 한다는 강박에 시달렸다면, 어느 순간부터는 하기 싫은 것 중에는 굳이 하지 않아도 되는 게 있다는 걸 깨달았다.

오이 맛을 내가 정말로 싫어하는지 고민해본 적도 있었다. 무엇이든 먹다 보면 적응하는 게 사람이기도 하니, 나의 취향이랄 것을 바꿀 수도 있지 않을까 싶었다. 대표적으로, 나는 어릴 적에는 김치를 전혀 먹지 않았지만, 지금은 종종 먹고 있다. 그 밖에도 싫어했던 것들 중 먹게 된 것들이 더러 있다. 그러나 오이에 관해서는 어느 순간부터 마음을 닫기로 했다. 아무리 먹어도 더 이상 맛있어지지 않는다고 판단했던 것이다.

처음에는 나만 유별난 것 같아서 죄책감도 들었지만, 차차 그럴 만한 일이 아니라는 걸 알게 되었다. 이를테면, 세상에는 '오이를 싫어하는 사람들'의 모임 같은 게 있다는 걸 알게 되면서였다. 이들은 오이를 강제로 먹이는 사람들을 가리켜 '오이코패스'라고 부르기도 했다. 오이와 사이코패스의 합성어인데, 굳이 오이 먹기 싫어하는 사람한테 오이를 먹이는 사이코패스라며 이런 명칭을 붙인 것이다. 한때 이 용어가 온라인상에 꽤나 널리 퍼지기도 했다.

생각해보면, 오이를 싫어하거나 편식하는 것을 꼭 나쁜 일이라고만 볼 수는 없다. 만약 누군가가 우리에게 하루 종일 싫어하는 장르의 음악을 듣게 한다면, 아마 일종의 범죄를 당한다고 느낄 것이다. 마찬가지로 먹기 싫어하는 음식을 먹이는 것도 범죄일 수 있다. 변호사 입장에서 말하자면, 형법상으로는 강요죄 정도가 되지 않을까 싶다.

물론, 부모의 마음으로는 자녀가 건강하게 크길 바라면서 다양한 걸 권하기도 한다. 그러나 사실 건강하기 위해 세상의 모든 음식을 먹을 필요는 없다. 세상의 모든 야채, 모든 고기, 모든 과일을 먹을 필요까진 없는 것이다. 개중에서 몇 번 먹어보고 계속 싫은 건 먹지 않아도 된다. 그런 의미에서, 나에게 초등학생 시절 급식 시간의 '잔반 없는 날' 같은 것은 지옥에 가까웠다. 억지로 입안에 넣었다가 화장실에 가서 뱉거나 토하는 일도 있었다. 지금 생각해보면, 세상에서 왜 그렇게까지 아이들에게 '모든 것'을 먹게 강요

했을까 싶다.

살아오면서 인생이라는 게 싫은 것들 중엔 하지 않아도 좋은 게 있다는 걸 많이 알아왔다. 이를테면, 꼭 만나야 하는 경우가 아니라면, 웬만하면 만나고 싶은 사람만 만나고 살아도 된다는 걸 알았다. 만나기 싫은 사람은 거절하고 만나지 않아도 된다. 사실, 만나고 싶은 사람, 만나서 좋은 영향을 받는 사람, 함께하는 시간이 의미 있고 좋은 기분을 주는 사람만 만나더라도, 인생은 짧다. 사람에 대해서도 편식해도 된다는 걸 깨달은 건 꽤나 최근 일이다.

또 다른 경우로, 나는 독서 편식을 하며 살아왔다. 20대에 몇 천 권 정도의 책을 읽으며 작가의 꿈을 키웠지만, 내 책 취향은 매우 편중되어 있었다. 절반 이상이 고전문학이었고, 읽은 책 대부분이 문학과 인문학의 영역을 벗어나지 않았다. 지금 생각해봐도, 역시 그래도 괜찮았던 것 같다. 그 시절 문학을 너무 많이 읽었는지, 요즘에는 사회과학서에도 꽤 많은 관심을 갖고 있다. 이 시절에는 이 시절의 책 편식을 하고 있는 셈이다.

먹고 싶은 것 먹고, 듣고 싶은 노래 듣고, 읽고 싶은 것 읽고, 만나고 싶은 사람 만나고 살아도 인생은 늘 부족하다는 생각이 든다. 물론, 그런 취향들이 지나치게 편중된다면, 그 나름의 문제랄 것이 생길 수도 있을 것이다. 가령, 콜라가 좋다고 매일 콜라만 마시면 당뇨에 걸릴 수 있다. 음악이나 책도 특정 부류만 계속 소비하면 협소한 세계에 갇힐 수 있다. 사람도 너무 좁게만 사귀면 사회생활에서 필요한 인맥을 형성하는 데 지장이 있을 수 있다. 그렇기에 적당한 다양성에 자신을 열어갈 필요도 있을 것이다.

그러나 세상에 절반쯤 되는 음식을 먹는다면, 나머지 절반쯤은 싫어해도 좋다. 무엇이든 그럴 것이다. 나의 가족이나 친구 등 내 곁의 사람이 좋아하는 것의 절반쯤을 내가 싫어하는 건 그리 이상한 일이 아닐 수 있다. 우리 사회는 오랫동안 '같은 것'을 좋아하지 않으면 이상한 사람으로 취급하는 집단주의 문화를 만들어왔다. 앞으로는 그보다 더 자유롭고 서로의 취향도 존중하는 문화를 만들어가면 좋겠다.

오이 싫다는 이야기를 너무 거창하게 한 것 같지만, 사실 나에겐 편식과 관련하여 서러운 기억들이 제법 있다. 그래서 '편식하는 사람들이여, 단결하라!'를 이번 기회에 외쳐본다. 건강을 크게 해치는 정도가 아니라면, 실컷 편식하며 살자는 것이 나의 신조다. 타인에게 해를 끼치는 것이 아니라면, 살고 싶은 대로 살아도 되지 않나 싶다. 그래서 오늘도 김밥집이나 냉면집에 가면 당당하게 외친다. 김밥 한 줄만 또는 냉면 한 그릇만 "오이 빼주세요!"

우당탕탕
아이의 첫 도시락 만들기

얼마 전, 아이의 첫 유치원 소풍 도시락을 싸야 했던 날이 있었다. 태어나서 처음으로 김밥을 쌌다. 아내도, 나도 평생 김밥을 싸본 일은 없었다. 어떻게 평생 그럴 수 있느냐고 할 수 있겠지만, 아이가 태어나기 전만 해도 딱히 그럴 일이 없었다. 데이트할 때 김밥을 사서 가본 적은 있지만 말이다. 그래서 대개 무슨 일이든 처음 도전하는 걸 어려워하지 않는 내가 김밥 싸는 역할을 맡았다. 아내는 과일을 썰어 보기 좋게 만들었다.

나는 김밥말이 위에 김을 올리고, 그 위에 밥을 올린 다음, 다시 재료들을 올렸다. 그리고 꾹꾹 눌러 말면서 아내에게 의기양양하게 소리쳤다. "김밥 만들기 쉽네!" 그런데 그렇게 말하면서도 약간의 불안함은 남아 있었다. 무엇이든 처음 하는 일이 순조로울 리만은 없다는 생각이 들었던 것이다. 섣부른 자신감은 항상 실수를 감추고 있다.

아니나 다를까, 말았던 김밥을 썰기 시작하니 쉽게 잘리기는커녕 늘어지며 죄다 엉망이 되어버렸다. 칼이 문제인가 싶어, 재빨리 다시 김밥을 싸서 무려 독일제 과도로 잘라보았으나 역시 또 실패했다. 이유는 알 수 없었다. 김밥을 잠시 방치해둔 게 문제인가 싶어, 이번에는 싸자마자 재빨리 잘랐다. 그나마 김밥 비슷한 것이 만들어졌다. 더 이상은 재료가 없어 시도할 수 없었다. 구사일생한 것이다.

우리는 둘 다 이른 아침 출근하는 맞벌이 입장이기 때문에, 아이 도시락을 싸기 위해서는 평소보다도 훨씬 이른 새벽에 일어나야 했다. 그러나 간신히 '김밥 비슷한 것'을 만들고, 유부초밥 몇 개를 만들고, 또 그 위에 김으로 눈 몇 개를 붙이다 보니 시간이 금방 다 지나가버렸다. 어느덧 아이도 일어나 우리가 뭐 하는지 구경하며 실패한 김밥들을 주워 먹었다.

아내는 몇 주 전부터 아이의 이 '첫 소풍'을 걱정하고 있었다. 다른 부모들은 모두 아이들에게 근사한 도시락을 만들어줄 텐데, 우리는 어떡하냐는 것이었다. 나는 뭐 그리 걱정이냐며, 유부초밥이든 김밥이든 도시락이든 뚝딱 만들 수 있다고 호언장담했다. 그러나 막상 그날이 되어 김밥을 싸보니, 간신히 몇 개 건지느라 진땀을 뺀 셈이 되었다.

아침부터 무슨 고생이냐 싶지만, 사실 우리는 이런 약간의 좌충우돌, 약간의 우당탕탕 같은 것을 좋아한다. 오히려 모든 게 매끄럽기만 하면, 그런 삶은 어쩐지 재미없다. 평화로움의 다른 말은 권태이기도 하고, 궁극의 편안함은 죽음이기도 하다. 많은 사람들의 사랑을 받았던 만화 〈보노보노〉의 오프닝곡이 생각난다. 곡은 매일매일이 "너무나 따분해서 언제나 재미없는 일뿐"이라고 시작해서, 이따금은 행복으로 향하는 "지름길로 가고" 싶다고 노래한다.

그런데 인생을 재미있게 만드는 지름길이 있다면, 약간의 사건사고를 자처하는 게 아닐까 싶다. 물론, 큰 사고는 안 된다. 심각한 사건도 좋지 않다. 사건사고는 만화 〈보노보노〉에서 나오는 에피소드들처럼 소소한 것들이어야 한다. 고구마나 반딧불이를 찾아나서거나, 나무껍질로 괴상한 놀이를 시도해보거나, 새로운 친구를 사귀어보는 식이다.

우리는 매번 그런 사고들을 만들기 위해 사는 것만 같다. 돌도 안 된 아이를 데리고 떠난 여행에서 아이를 안고 다니느라 진땀 빼기도 하고, 대책 없이 분수대에서 흠뻑 젖어버린 다음에는 햇빛에 한참 앉아 간신히 몸을 말리기도 하고, 알파카를 보여주겠다며 산골 깊이 들어갔다가 길을 헤매기도 하는 일들을 겪어나가면서, 삶이 "따분하지 않은 행복의 지름길"로 갔다고 느끼곤 하는 것이다. 그렇게 삶을 약간의 시트콤같이 만드는 것, 〈보노보노〉 에피소드처럼 만드는 것이 삶을 행복하게 사는 비결이 아닐까? 나는 점점 더 그렇게 믿고 있다.

이제 곧 아이의 두 번째 소풍 도시락이 기다리고 있다. 우리는 조금 더 능숙하게 도시락 문제를 해결하겠지만, 역시 또 약간의 사고를 더 쳐봐도 좋을 것이다. 지난번엔 김밥을 실패했으니, 이번에는 주먹밥을 실패해보는 것도 재밌을지 모른다. 잘하는 것만 계속하면 재미없을 테니 말이다. 약간 우당탕탕하게 살아보는 게, 역시 더 추억이 되고 기억이 될 테니 말이다.

인생의 결핍 찾기

나이 들어 좋은 점 하나는, 마이구미와 페레로로쉐를 마음대로 사 먹을 수 있다는 점이다. 어릴 적에는, 젤리나 초콜릿을 마음대로 사 먹는 건 금기의 영역이었다. 얼마 없는 용돈은 잘 분배해서 사용할 필요가 있었다. 더군다나 이가 썩는다거나 건강에 좋지 않다는 이유로 군것질이 무한정 허용되지도 않았다. 내 마음대로 슈퍼에서 쇼핑하듯 젤리나 과자를 고를 순 없었다. 심지어 페레로로쉐는 비싸기까지 했으니 대학생 때까지도 마음대로 먹지 못했다.

그러나 직장인이 되고, 벌이가 생긴 이제는 마이구미나 페레로로쉐 정도는 먹고 싶으면 먹는다. 한 달에 몇 번 젤리와 초콜릿을 사 먹는 게 가계에 치명적이진 않기 때문이다. 그렇게 어릴 적엔 쉽게 사 먹지 못했던 마이구미나 페레로로쉐를 마구 사서 (2+1으로 세 봉지쯤) 쟁여놓고 먹기 시작하면, 어딘지 성공한 남자가 된 듯한 기분이 든다. 마이구미를 마구 씹거나 페레로로쉐를 연속으로 세 개씩 먹다 보면, 약간 범죄를 저지르는 느낌도 든다. 어릴 적의

'금지'를 넘어서, 독립을 쟁취한 느낌을 누리는 것이다.

어릴 적, 우리는 저마다 각자의 결핍들을 경험한다. 레고를 갖고 싶었으나 충분히 갖지 못했던 아이는 어른이 되어 레고를 사들이는 키덜트가 된다. 어릴 적에 충분히 게임을 하지 못한 아이는 커서 실컷 게임을 하며 인생 최대의 쾌락을 맛본다. 우리의 욕망은 우리의 어린 시절에서 자체 수급된다. 우리는 인류 이전에 나 자신이다. 식욕이나 성욕 같은 본능은 '인류 공통'일지라도, 사람마다의 구체적인 욕망은 나만의 경험과 기억으로부터 온다.

만약 내가 유독 수박을 좋아한다면, 수박이 원래 달콤하고 맛있는 것일 수도 있지만, 어릴 적 수박을 많이 먹지 못했기 때문일 수도 있다. 한우를 너무 좋아한다면 특유의 부드러움과 마블링 때문일 수도 있지만, 사실은 한우를 먹으며 우리 마음의 허기를 채우고 있는 것일 수도 있다. 삶의 많은 것들이 그렇게 내 안의, 나만의 구멍을 채우면서 이어진다고 느끼곤 한다.

경우에 따라서는, 이런 결핍이 너무 심한 나머지 삶에 결정적인 불균형을 가져오기도 한다. 배우자의 너무 심한 식탐 때문에 이혼했다는 이야기도 심심찮게 화제가 되곤 한다. 음식 하나도 양보하기 싫어하고, 맛있는 것을 자기가 꼭 혼자 다 먹어야만 하는 건 생물학적인 본능이라기보다는 마음의 병이다. 그 순간 자기의 음식을 빼앗기면 온 존재가 무너질 것처럼 식탐을 '참을 수 없는 것'이다.

마찬가지로 어릴 적, 부모의 인정에 목말랐던 사람은 과도한 인정욕망의 화신이 될 수도 있다. 지나치게 상승욕구가 강하여 끝도 없이 성취를 위한 성취에 매달릴 수도 있다. 그러다가 자기에게 가장 소중한 사람을 사랑할 시간조차 없고, 인정을 얻고자 하는 집착으로 행복과는 반대 방향으로 갈 수도 있다. 누군가는 돈에 대한 결핍으로 도박에 빠질 수도 있고, 사람과 사랑에 대한 결핍으로 의존심이 깊어질 수도 있다.

그렇기에 우리가 자기 자신의 결핍을 마주하는 일은 참으로 중요하다. 특히, 어린 시절의 결핍은 우리가 스스로 억눌러 기억 저편에 숨겨져 있는 경우도 많아서, 끊임없는 성찰이 필요하기도 하다. 내가 그 무언가에 지나치게 집착한다면, 그것과 관련된 어린 시절의 기억을 뒤져볼 필요가 있다. 그렇게 우리는 욕망을 수정해 나가고, 진짜 내 삶을 위한, 나 자신과 내가 사랑하는 사람을 위한 욕망이랄 것들을 만들어갈 수 있다.

물론, 사랑과 권태를 다룬 영화 〈우리도 사랑일까〉(Take This Waltz)에 나오는 대사처럼 '인생에는 빈틈이 있기 마련이고, 그걸 일일이 다 메꿔가면서' 살 수는 없다. 가령, 내가 마이구미나 페레로로쉐에 결핍이 있다는 걸 알아도, 때론 그 정도는 인정하면서, 나 자신을 약간 귀엽거나 가엾게 여겨주면서 먹어줄 수 있다. 우리가 자신의 결핍에 관해 잘 안다고 하여도, 신이 아닌 이상 완벽한 인간이 될 수는 없다.

　그러므로 우리는 내 삶의 여러 결핍들을 찾고, 욕망을 재점검하거나 수정해나가면서도, 때론 내 욕망을 인정할 필요도 있다. 때로 어떤 음식은 그것을 너무도 먹고 싶었던, 내 안의 어린 나를 달래주는 일이 된다. 그러나 어떤 음식에 대한 지나친 집착은 나 스스로 고쳐야 할 마음의 병일 수도 있다. 우리는 자신을 위한 욕망과 자신을 괴롭히는 욕망 사이에서 삶을 보다 균형 있게 만들어가야 한다. 결국에는 그를 통해 내가 진짜 원하는 삶과 욕망으로, 한 걸음 한 걸음 나아가야 한다.

정지음 ⓘjeeumm

1992년 경기도 출생 작가. 지은 책으로는 에세이《오
색 찬란 실패담》《우리 모두 가끔은 미칠 때가 있지》
《젊은 ADHD의 슬픔》, 소설《언러키 스타트업》이 있
다. 다음 달엔 배민 내 '천생연분' 등급이 되며 더 행복
한 배달음식 라이프를 위해 최근 금주와 다이어트를
시작했다. 정지음은 '정○○이 지음'의 줄임이자 필명
이다.

그리고, 나는 게으를 때 덮밥을 먹는다.

입맛의 다른 맛은 사는 맛

빵순이 관찰기

사랑하는 내 친구들은 대부분 빵에 미쳐 있었다. 나는 디저트를 즐기지 않아 빵 없이도 평생 살 수 있는데, 이렇게 말하면 빵 없는 세상 따위 상상하지도 말라는 꾸짖음이 따라왔다. 공기밥 한 그릇도 못 먹는 애들이 어떻게 빵만은 저렇게 많이 먹을 수 있는지 신기할 따름이었다. 어쨌든 친구들에게 빵은 거의 종교였다. 따라서 "밀가루 좀 작작 먹어… 혈당 치솟는 게 두렵지도 않냐구?" 조언하는 나는 바른말을 하고도 매번 손가락질을 받았다.

오늘은 그중에서도 빵에 제일 진심인 친구 '만두' 이야기를 해보려 한다. 만두는 별명이 만두인데도 만두만 먹으면 속이 뒤집히는 허탈한 체질을 가진 아이였다. 그의 모순된 위장을 달래주는 건 오로지 빵. 어릴 때부터 빵을 너무 좋아해 온갖 ID에 'bbang'이라는 단어를 삽입할 정도였다.

그런 만두가 장성하여 직업인이 되었을 때는 어찌하여 제빵사가 아니냐는 의문이 들기도 했다. 만두에게 묻자 "너도 1년의 반은

취해 살면서 술집 차릴 생각 없잖아"라는 현답이 따라왔다. 나는
한 방에 납득했다. 만드는 것과 즐기는 것, 파는 마음과 사는 마음,
생산하는 일과 소비하는 일 사이에는 생각보다 큰 간극이 있는 것
이었다.

　그러던 어느 날 만두는 마침내 자기만의 빵을 굽기 시작했다.
열 평 남짓 아담한 자취방에 오븐 및 베이킹 도구들을 좌르르 구
비해놓고 초보 제빵인의 길을 선언한 것이었다. 만두는 퇴근 후
늦은 저녁 마들렌, 다쿠아즈, 소금빵, 피자빵, 스콘을 넘나들며 재
료들의 기강을 잡았다. 내가 그 애 집의 밀가루라면 매일이 오들
오들 북극일 것 같았다. '오늘 레시피에는 제발 제 이름이 없도록
해주세요' 하고 바랄 테지만, 밀가루의 기도는 결국 허망한 울림
이 되고 만다. 어머니를 닮아 손이 큰 만두는 한번 시작하면 두세
가지의 빵을 완성하기 전까지 멈추는 법이 없었다. 그 애 집에 있
는 모든 재료가 매일 한 번 이상은 쓰임을 다했다.

　실력이 일취월장한 만두는 따끈따끈한 작품을 친구들에게 나
누기 시작했다. 제빵은 인격을 온화하게 다듬어준다던데 만두의
성격이 좋아진 것은 아니었다. 뜬금없이 변화를 겪은 것은 나였
다. 자꾸 먹다 보니, 점점 빵맛이 뭔지 알겠다는 깨달음이 오는 것
이었다. 아닌 게 아니라 만두의 빵들은 정말로 맛있었다. 연달아
몇 개를 먹어도 부대끼지 않는 걸 보면 재료도 어련히 좋은 것들

을 골라 쓰는 모양이었다.

만두와 놀다 귀가한 후 그 애가 나눠준 빵을 먹으면 단순한 고마움이 점점 빵맛만큼 풍성한 고마움으로 바뀌어갔다. 베이킹에 대해 모르지만, 모든 과정이 한순간도 간단하지 않다는 것만은 알고 있었다. 나는 정성껏 빵을 굽고, 친구들의 머릿수를 헤아리고, 예쁘게 포장까지 해내는 만두의 시간들을 자주 상상해보곤 했다. 그러다 보면 그 애의 정성이 불가사의해지는 시점이 왔다. 요리를 형벌로 여기는 내게는 만두의 재능과 열심, 착한 마음씨의 존재가 의아했던 것이다. 나중에는 문득, 사람이 사람에게 손수 먹을 걸 만들어주는 것만큼 숭고한 애정 표현도 없다는 생각이 들었다. 이후로는 더럽게 맛없는 식당에 가더라도 예전처럼 화가 나지 않았다. 성의가 있든 없든, 돈을 받든 안 받든, 그게 그 사람의 직업이든 아니든… 내게 온전한 먹거리를 내어주는 사람에 대한 존경심이 생긴 것이다.

오래된 친구들이 으레 그렇듯, 만두와 나 사이에서도 고마움이 느끼함과 동의어가 된 지 오래였다. 나도 여태까지는 느끼함을 회피하려 차라리 유치함을 택했다. 만두 주변을 모기처럼 맴돌며 장발장이나 잼 아저씨라 놀려먹는 식으로 감사 표현을 유예했던 것이다. 하지만 언젠가는 꼭 너의 빵이 너무나도 맛있고 그리하여 나를 포함한 네 주변 사람들이 행복해졌다고 말해주고 싶었다. 이

건 결코 빵을 또 만들어달라는 은근한 압박이 아니라는 말도 덧붙여둔다. 만두의 빵에 들어가는 것 중 제일 값진 재료는 역시 만두 본인의 안녕과 평안, 행복일 테니 말이다.

식탐왕, 그 애

우리 집은 심한 편식이나 괴상한 젓가락질, 밥상머리 수다 파티에도 너그러운 편이었다. 음식을 남기는 행동도 얼마든지 용인되었다. 모든 것이 가능한 식탁에 금기 하나가 있다면 '식탐'이었다.

세 자매인 우리는 반찬이나 간식을 두고 자주 다투었는데, 빼앗는 쪽이나 빼앗기고 분개하는 쪽이나 똑같은 나무람을 들었다. 음식에는 결코 네 것 내 것이 없다는 말이었다. 나는 자매들과 주먹질하고 싶은 충동을 효심으로 억누르며 무럭무럭 자라났다.

고등학생이 되어서는 먼저 주면 빼앗길 일이 없다는 진리를 깨우쳤다. 자연스럽게 학교에 간식을 싸갈 때도 친구들 몫까지 챙기는 습관이 생겼다. 나는 요란한 감사 표시에 부끄러워하면서도 내심 벅차올랐다.

'나 정지음, 늘 양보하는 착한 아이. 다시는 어릴 때처럼 식탐을 부리지 않을 테야.'

그러나 앙증맞은 나의 결심은 얼마 안 가 대박살 국면을 맞았다. 대학 와서 어영부영 친해진 아이로 인해 내가 실은 식탐의 개념조차 모르고 있었음을 깨달은 것이다. 맛있는 걸 나누며 슬쩍 아쉬워지는 마음 따윈 식탐이 아니었다. 진정한 식탐이란 그야말로 '음식에 네 것 내 것이 없는' 상태. 엄마가 식탐을 경계하라며 우릴 타이르던 그 말이야말로 식탐의 본질이었다.

똑같이 김밥 한 줄씩을 사도 내 것 몇 개는 그 애의 입으로 빨려들어갔다. 주먹밥, 햄버거, 컵라면, 콜라, 젤리. 김치찌개나 떡볶이처럼 푸짐한 냄비 음식도 마찬가지였다. 뭘 먹어도, 개랑 먹으면, 나는 맨밥에 양념이나 찌끄리다 금세 출출해졌다. 그 애가 맛만 보겠다고 가져간 내 음식도 귀퉁이만 남은 채 돌아오기 일쑤였다.

"히익, 너 또 먹어? 난 아직도 배불러 죽겠는데."

순진하게 놀라는 그 애를 보고 울화가 뻑 치밀 때서야 무언가 잘못됐다는 걸 알 수 있었다. 정색하거나 똑같이 해주진 못했다. 우리 집에서는 그런 행동을 추하게 여기기 때문이었다.

그 애는 내 식습관을 야금야금 망쳐놓았다. 나는 밥 먹기 전부터 자꾸 허기를 과장하기 시작했다. 굶어 죽겠다는 허풍으로 뺏어먹지 말라는 암시를 거는 셈이었다. 입맛이 없어도 입맛 없음을 숨겼다. 들키는 즉시 그 애가 먹어주겠다고 으스대며 내 그릇을 휘젓기 때문이었다. 정신 차려보니 매 끼니 숟가락만 쓰면서 입이 터져라 음식을 욱여넣는 사람이 되어 있었다. 이러다간 나, 꿀

돼지를 넘어 야생 멧돼지 퀸이 되지 않을까 두려움이 엄습해왔다. 멧돼지 퀸에 맘모스 퀸까지 넘어선다면 궁극적으론 나도 식탐왕이 될지 몰랐다.

엄마 아빠한테 털어놓자 역시나 양보하고 새거 다시 사 먹으라는 대답이 따라왔다. 두 분은 아마도 천사인 모양이었다. 나는 아니었다. 나까지 천사였다면 "친구가 다이어트 도와주고 얼마나 좋아, 흥흥흥^^~" 하는 아빠 장난에 눈알이 뒤집혔을 리 없다. 당시 나는 너무나 환장할 심정이라, 아저씨는 울 아빠가 아니라 걔네 아버지인 것이 분명하다며 냅다 흐느끼고 말았다.

물론 이건 굴절된 트집이었다. 정말 하고 싶었던 말은, 엄마 아빠가 내게 음식 양보의 미덕을 너무 강조하지 않았냐는 거였다. 덕분에 나는 양보하기 싫을 때마다 오히려 내어주며 죄책감을 상쇄하는 바보가 되어버렸다. 먹을 걸 밝히는 게 그 애의 문제라면 먹을 걸 밝히지도 못하는 게 내 문제였다. 하지만 그러한 호소조차 먹보의 침 흘리기 같을까 봐 입 밖에 낼 수 없었다.

먹는 것이든 말하는 것이든, 입술을 넘나드는 일들은 왜 이리 어려운지. 나는 얄미운 조동이를 꼬집으며 계속 훌쩍거렸다. 엄마한테 크게 혼난 아빠는 쩔쩔매며 사과했지만, 나중 가선 사실 사과하는 와중에도 내 흉을 보았노라 시인했다. 어쩜 저리 성격이 희한하고 유별날까 혀를 내둘렀다는 것이었다. 진심을 감추어도 결국 욕을 먹는구나. 신기하게도 그 망연한 생각 하나가 입에 걸린 자물쇠를 풀어주는 것 같았다. 이럴 줄 알았다면, 인연이 끊기기 전 그 애한테도 솔직히 말할걸 그랬다는 생각이 들었다. 그 애한테만큼은 제일 하고 싶은 말과 하기 싫은 말이 항상 같았다.

"싫어, 안 돼, 제발 먹지 마."

추로스 걸 수난기

한여름이 되면 대학생 때 멋모르고 지원했던 워터파크 알바가 떠오른다. 말이 좋아 워터파크지 실은 산자락 아래 뜬금없이 파놓은 야외 풀장 정도였다. 내 업무는 수영장에서 추로스를 만들어 파는 일이었다. 텔리만쥬나 팝콘에 비할 바는 아니지만, 추로스 역시 달콤한 냄새 소문으로 사람들을 유혹하는 매력 만점 간식이 었다. 그래서 장사도 재미있는 패턴을 보였다. 누구 한 명이 추로스를 사 가면 곧 그의 일행들이 몰려와 앞다투어 추가 구매를 하는 식이었다.

패턴이고 나발이고 처음엔 너무나 두려웠다. 나는 평소 '불의 요정'이라는 조롱에 시달릴 만큼 조리에 소질이 없었던 것이다. 그러나 물놀이 손님들은 추로스 맛이나 비주얼에 까다롭지 않았다. 탄 것을 주든 날 것을 주든 토끼 간을 본 용왕처럼 감격하며 우적우적 먹어치울 뿐이었다.

이럴 수가…! 우리 부모님도 내가 만든 음식을 꺼리는데 물의 왕국에선 백만 대중이 나를 원하고 있었다. 나는 곧 내 파트타임 잡을 사랑하게 되었다. 평화가 깨지기 전까진 참 평화로운 나날이었다.

"꺄아아아악!"

그날의 아수라장은 귀를 찢는 듯한 손님의 비명으로부터 시작되었다. 뭔가에 기겁을 한 사람들이 저마다 꽥꽥 소리를 지르며 물속을 뛰쳐나오고 있었다. 한산하던 입구도 퇴장을 원하는 손님들로 와글바글 정체를 겪었다. 궁금증을 참지 못한 나는 지나가던 안전요원을 붙잡고 소곤거렸다.

"드디어 뒷산에서 조스 대마왕이 내려온 건가요?"

"그게 아니라 누가 물에 응가를 했대요."

"뭐라구욧?!"

당시엔 너무 놀란 나머지 제자리에서 팔짝 뛰어올랐다. 위생 면에서는 상어 떼의 습격보다 훨씬 비극적인 일이었다.

수영장 측은 '수질 정화 작업으로 인해 당분간 운영을 중지한다'며 부랴부랴 문을 걸어 잠갔다. 나는 그때 꼬마 장사꾼으로서 굉장한 억울함과 허탈함을 느꼈다. 하하호호 사 먹고 다닐 땐 요식업이 이토록 변수 많고 외로운 직종인지 몰랐던 것이다. 알 수 없는 변고로 내 가게(?) 매출을 날려도 단지 그뿐, 보상이나 위로를 받을 데가 없었다.

내가 울상을 할 때 매점 언니는 옆에서 홀라춤을 췄다. 자기는 컵라면 파트라 너무, 너무, 너무 힘들어서 이렇게라도 쉬어야 살 것 같다는 말이었다. 그때 언니는 나를 보며 혀를 쯧쯧 차기도 했다.

"넌 나중에라도 식당은 하지 마라. 단기 알바에 감정 낭비하는 것만 봐도 이 길이 아니다."

"(훌쩍) 저는 어차피 요리를 못해요."

"그게 다행인 것 같아."

수영장 측에서는 열과 성을 다해 물을 정화한 후 영업을 재개했다. 매니저님이 맨날 운영 끝난 풀장에 들어가 노는 걸 보면 수질에는 정말 아무 문제가 없는 모양이었다. 한낮의 수영장은 여전했다. 손님들은 저마다 행복한 물개처럼 수면 위를 떠다녔고, 코를 벌름거리지 않아도 따스한 햇살과 싱그러운 풀내음을 양껏 느낄 수 있었다.

그러나 나는 까닭 없이 추로스 판매에 열정을 잃었다. 최저 시급에 인센티브 한 푼 없어도 오로지 매출, 매출만을 부르짖던 나였는데 말이다. 오랜 후에야 시민사회에 대한 신뢰 훼손이 문제였다는 걸 깨달았다. 소동 후로는 나도 모르게 손님들이 의심되는 탓이었다. 모두 안 그럴 사람으로 보이는 게 아니라, 모두가 급하면 그럴 수도 있는 사람으로 보였다.

느려터진 곰손을 친절 하나로 커버하던 나는 결국 퇴사 길을 걸었다. 손님들은 내 맛대가리 없는 추로스를 미워한 적이 없는데 나는 어느새 손님들을 싫어하고 있었다. 거짓 친절에 죄책감을 느껴 퇴사하다니, 지금 생각하면 소독 후의 수영장 물보다 내 마음이 더 깨끗했던 것 같다. 매점 언니가 왜 나를 걱정했는지도 알겠다. 혹시 언니를 만난다면, 이제 난 누구보다 새까만 어른이 되었으니 염려 말라는 안부를 전하고 싶다. 여전히 요리를 못해 언니 충고도 저절로 지켜지고 있다고, 맹한 나를 잘 챙겨줘서 고마웠다고.

꼭두새벽 도시락 파티

학창시절에는 개근상을 한 번도 타지 못했다. 학기 내내 지각과 결석의 늪에서 허우적거린 대가였다. 하루는 기어이 담임 선생님께 불려가 심각한 꾸중을 들었다. 나의 깜깜한 앞날이 선생님 인생의 3대 고민거리라는 것이었다. 출결 관리 안 하면 1년 꿇을 수도 있다는 대목에서는 졸도 직전의 공포를 느꼈다. 학교를 피하려다 학교 망령이 될 거라니, 그런 저주가 어디 있단 말인가?

그 시절 나는 아침밥에 대한 집념이 유달리 강한 소녀였다. 반면 먹는 속도는 한없이 느렸다. 그러니 한 그릇을 먹어도 늦고, 두 그릇을 먹으면 더 늦는 것이었다. 어떡하면 조식을 챙기면서 시간 맞춰 딱딱 학교에 갈 수 있을까! 궁리하던 나는 반 친구들과 꼭두새벽 도시락 파티를 결성했다. 말 그대로, 매일매일 1등으로 등교해 아침 도시락을 까먹는 아이들의 모임이었다. 밥 먹고 학교 가면 늦으니 학교 가서 밥을 먹자는 단순한 발상이었다.

파티 첫날, 우리들은 간단한 메뉴를 챙겨 6시 30분 정각에 집결

했다. 그런데 왜일까? 고즈넉한 교실에서 부옇게 부서지는 아침 햇살을 쬐며 먹거리를 나누는 일이 마치 꿈만 같았다. 함께 먹으니 단출한 김 주먹밥과 계란으로만 볶은 밥, 심지어 편의점 삼각김밥까지도 천상계의 맛이었다. 그것은 수다 맛이기도 하고, 우정 맛이기도 하고 우리 엄마들의 새벽 정성 맛이기도 한 것 같았다. 나는 당시에도 내가 오랫동안 이 순간을 잊지 못할 것임을 직감했다. 너무 즐거워서 이 순간도 언젠가 추억이 되리란 상상만으로도 쓸쓸해지는 기분이었다.

소박하던 파티는 날이 갈수록 화려해졌다. 공교롭게도 나 이외의 친구들은 모두 이쪽 계열(?) 귀족이었던 것이다. 애들은 제각기 마트, 정육점, 빵집 가문의 영애였고, 어느샌가 우리는 아침부터 등갈비나 삼겹살, 생망고, 케이크 같은 걸 양껏 먹어대고 있었다. 다 같이 힘을 준 날의 메뉴는 흡사 출장 뷔페 같았다.

광란의 조식 파티가 입소문을 타면서 파티원도 늘어갔다. 처음엔 우리 반 친구들, 나중에는 다른 반 친구들까지 집에서 음식을 집어 와 펼쳐놓기 시작했다. 누가 봐도 아빠 안주인 쥐포나 땅콩, 오징어 따위를 들고 오는 아이도 있었다. 신설이라 매점이나 자판기가 없던 우리 학교에선 먹거리가 일종의 우정 화폐 역할을 했다. 친구에게 한입을 얻어먹으면 다음 날 나도 한입으로 갚는 것이 암묵적 규칙이자 친밀감의 표시였던 셈이다.

하지만 나는 곧 다시 담임 선생님의 급박한 호출을 받게 되었다. 심지어 이젠 내가 선생님의 인생 고민 1위로 올라섰다는 거였다. 나는 야속함을 느꼈다. 내가 얼마나 고생고생해서 지각하는 습관을 고쳤는지는 하나도 몰라주는 것만 같았다.

"선생님은 정말 지음이 때문에 미치겠어."

"왜요…?"

"너 학교에 흉기 갖고 다닌다며."

"네에?"

사실이냐 묻는다면, 사실이었다. 늦게 일어나거나 반찬이 변변찮은 날이면 아쉬운 대로 베란다에서 과일이라도 집어 오기 때문이었다. 나는 과일을 깎지 못해서 다른 애한테 부탁하려고 키친타월에 둘둘 만 부엌칼도 함께 챙겨 다녔다. 그제야 아뿔싸 하는 심정이 되었다. 생각해보니 오늘 가져온 건 평소의 과도보다도 무시무시한 진짜 식칼이었던 것이다.

"배, 배 깎아 먹으려고 들고 다니는 건데요."

"잊은 거니? 여기는 학교라는 걸…?"

나는 그날 책 한 권 없는 가방에 식칼 한 자루가 덩그러니 들어 있는 이유를 설명하느라 진땀을 뺐다. 당시 우리 고장 특산물이 배였지만, 배에 대한 나의 참사랑 따위는 참작 사유로 받아들여지지도 않았다. 결국 칼을 압수당한 것은 물론, 다시는 꼭두새벽에 수상한 도시락 파티를 열지 않겠다는 약속까지 드려야만 했다. 선생님이 어찌나 단호하신지 꼭두새벽 과자 파티나 꼭두새벽 초코 파티는 가능하냐는 질문은 해보지도 못했다. 그때 속으로 많은 질문을 삼킨 탓인지, 30대가 된 지금은 입이 열 개라도 할 말이 없다.

올드보이 걸

나는 아기 때부터 타고난 먹보였다. 오죽하면 '엄마' '아빠'보다 '더 줘' '맛있다'는 말을 더 빨리 익힐 정도였다고 한다. 청소년기에는 입맛이 없다는 감각 자체를 느껴본 적 없었다. 당시엔 스트레스를 받으면 식욕부터 잃어버리는 친구들이 부러웠다. 그런 친구들은 대체로 깡마른 편이었고, 나는 작은 여자애들이 풍기는 특유의 연약미를 남몰래 동경했다.

나도 실은 툭 치면 풀썩 쓰러질 것 같은 여고생이 되고 싶었다. 하지만 막상 누군가와 어깨라도 부딪치는 순간이 오면, 나는 멀쩡한데 상대방만 나가떨어지기 일쑤였다. 바닥에 자빠진 이가 아파서 부들부들 떨 때에도 나는 딱히 아무렇지 않았다. 몇 번의 우연한 충돌로써 내가 유달리 튼튼하고 기골이 장대한 아이라는 걸 깨달았다. 동시에 밥을 많이 먹어야만 하는 이유도 명확해졌다. 승용차보다는 덤프트럭이 더 많은 연료를 소모하는 것과 비슷한 이치였다. 나는 곧 커다랗고 통통한 소녀의 삶을 받아들였다. 1년

365일 24시간, 늘 먹성이 좋았으므로 과체중의 운명을 받아들이지 않을 재간이 없었다.

그러다 몇 년 후, 불행한 사회초년생이 되어서야 비로소 입맛이 없다는 게 어떤 기분인지 알게 되었다. 하루 종일 기약 없는 분노를 꾹꾹 눌러 참고 살아서인지 그 어떤 산해진미에도 혓바닥이 반응하지 않았다. 일평생 나를 사로잡아온 '맛'이나 '식감'이랄 것들이 전부 귀찮게 느껴졌다. 내가 하루에 두세 번씩이나, 입안으로 뭔가를 집어넣기 위해 돈과 시간을 써왔다는 사실이 새삼스러울 정도였다.

곡기를 끊다시피 하자 몸무게가 급속도로 줄기 시작했다. 인생 최초로 저체중 구간에 들어섰고, 누구에게든 말랐다는 얘길 들었다. 모두가 비리비리해진 날 걱정했지만 상상했던 것처럼 기쁘지는 않았다. 그때 내가 느낀 건 끝없는 현기증과 무기력뿐이었다. 어느 날에는 정말로 죽을 것 같다는 기분이 들었다. 생명 유지를 위해서라도 식사를 챙겨야만 하는 순간이 온 것이었다.

고심 끝에 마련한 해결책은 '만두'였다. 지금 돌이켜보면 대체 왜 그랬을까 싶지만, 나는 당장에 마트로 달려가 온갖 종류의 냉동만두를 구매했다. 고기만두, 김치만두, 새우만두, 물만두, 왕만두 등등…. 빈 냉동실이 미어터지도록 만두 봉지를 욱여넣고 끼니때가 되면 일정 개수를 꺼내 먹었다. 만두의 특장점은 뭐니 뭐니

해도 조리가 쉽다는 것이었다. 굽거나 찌는 게 더 맛있을 테지만, 접시에 생수를 조금 붓고 전자레인지에 돌리기만 해도 금세 먹을 만해졌다. 당시 내가 판단하기로 만두는 거의 완전식품이었다. 조리가 쉬운 만큼 설거지도 간편했고 음식물 쓰레기도 거의 발생하지 않았다. 요리하는 자의 실력을 타지도 않았으며, 레토르트식품 중에선 드물게 야채와 두부 비율이 높은 편이기도 했다. 나는 이것을 건강한 식이섬유와 단백질로 판단했다. 게다가 고기까지 풍성하게 들었으니, 만두란 밥 대신 만두피가 들어간 비빔밥 같은 것이 아닐까 싶을 정도였다.

만두 식이요법은 꽤나 유효했다. 무작정 굶고 다닐 때보다 혈색이 좋아졌음은 물론, 어지럼증이나 갖가지 염증도 차도를 보였다. 체중도 늘어 확실히 예전보단 기력이 붙은 참이었다. 신이 난 나는 더욱더 줄기차게 만두를 먹어댔다. 그러나 만두로만 한 달을 채우고 두 달째로 넘어갈 즈음에는, 내 입이 멋대로 다 씹지도 않은 만두를 뱉어내기 시작했다. 나중에는 만두 특유의 향만 맡아도 구역감이 일었다.

나는 비로소 만두에 물려버린 것이었다.

예전에는 음식에 대한 호불호를 정신적인 영역에서 다룰 거라 생각했다. 복잡한 우리 뇌 속 어딘가에서, 이건 먹고 저건 먹지 말라는 지령을 내린다고 말이다. 그러나 누가 시키지도 않은 올드

보이 짓을 해보니 의외로 식성 센서는 목구멍과 위장에 달려 있는 듯했다. 나는 간단하고 편리한 찐만두 식단을 도무지 포기하고 싶지 않았기 때문에, 스스로의 뇌를 속이고자 고군분투했다. 다른 음식을 먹는 중에 만두 하나를 끼워보기도 하고, 명란만두처럼 획기적인 신메뉴를 먹어보기도 하는 식이었다. 하지만 머리는 속아도 입과 위장이 절대로 속지 않았다. 결국 구토까지 하는 지경에 이르러서야 만두 식단에 대한 미련을 완전히 놓을 수 있었다.

그 후 나는 만두를 대체할 제2의 완전식품을 찾아다니다가 그냥 회사를 관두었다. 그러자 신기한 일이 벌어졌다. 만두나 만두 이상의 무엇을 찾지 않아도 세상의 모든 음식이 제맛을 되찾았고, 심지어 하늘에서 내리는 눈송이마저도 달콤했다. 허공에 대고 입을 뻐끔거리며, 입맛의 다른 말은 역시 사는 맛이로구나 생각했다.

요즘 사는 맛은 계속됩니다.
배달의민족 뉴스레터 〈주간 배짱이〉를 구독하시면
새로운 작가님의 음식 이야기가 매주 여러분의 메일함으로 찾아갑니다.